VAN B
DEC

D0790002

NORA ROBERTS

Lágrimas de la luna

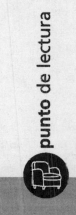

punto de lectura

Rob

Título: Lágrimas de la luna
Título original: *Tears of the Moon*
© 2000, Nora Roberts
Extracto de *Corazón del mar* © 2000, by Nora Roberts
Traducción: Juan Larrea
© De esta edición: junio 2002, Suma de Letras, S.L.
Barquillo, 21. 28004 Madrid (España) www.puntodelectura.com

ISBN: 84-663-0706-0
Depósito legal: M-49.488-2002
Impreso en España – Printed in Spain

Cubierta: MGD
Fotografía: © IMAGE BANK
Diseño de colección: Ignacio Ballesteros

Impreso por Mateu Cromo, S.A.

Segunda edición: octubre 2002

NORA ROBERTS

Lágrimas de la luna

Traducción de Juan Larrea

Querido lector:

Quienes sueñan despiertos llevan la belleza al mundo. El arte y la música, las historias y el cariño. Irlanda quiere a sus soñadores. No obstante, además de poetas y artistas, los irlandeses pueden ser muy prácticos. En una mano portan la magia y en la otra el sudor del trabajo.

En Las lágrimas de la luna he unido esas manos en las figuras del soñador Shawn Gallagher y la lúcida Brenna O'Toole. Carrick, el príncipe de las hadas, tendrá que demostrar todo su talento si quiere unirlos y dar otro paso para romper la maldición que le separa de su amor y su destino. Tiene un presente para ambos, pero ellos deberán aceptarlo, así como a ellos mismos, sin ningún egoísmo. El amor y la generosidad deberán superar al orgullo y la ambición. Dos personas que se han conocido desde que eran niños deberán mirarse con ojos nuevos.

Por encima del precioso pueblo de Ardmore, en un acantilado barrido por el viento y junto al pozo de un santo ancestral, el aire está impregnado de magia y música. Siéntese en un banco y escúchela.

Nora Roberts.

*A Bruce, mi hombre
para todos los trabajos.*

Bésame, amor, y añórame, amor,
y sécate las lágrimas amargas.

Canción de taberna irlandesa

1

Irlanda es una tierra de poetas y leyendas, de soñadores y rebeldes. A todos ellos les rodea e invade la música. Hay melodías para el baile o el llanto, para el amor o la guerra. En otros tiempos, los arpistas iban de un lado a otro tocando sus canciones a cambio de techo y comida y de las monedas que pudieran darles.

Los arpistas y los *seanachais*, los contadores de historias, eran bien recibidos allí donde llegaran, fuese una casa de campo, una posada o un campamento. Portaban un talento que se apreciaba hasta en el país de las hadas que había bajo las verdes colinas.

Y sigue siendo así.

Una vez, no hace mucho tiempo, una cuentacuentos llegó a un tranquilo pueblecito junto al mar donde la acogieron con los brazos abiertos. Allí encontró a su amor y su hogar.

En el pueblo vivía un músico. Tenía su casa, donde vivía feliz, pero no había encontrado su amor todavía.

En su cabeza, siempre sonaba la música. Unas veces era soñadora y delicada, como el susurro de un enamorado. Otras era una risotada y un grito, como un viejo amigo que te llama para que entres en el pub a tomarte una pinta de cerveza. Podía ser dulce o amarga y llena de lágrimas, pero era la música que él sentía en su interior y disfrutaba escuchándola.

Shawn Gallagher era un hombre satisfecho con su vida. Los había que decían que estaba satisfecho con su vida porque apenas salía de sus sueños para ver lo que pasaba en el mundo. A él no le importaba reconocerlo.

Para él su mundo estaba formado por su música, su familia, su hogar y los amigos verdaderos. ¿Por qué iba a importarle todo lo demás?

Su familia llevaba generaciones viviendo en el pueblecito de Ardmore del condado de Waterford, en el país de Irlanda. Allí, desde tiempos inmemoriales, los Gallagher regentaban un pub en el que se servían pintas de cerveza, bebidas y buena comida. Además, era un lugar agradable para conversar.

El negocio lo dirigía Aidan, el hermano mayor de Shawn, desde que sus padres se establecieron en Boston. A Shawn le parecía muy bien que fuese así porque reconocía que él no tenía aptitudes para los negocios, ni ganas. Se contentaba con dedicarse a la cocina, que era lo que le relajaba.

La música le acompañaba siempre, fuese en su cabeza o en el pub; mientras tomaba los pedidos o probaba el menú del día.

Naturalmente, había momentos en los que su hermana Darcy, quien había heredado gran parte de la energía y ambición de la familia, entraba con ganas de pelea mientras él preparaba un guiso o hacía unos emparedados.

Sin embargo, eso era como la sal de la vida.

A Shawn no le importaba echar una mano con el servicio de las mesas, sobre todo si alguien estaba tocando una canción o bailando. Tampoco protestaba cuando había que limpiar después de cerrar, porque los Gallagher mantenían el local muy limpio y ordenado.

Encajaba perfectamente en la vida de Ardmore; el ritmo lento, la extensión del mar y los acantilados, las delicadas colinas verdes que resplandecían y llegaban hasta los pies de las montañas envueltas en sombras. A él no le había alcanzado la pasión por los viajes que había caracterizado a los Gallagher. Shawn estaba bien arraigado en las tierras arenosas de Ardmore.

Él no tenía ganas de viajar, como había hecho su hermano Aidan o como decía Darcy que haría. Tenía al alcance de la mano todo lo que podía necesitar. No veía el interés de cambiar su forma de vida.

Aunque creía que ya lo había hecho en cierto sentido.

Toda su vida había visto el mar desde la ventana de su dormitorio. Sencillamente, estaba allí, rompiendo contra la arena y salpicado de barcas; podía estar en calma o bravío. Cuando se asomaba a la ventana por las mañanas, lo primero que olía era el aroma del mar.

Sin embargo, cuando el otoño anterior su hermano se casó con una hermosa americana llamada Jude Frances Murray, hubo que hacer algunos cambios.

Según la costumbre de los Gallagher, el primero en casarse se quedaba en la casa familiar. De forma que Jude y Aidan se instalaron en la laberíntica casa de las afueras del pueblo en cuanto volvieron de la luna de miel en Venecia.

A Darcy le dieron a elegir entre las habitaciones que había encima del pub y la pequeña casa de campo que pertenecía a la rama Fitzgerald de la familia de Jude. Darcy eligió las habitaciones. Cameló y convenció a Shawn y a todo el que se cruzó en su camino para que le ayudaran a pintar y a hacer el traslado, hasta que se hizo un pequeño palacio en lo que habían sido las desnudas habitaciones de Aidan.

A Shawn le pareció muy bien.

Él prefería la pequeña casa de campo en la colina de las hadas con jardín y vistas a los acantilados, y una quietud que era una bendición.

Tampoco le importaba el fantasma que la habitaba.

No lo había visto todavía, pero sabía que estaba allí. Era Lady Gwen, quien lloraba por el príncipe de las hadas, el amor que había rechazado, mientras esperaba que se deshiciese la maldición y ambos quedasen libres. Shawn conocía la historia de la joven doncella que había vivido en esa misma casa hacía trescientos años.

Carrick, el príncipe de las hadas, se había enamorado de ella, pero en vez de decírselo con palabras y ofrecerle su corazón, se había limitado a mostrarle la vida tan espléndida que podía ofrecerle. Por tres veces le ofreció una bolsa de plata llena de joyas: primero fueron diamantes que obtuvo de los rayos del sol, luego perlas que eran lágrimas derramadas por la luna y, por último, zafiros arrancados del corazón del mar.

Pero Gwen lo rechazó al dudar del amor que sentía él y del destino que le esperaba a ella. Según la leyenda, las joyas que él arrojó a los pies de Gwen se habían convertido en las flores que crecían en el pequeño jardín a la entrada de la casa.

En ese momento, pensó Shawn, casi todas las flores estaban apagadas a la espera de que terminara el invierno que barría la costa. Los acantilados, por donde se decía que solía pasear Gwen, permanecían desolados e inhóspitos bajo un cielo amenazador.

Estaba a punto de descargar una tormenta.

Era una mañana muy fría. El viento golpeaba contra las ventanas y se colaba en la casa. Tenía un fuego encendido en la cocina y el té estaba caliente, de forma que no le preocupaba el viento. Le gustaba la arrogante música que producía mientras él estaba sentado a la mesa mordisqueando unas galletas y dándole vueltas a la letra para una melodía que había compuesto.

Todavía le quedaba una hora antes de tener que volver al pub, pero, para no retrasarse, había puesto el reloj del horno y, para mayor seguridad, el despertador del dormitorio. No tenía a nadie que le devolviera a la realidad ni que le dijese que moviera el culo y se le pasaba el tiempo sin darse cuenta. Hacía lo posible por ser puntual porque sabía que a Aidan le molestaba cuando llegaba tarde y, además, daba un motivo a Darcy para meterse con él. El problema era que cuando estaba embebido en la música no oía los zumbidos o los pitidos de los relojes y acababa llegando tarde.

En ese momento, se dejaba llevar por una canción sobre un amor joven y seguro de sí mismo. Del tipo de amor, en opinión de Shawn, que son inconstantes, como el viento que soplaba, pero divertidos mientras duran. Una melodía para bailar, decidió, que exigía pies ágiles y cierto coqueteo.

La tocaría en el pub alguna vez, cuando la tuviese más pulida y convenciese a Darcy para que la cantara. Su voz era la indicada para el tono de la canción.

Se encontraba demasiado cómodo como para ir a la sala, donde había conseguido meter el viejo piano que se compró al mudarse a esa casa, por lo que marcaba el ritmo con los pies y perfeccionaba la letra.

No oyó el portazo de la puerta de la calle, ni las pisadas de botas en el vestíbulo ni las palabrotas.

Típico, pensó Brenna. Otra vez vagando por algún mundo de ensueño mientras la vida pasa a su alrededor. De entrada, no sabía por qué se preocupaba por llamar a la puerta cuando nunca lo oía y estaban acostumbrados desde niños a entrar y salir de sus respectivas casas.

La verdad era que ya no eran niños y bastaría que ella no llamara para encontrarse con algo que no debía.

Según tenía entendido, podría estar con alguna mujer. Las atraía como la miel a las moscas. No era especialmente cariñoso, pero podía serlo.

Sin embargo, ¡qué guapo era! Fue un pensamiento que apareció repentinamente y Brenna se arrepintió al instante de haberlo tenido. Aunque también era muy difícil no darse cuenta.

El pelo negro le caía un poco descuidado, como si nunca estuviese pendiente de cuándo necesitaba un corte. Los ojos eran de un azul sereno y soñador. Hasta que algo le irritaba. Entonces podían ser tan ardientes como heladores. Tenía unas pestañas largas y oscuras por las que sus cuatro hermanas habrían vendido el alma y unos labios carnosos hechos para dar besos interminables, suponía ella, y para susurrar dulces palabras.

Ella no tenía constancia de ello, pero se lo habían contado.

Su nariz era larga y ligeramente torcida desde que ella le dio un pelotazo cuando jugaban al béisbol hacía más de diez años.

En conjunto, tenía un rostro como el de un príncipe sacado de un cuento de hadas, un caballero andante o, quizá, un ángel un poco desaliñado. Además, el cuerpo era largo y desgarbado, las manos anchas y con dedos de artista y una voz como whisky calentado en fuego de turba. Era un conjunto más que aceptable.

No era que ella tuviese un interés especial. Sencillamente, sabía apreciar las cosas bien hechas.

Qué mentirosa era hasta consigo misma.

Estaba loca por él incluso desde antes de darle el golpe jugando al béisbol. En aquel momento, ella tenía catorce años y él diecinueve. A los veinticua-

19

tro años, la pasión de una mujer se hace más ardiente y apremiante.

Él nunca la había mirado como un hombre mira a una mujer.

Le daba igual, intentó convencerse antes de cambiar de opinión otra vez. No podía quedarse de brazos cruzados mientras pensaba en la belleza de Shawn. Algunos tenían que trabajar.

Con un gesto levemente burlón, dejó caer la caja de herramientas en medio de un gran estrépito y sintió un gran placer al verlo saltar como un conejo aterrado por los disparos.

—¡Dios mío! —giró la silla con una mano en el corazón como si se le hubiese parado—. ¿Qué pasa?

—Nada —dijo ella con sorna—. Soy una manazas —continuó con delicadeza mientras recogía la abollada caja de herramientas—. Te he asustado, ¿verdad?

—Casi me matas.

—He llamado, pero tú no te has molestado en abrirme la puerta.

—No te oí —resopló, se apartó el pelo de la cara y frunció el ceño—. Bueno, O'Toole acude. ¿Se ha roto algo?

—Tienes la cabeza como un colador —se quitó la chaqueta y la dejó en el respaldo de la silla—. El horno lleva una semana sin funcionar —le recordó con un gesto de la cabeza en dirección al horno—. Acaba de llegar la pieza que pedí. ¿Quieres que lo arregle o no?

Shawn hizo un sonido de conformidad y un gesto con la mano.

—¿Tomas galletas? —preguntó ella al pasar junto a la mesa—. ¿Qué desayuno es ese para un hombre adulto?

—Estaban aquí —contestó él con una sonrisa que la hizo querer abrazarlo—. Es una pesadez cocinar para uno todas las mañanas, pero si tienes hambre, hago algo para los dos.

—No, ya he desayunado —dejó la caja de herramientas, la abrió y empezó a rebuscar en ella—. Ya sabes que mamá siempre hace comida de sobra. Le encantaría que te pasaras una mañana y comieras como Dios manda.

—Podrías hacerme señales de humo cuando prepare bollos a la plancha. ¿Quieres un poco de té? La tetera sigue caliente.

—Me parece bien.

Observó cómo movía los pies por la cocina mientras ella sacaba las herramientas y la pieza nueva.

—¿Qué hacías? ¿Componías? —continuó Brenna.

—Buscaba la letra para una melodía —dijo distraídamente—. Parece que hace mucho frío —se había fijado en un pájaro negro y brillante que volaba solitario bajo el cielo plomizo.

—Sí, y humedad. Apenas ha empezado el invierno y ya estoy deseando que termine.

—Entra un poco en calor —se agachó con un tazón de té preparado como sabía que le gustaba a ella, fuerte y con mucho azúcar.

—Gracias.

Brenna sujetó el tazón entre las manos para aprovechar el calor que desprendía.

Él se quedó donde estaba. Bebía su té a pequeños sorbos. Sus rodillas chocaron.

—¿Qué vas a hacer con este cacharro?

—¿Qué más te da si vuelve a funcionar?

—Si me entero de cómo lo haces, podría arreglarlo yo la próxima vez —dijo Shawn arqueando una ceja.

Brenna rompió a reír y tuvo que sentarse en el suelo para evitar caerse.

—¿Tú? Si no eres capaz de arreglarte una uña rota.

—Claro que puedo —sonrió e hizo el gesto de morderse una uña. Lo que provocó que ella volviera a reír.

—Tú no te preocupes por lo que yo haga con las tripas de este trasto y yo no me preocuparé por la próxima tarta que hagas en él. Al fin y al cabo, cada uno tiene sus puntos fuertes.

—Yo también sé usar un destornillador —dijo él a la vez que agarraba uno de la caja.

—Y yo la batidora, pero sé qué es lo que se me da mejor.

Le quitó el destornillador y metió la cabeza en el horno para poder trabajar.

A Shawn le pareció que tenía unas manos pequeñas. Cualquier hombre pensaría que eran muy delicadas, pero él sabía de qué eran capaces. Él las había visto manejar un martillo, sujetar un taladro y apretar cañerías. Lo más frecuente era que esas pequeñas y delicadas manos estuviesen llenas de arañazos o con moratones en los nudillos.

Era una mujer pequeña para el trabajo que había elegido, o para el trabajo que le había elegido a ella, pensó Shawn mientras se levantaba. Sabía cómo eran esas cosas. El padre de Brenna era un hombre que podía hacer cualquier trabajo, y su hija mayor había seguido su camino. También decían que Shawn había seguido el camino de la madre de su madre, quien solía olvidarse de la comida o de la colada mientras tocaba su música.

Al apartarse Shawn, ella se movió y contoneó el trasero mientras aflojaba una tuerca. Él levantó las cejas con un gesto que tan sólo expresaba el interés objetivo que cualquier hombre tiene por esa parte de la anatomía femenina.

En realidad, ella tenía un cuerpo pequeño pero bien proporcionado. Un cuerpo que un hombre podría levantar con una mano si se lo propusiese. Aunque Shawn creía que Brenna O'Toole tumbaría de un tortazo a cualquier hombre que lo intentara.

Sonrió al imaginarse la escena.

Él prefería mirarla a la cara. Eso sí que merecía la pena. Tenía unos ojos verde botella penetrantes y llenos de viveza, enmarcados por unas cejas muy elegantes y algo más oscuras que el cabello rojizo. La boca era expresiva y sonreía, se fruncía o manifestaba sorna con suma facilidad. Rara vez se pintaba los labios o cualquier otra parte del rostro, aunque era como uña y carne con Darcy, quien no ponía un pie en la calle si no estaba perfectamente arreglada.

Tenía una nariz pequeña y chata como la de un duendecillo que solía fruncir con desdén o desaprobación. Casi siempre llevaba el pelo recogido dentro de una gorra en la que llevaba clavada una pequeña hada que él le había regalado hacía unos años por algún motivo que no recordaba. Sin embargo, cuando se quitaba la gorra caía un pelo largo, espeso y rojo que se extendía a su aire en rizos muy pequeños.

A ella le sentaba muy bien.

Shawn quería volver a ver ese rostro antes de irse al pub, por lo que se reclinó en la encimera e hizo un chasquido con la lengua.

—He oído que últimamente estás saliendo con Jack Brennan —dijo él como quien no quiere la cosa.

Shawn tuvo que hacer un gesto de dolor y contener la risa cuando vio que ella se golpeaba la cabeza con el borde del horno al sacarla bruscamente.

—¡No es verdad! —tenía un poco de hollín en la nariz y se ladeó la gorra de un manotazo—. ¿Quién ha dicho eso?

—Bueno... —Shawn se encogió de hombros y terminó el té con aire de no haber roto un plato en su vida—. Me pareció oírlo por ahí, habladurías, ya sabes cómo son esas cosas.

—Tienes la cabeza llena de serrín y nunca has oído tal cosa. No estoy saliendo con nadie. No tengo tiempo para tonterías —volvió a meter la cabeza en el horno.

—Estaré equivocado, pero tampoco es de extrañar en estos días en los que todo el pueblo está a rebosar de idilios. Hay muchos compromisos, bodas y bebés en camino.

—Como debe ser, ése es el orden natural de las cosas.

Shawn se rió y volvió a agacharse junto a ella. Apoyó la mano en el trasero de Brenna con un gesto amistoso, pero no se dio cuenta de que ella se ponía rígida.

—Aidan y Jude están buscando nombres y no está ni de dos meses. Hacen una pareja maravillosa, ¿verdad?

—Sí —Brenna tenía la boca seca por un deseo que se parecía peligrosamente a la necesidad—. Me gusta verles felices. A Jude le gusta pensar que la casa de campo es mágica. Aquí se enamoró de Aidan y empezó una vida nueva. Escribió el libro y se hicieron realidad las cosas que nunca se había atrevido a soñar siquiera.

—Eso es maravilloso también. Este lugar tiene algo especial —dijo como para sí mismo—. Lo notas en los momentos más inesperados. Cuando vas a acostarte o cuando estás despertándote. Es una... espera.

Brenna terminó de colocar la pieza en su sitio y salió del horno. Él le pasó casualmente la mano por la espalda y luego la apartó.

—¿La has visto? A Lady Gwen...

—No —contestó Shawn—. A veces hay una especie de movimiento en el aire, parece como si hubiese vislumbrado algo que desaparece al instante —se irguió, sonrió con indiferencia y se levantó—. Quizá no sea su tipo.

—Yo diría que eres el candidato perfecto para un fantasma con el corazón roto —dijo Brenna mientras apartaba la mirada de los sorprendidos ojos de Shawn—. Debería funcionar perfectamente —añadió mientras giraba el botón—. Veamos si calienta.

—Lo comprobarás tú por mí, ¿verdad, querida? —en ese momento sonó el zumbido del reloj del horno dándoles un buen susto—. Tengo que marcharme —dijo Shawn mientras estiraba un brazo para apagarlo.

—¿Ése es tu sistema de despertador?

—Uno de ellos —levantó un dedo y, como si fuese una señal convenida, se oyó el despertador del dormitorio—. Ése es el segundo aviso, pero se apagará solo dentro de un minuto. Si no, tendría que estar todo el rato corriendo para apagarlo.

—Cuando te conviene eres muy ingenioso, ¿no?

—Tengo mis ocurrencias. El gato está fuera —continuó mientras descolgaba la chaqueta del perchero—. No te preocupes si empieza a arañar la puerta. Bub sabía a lo que se exponía cuando se empeñó en venir aquí conmigo.

—¿Te acuerdas de darle de comer?

—No soy tan retrasado —se puso la bufanda sin sentirse ofendido—. Tiene comida suficiente, y si no la tuviera iría a pedir algo a la puerta de tu cocina. De todas formas lo hará para avergonzarme —se puso la gorra—. ¿Pasarás por el pub?

—Es más que probable.

No suspiró hasta que oyó que Shawn cerraba la puerta. Era una tontería desear a Shawn Gallagher, se dijo a sí misma. Él nunca sentiría lo mismo por ella. La consideraba como a una hermana, o, lo que era peor, como a una especie de hermano honorario. Se miró los pantalones de trabajo y las botas gastadas y tuvo que reconocer que tenía parte de culpa. A Shawn le gustaban las chicas más femeninas y ella no lo era. Podría arreglarse. Entre Darcy, sus hermanas y Jude, por ejemplo, tenía un equipo de asesoras de belleza ilimitado.

Pero, aparte de que odiara todo ese asunto, ¿de qué le serviría? Por mucho que se pintara, se empolvara, se ciñera la ropa y se pusiera encajes para atraer a un hombre, él seguiría sin mostrar ningún interés.

Además, si se pintara los labios y se pusiera bisutería y un vestido ceñido, lo único que conseguiría sería que Shawn se partiera de la risa y dijera alguna majadería que le obligaría a darle un puñetazo.

No veía ninguna ventaja.

Dejaría los adornos para Darcy, que era la campeona de la feminidad. Y para sus hermanas, pensó Brenna, que también disfrutaban con esas cosas. En cuanto a ella, seguiría con las herramientas.

Volvió al horno. Comprobó las distintas temperaturas y la resistencia para mayor seguridad. Cuando se convenció de que funcionaba bien, se dio la vuelta y guardó las herramientas.

Tenía intención de irse, en realidad no había nada que la retuviera, pero la casa de campo era muy acogedora. Siempre se había sentido como en casa. Cuando la vieja Maude Fitzgerald vivía allí, y lo hizo durante más años de los que Brenna podía contar, solía visitarla de vez en cuando.

Luego, Maude murió y Jude se instaló una temporada. Se hicieron amigas y pudo conservar la costumbre de visitarla cuando iba al pueblo o volvía a casa. Cuando llegó Shawn consiguió contener la necesidad de hacerlo con tanta frecuencia, pero era difícil. Le gustaba la quietud del lugar y todas las cositas que Maude había acumulado al cabo del tiempo y que Jude y Shawn habían dejado colocadas en el mismo sitio. La sala resultaba muy alegre con los chismes de cristal y las encantadoras estatuillas de hadas y magos, pero los libros y la vieja alfombra desteñida también la hacían muy acogedora.

Naturalmente, desde que Shawn metió el piano de segunda mano en lugar de la casa de muñecas, apenas había sitio para dar un paso, pero Brenna creía que añadía encanto. Y a la anciana Maude le gustaba la música.

Estaría contenta de que alguien volviera a tocar música en su casa, pensó mientras pasaba un dedo por la agrietada madera negra.

Hojeó descuidadamente la partitura que Shawn había dejado encima del piano. Siempre estaba escribiendo una canción nueva o cambiando algo de una antigua. Frunció el ceño y se concentró mientras intentaba descifrar los garabatos. Ella no sabía mucho de música. Podía cantar sin que se pusiese a llover, pero tocar era harina de otro costal.

Ya que estaba sola decidió satisfacer su curiosidad. Volvió a dejar la caja de herramientas en el suelo, eligió una partitura y se sentó. Se mordió el labio inferior, buscó el do en el teclado y lentamente, cuidadosamente, fue interpretando las notas escritas con dos dedos.

Era preciosa, por supuesto. Todo lo que escribía él era precioso; ni siquiera su lamentable interpretación podía destruir del todo tanta belleza.

Esa melodía tenía letra. Brenna se aclaró la garganta e intentó afinar la voz en el tono correcto.

«Cuando estoy solo en la noche y la luna llora desolada, sé que todo sería maravilloso si compartieras mi almohada. Sin ti, mi corazón sólo conserva recuerdos y añoranza. Mientras la luna derrama su llanto, sólo tú eres un rayo de esperanza.»

Se detuvo y suspiró. La había conmovido, como siempre hacían sus canciones, aunque esa vez fue algo más profundo. Algo más sincero.

Lágrimas de la luna, pensó. Perlas para Lady Gwen. Un amor lleno de interrogantes sin respuestas.

Es tan triste, Shawn ¿Qué tienes en tu interior para crear una música tan solitaria?

Ella no sabía la respuesta, por mucho que conociera a Shawn. Quería saberla, siempre había querido conocer la clave, pero él no era una máquina o un motor que se pudiera desmontar para analizar su funcionamiento. Los hombres eran rompecabezas más complicados y desalentadores.

Ése era su secreto, y su talento, debía suponer. Mientras que su destreza era... Se miró las manos, pequeñas y hábiles. Su talento estaba muy claro.

Por lo menos le daba un buen uso y se ganaba bien la vida gracias a él. ¿Qué hacía Shawn Gallagher con el don que tenía aparte de sentarse a soñar?

Si tuviera un mínimo de ambición o estuviese realmente orgulloso de su obra, vendería sus canciones en vez de apilarlas en cajas.

Ese tío se merecía una buena patada en el culo por desperdiciar algo que le había concedido Dios. Pero lo dejaría para otro día, ella también tenía trabajo.

Se iba a levantar para recoger la caja de herramientas, cuando captó un movimiento por el rabillo del ojo. Se levantó como impulsada por un resorte, aterrada ante la idea de que Shawn hubiera vuelto porque se hubiese olvidado algo y la sorprendiera tocando su música.

Sin embargo, no era Shawn quien estaba en la puerta.

La mujer tenía una cabellera de color oro pálido que le caía sobre los hombros cubiertos por un vestido gris liso que le llegaba hasta el suelo. Tenía los ojos de un color verde claro y una sonrisa tan triste que te rompía el corazón a primera vista.

Se sintió invadida por la impresión, una emoción que la aturdía y la sensación de conocerla. Abrió la boca, pero sólo consiguió emitir un jadeo incomprensible mientras el pulso se le desbocaba.

Volvió a intentarlo, ligeramente avergonzada de que le temblaran las piernas.

—Lady Gwen —consiguió decir.

Pensó que era admirable que pudiera decir algo cuando tenía delante un fantasma de trescientos años.

Al mirarla, vio cómo se deslizaba por su mejilla una lágrima brillante como la plata.

—En esa canción está su corazón —la voz era suave como pétalos de rosa, pero Brenna seguía temblando—. Escúchala.

—¿Qué...?

Brenna se encontró sola antes de poder formular la pregunta. En el ambiente flotaba un levísimo aroma a rosas.

—Muy bien. Perfecto —tenía que sentarse, no podía evitarlo. De forma que se dejó caer en el banco del piano—. Muy bien —repitió mientras tomaba aire varias veces hasta que el corazón dejó de aporrear contra el pecho.

Cuando creyó que las piernas le sujetarían, decidió que lo mejor sería contarle lo sucedido a alguien sabio, sensato y comprensivo. No conocía a nadie que reuniera mejor esos requisitos que su madre.

Se tranquilizó bastante durante el corto camino hasta su casa. La casa de los O'Toole estaba apartada de la carretera y era un lugar intrincado que ella misma había contribuido a construir. Cuando su padre tenía la idea de una habitación, ella se ofrecía encantada para ponerse a clavar y retirar restos. Algunos de los recuerdos más felices que tenía eran los de trabajar codo con codo con Michael O'Toole y escucharlo silbar mientras hacía el trabajo.

Se paró detrás del viejo coche de su madre. Realmente, deberían pintar ese cacharro, pensó distraídamente, como hacía siempre. El humo salía de las chimeneas.

Dentro todo era acogedor y cálido y olía a pan recién hecho. Encontró a Mollie, su madre, en la cocina metiendo y sacando bandejas del horno.

—Mamá.

—¡Virgen María! Me has dado un buen susto.

Mollie se volvió sonriente y dejó la bandeja encima del horno. Tenía un rostro hermoso. Todavía era joven y terso y llevaba el pelo rojo que había heredado su hija recogido en un moño por comodidad.

—Lo siento, tienes la música muy alta.

—Me hace compañía —pero Mollie se acercó a la radio y bajó el volumen. Debajo de la mesa, Betty, la perra, se dio la vuelta con un gruñido—. ¿Qué haces aquí tan pronto? Creía que tenías trabajo.

—Lo tenía. Lo tengo. Todavía tengo que ir al pueblo a ayudar a papá, pero he pasado por Faerie Hill para arreglar el horno de Shawn.

—Mmm... —Mollie se dio la vuelta para sacar unas barras de pan y dejarlas sobre la rejilla para que se enfriasen.

—Él se marchó antes de que yo terminara, de forma que me quedé sola un rato —Mollie volvió a hacer el mismo sonido de estar distraída y Brenna se puso nerviosa—. Entonces, cuando me iba a marchar... bueno, vi a Lady Gwen.

—Mmm... ¿Qué? —Mollie se centró y miró a Brenna por encima del hombro.

—La he visto. Estaba tocando un poco el piano, cuando levanté la mirada y ella estaba en la puerta de la sala.

—Vaya, debió darte un buen susto.

Brenna resopló. Bendita fuera Mollie O'Toole por su sensatez.

32

—Me quedé petrificada. Es encantadora, como decía la vieja Maude. Y triste. Su tristeza te parte el corazón.

—Yo siempre he querido verla —Mollie, que también era una mujer práctica, sirvió dos tazas de té—, pero nunca lo he hecho.

—Ya sé que Aidan dice que la vio durante años. También Jude, cuando se instaló en la casa de campo —Brenna, más tranquila, se sentó a la mesa—. Pero yo ha hablado con Shawn de ella y él dice que no la ha visto; que la ha sentido, pero no visto. Y, de repente, apareció cuando yo estaba sola. ¿Qué piensas?

—No lo sé, cariño. ¿Qué sentiste?

—Compasión, aparte de la tremenda sorpresa. Luego desconcierto porque no sé lo que quiso decirme.

—¿Te habló? —Mollie abrió los ojos de par en par—. No había oído de nadie a quien le hablara, ni siquiera a Maude. Me lo habría contado. ¿Qué te dijo?

—Dijo: «En esa canción está su corazón», luego me dijo que la escuchara. Pero ya había desaparecido cuando pude recuperar el habla e iba a preguntarle qué quería decir.

—Puesto que Shawn vive ahí y tú estabas tocando su piano, yo diría que el mensaje es muy claro.

—Pero escucho su música constantemente. No puedes pasar cinco minutos cerca de él sin hacerlo.

Mollie fue a decir algo, pero lo pensó mejor y se limitó a posar su mano sobre la de su hija. Su querida Brenna, pensó Mollie, lo pasaba mal cuando tenía que examinar algo que no se podía desmontar y volver a montar.

—Yo diría que lo entenderás cuando llegue el momento.

—Te inspira deseos de ayudarla —murmuró Brenna.

—Eres una buena chica, Brenna. Quizá lo que hagas sea ayudarla antes de que desaparezca.

2

El ambiente era frío y húmedo y el viento soplaba con fuerza, por lo que Shawn decidió preparar un guiso de cordero. Era uno de sus momentos preferidos. A esa hora de la mañana no había nadie en la cocina del pub y Shawn picaba las verduras y doraba trozos de cordero mientras disfrutaba de un rato de soledad antes de que se abriera el local.

Aidan no tardaría en llegar y empezaría a preguntar si se había hecho esto o se había revisado aquello. Luego se oiría a Darcy ir de un lado a otro en el piso de arriba y bajaría un eco lejano de la música que su estado de ánimo había elegido para ese día.

Pero por el momento, el Gallagher's era suyo.

No quería tener la responsabilidad de dirigirlo. Ésa era una cuestión de Aidan. Shawn estaba agradecido por haber nacido en segundo lugar, pero el pub le importaba, como le importaba mantener la tradición que había pasado de generación en generación desde que Shamus Gallagher y su mujer construyeron esa casa junto a la bahía de Ardmore y abrieron sus macizas puertas para ofrecer hospitalidad, cobijo y un buen vaso de whisky.

Su padre había llevado un local público y él había llegado a comprender que el trabajo consistía en proporcionar todo tipo de comodidades a quienes pasaran por allí. Con los años, Gallagher's se había convertido en sinónimo de lugar acogedor y se había hecho famoso por la música que se tocaba allí, fuese en las *seisiun*, que eran actuaciones improvisadas de música tradicional, o en las actuaciones programadas de músicos contratados por todo el país.

A Shawn, el amor por la música le había llegado a través del pub, por lo tanto, a través de la sangre. Era hereditario, como el azul de los ojos o la forma de la sonrisa.

Había pocas cosas que le gustaran tanto como estar trabajando en la cocina y que la música entrara a través de las puertas. También era verdad que a veces no podía evitar dejar de hacer lo que estuviera haciendo para participar de la música. Pero, antes o después, todo el mundo acababa tomando lo que había pedido, de forma que no perjudicaba a nadie por hacerlo.

Rara vez se le había quemado un guiso o se le había enfriado un plato; había ocurrido, pero era algo muy excepcional, porque para él su cocina y lo que salía de ella eran motivo de orgullo.

El aire empezaba a adquirir el aroma que soltaba el guiso humeante. Añadió un poco de albahaca y romero frescos de las plantas que él mismo cultivaba. Cultivar plantas aromáticas era una idea que había adoptado de Mollie O'Toole, a quien él consideraba la mejor cocinera de la zona.

También puso mejorana, pero la sacó de un frasco. Tenía intención de cultivarla y de conseguir lo que Jude llamaba luz para cultivos. Una vez sazonado a su gusto, comprobó los demás platos que estaba cocinando y se puso a picar col para la ensalada que hacía en cantidades industriales.

Oyó los primeros pasos en el piso de arriba y luego la música. Hoy música británica, pensó Shawn al oír el ingenioso y sofisticado entramado de notas. Le gustó la elección de Darcy y se puso a cantar acompañando a Annie Lennox hasta que entró Aidan.

Aidan llevaba puesto un grueso jersey de marinero para combatir el frío. Tenía las espaldas más anchas que su hermano y era más corpulento. Sin embargo, el pelo tenía el mismo tono castaño oscuro con reflejos rojizos cuando se veía a contraluz, como el de la barra del pub gastada por el tiempo. Los genes Gallagher eran evidentes, aunque el rostro de Shawn fuera más afilado y sus ojos de un azul más sereno. Cualquiera que los mirara con cierta atención se daría cuenta de que eran hermanos.

Aidan arqueó una ceja.

—¿Por qué sonríes?

—Por tu aspecto —dijo Shawn tranquilamente—. Pareces un hombre contento y satisfecho.

—¿Por qué no iba a serlo?

—No hay motivo, desde luego —Shawn llenó una taza de té recién hecho—. ¿Qué tal está Jude esta mañana?

—Ha tenido algunas náuseas, pero no le da mucha importancia —Aidan dio un sorbo y suspiró—.

No me avergüenzo de reconocer que a mí se me encoge el estómago al ver cómo palidece al levantarse de la cama. Después de una hora, más o menos, vuelve a estar normal, pero se me hace muy largo.

Shawn se apoyó en la encimera con su taza en la mano.

—No sería mujer por nada del mundo. ¿Quieres que le lleve un poco de estofado más tarde? O si prefiere algo más fácil de tomar puedo llevarle caldo de pollo.

—El estofado le vendrá bien. Te lo agradecerá, y yo también.

—No es ninguna molestia. Es un guiso de cordero. También voy a hacer un pastel de pan y mantequilla, por si quieres preparar el menú del día.

Sonó el teléfono y Aidan puso los ojos en blanco.

—Espero que no sea el proveedor diciendo que hay algún problema. Tenemos menos cerveza de la que me gusta tener.

Ése era uno de los motivos por los que prefería que su hermano se ocupara de esos detalles del negocio, pensó Shawn mientras Aidan iba a contestar el teléfono.

Exigía mucha planificación y cálculos, meditó Shawn a la vez que comprobaba si tenía suficiente pescado para el día. Además, estaba el trato con los clientes, que exigían, discutían e insistían constantemente. Su trabajo no se limitaba a estar detrás de una barra sirviendo pintas de cerveza y escuchando las historias del anciano señor Riley. Estaban la contabilidad, los gastos, las compras y los impuestos. Sólo pensarlo le producía dolor de cabeza.

Comprobó el guiso, lo revolvió en la enorme marmita y se acercó al pie de la escalera para gritar a Darcy que moviera su perezoso trasero. Era una costumbre, no un arrebato, como la sarta de insultos que contestó ella.

Shawn, contento porque el día había empezado bien, salió de la cocina para ayudar a Aidan a montar las mesas y las sillas para el primer turno.

Sin embargo, Aidan estaba detrás de la barra con el ceño fruncido y la mirada perdida.

—¿Problemas con el proveedor?

—No, en absoluto —Aidan miró a Shawn—. La llamada era de Nueva York, de un tal Magee.

—¿De Nueva York? ¡Caray!, allí no son todavía las cinco de la mañana.

—Lo sé, pero él parecía bien despierto y sobrio —Aidan se rascó la cabeza, la sacudió y dio un sorbo de té—. Tiene pensado hacer un teatro en Ardmore.

—¿Un teatro? —Shawn colocó una silla y se apoyó en el respaldo—. ¿No será un cine?

—No, para música. Para música en directo y, quizá, para representaciones también. Dijo que me llamaba porque había oído que Gallagher's se estaba convirtiendo en un centro musical muy importante. Quería conocer mi opinión sobre el asunto.

Shawn, pensativo, colocó otra silla.

—¿Y cuál es?

—Bueno, la verdad es que me pilló por sorpresa y no pude decir mucho. Le dije que si le parecía, podía darme un par de días para pensarlo. Volverá a llamarme a finales de la semana.

—¿Por qué podía estar interesado un hombre de Nueva York en construir un teatro para actuaciones en directo aquí? ¿No es más normal pensar en Dublín, en Clare o en Galway?

—Ése era uno de sus argumentos —contestó Aidan—. No me dio mucha información, pero dijo que quería que fuese en esta zona en concreto. Le dije que quizá no lo supiese, pero que esto es un pueblo de pescadores y poco más. Que es verdad que vienen turistas para ir a la playa y para ver las ruinas de San Declan, pero que no es un sitio muy concurrido —Aidan se encogió de hombros y ayudó a Shawn a colocar las sillas—. Se rió y dijo que lo sabía perfectamente y que buscaba algo pequeño e íntimo.

—¿Te digo lo que pienso? —Aidan asintió con la cabeza—. Me parece una buena idea. Otra cosa es que funcione, pero me parece una buena idea.

—Primero tengo que pensar las ventajas e inconvenientes —murmuró Aidan—. Es probable que él lo reconsidere y se dirija a otro sitio más animado.

—Si no lo hace, yo intentaría convencerle de que lo construyera detrás del pub —Shawn recogía ceniceros y los colocaba sobre las mesas—. Tenemos ese pequeño solar y si el teatro estuviera pegado a Gallagher's nos beneficiaría mucho.

Aidan colocó la última silla y sonrió lentamente.

—Es una buena idea. Me sorprendes Shawn, eres capaz de pensar en el negocio.

—Bueno, se me ocurre algo muy de vez en cuando.

Sin embargo, no volvió a pensar en el asunto una vez que abrieron las puertas y empezaron a acudir los clientes. Aunque sí tuvo tiempo para una breve pero apasionante discusión con Darcy y se dio el placer de verla salir de la cocina como una furia y jurando no volver a hablar con él hasta que llevara seis años bajo tierra.

Él dudaba de que fuera a tener tanta suerte.

Shawn sirvió platos con guiso, frió pescado y patatas e hizo emparedados con jamón y queso fundido. El rumor de las voces que se colaba en la cocina era suficiente compañía. Darcy mantuvo su palabra durante la primera hora del turno de la comida y entregaba los pedidos sin decir una palabra.

A él le parecía tan gracioso, que cuando ella entró para dejar los platos vacíos él la agarró y la besó ruidosamente en los labios.

—Háblame, cariño —decía Shawn—. Estás rompiéndome el corazón.

Ella lo empujó y le dio una palmada en las manos hasta que se dio por vencida y se rió.

—No te preocupes que te hablaré muy claro, majadero. Suéltame.

—Sólo si me prometes no tirarme algo a la cabeza.

—Aidan me lo descontaría de la paga y estoy ahorrando para comprarme un vestido nuevo —se echó atrás la sedosa melena negra y resopló.

—Entonces estoy a salvo —la dejó y se dio la vuelta para echar un trozo de pescado en el aceite caliente.

—Hay un par de turistas alemanes que quieren probar tu guiso con pan integral y ensalada de col. Están alojados en la posada —siguió hablando mientras Shawn servía unos cuencos—. Dicen que mañana van a Kerry y luego a Clare. Si fuera yo y tuviera vacaciones en enero, me iría a la soleada España o a alguna isla tropical donde sólo necesitara un bikini y una capa de bronceador.

Darcy deambulaba por la cocina mientras hablaba, era una mujer con una cara maravillosa, un cutis claro y lechoso y unos ojos azul brillante. Su boca era carnosa y descaradamente sexual, estuviera seria o sonriente. Esa mañana se la había pintado de un color rojo ardiente para intentar animarse en un día frío y gris.

Tenía una figura que dejaba muy claro que era una mujer y su pasión por la moda hacía que la cubriera con colores atrevidos y tejidos delicados.

Compartía la afición de todos los Gallagher por los viajes y estaba decidida a hacerlo de una forma que esperaba que se convirtiera en costumbre: sin reparar en gastos.

Puesto que todavía no había llegado ese día, recogió el pedido y se dirigió hacia la puerta en el momento en que entraba Brenna.

—¿Qué has estado haciendo? —preguntó Darcy—. Tienes toda la cara negra.

—Es hollín —Brenna resopló y se pasó el dorso de la mano por la nariz—. Papá y yo hemos estado limpiando la chimenea y menudo follón. Ya me he limpiado casi todo.

—Si te crees eso, es que no te has mirado en un espejo —Darcy salió esquivando a su amiga.

—Si ella pudiera, se pasaría el día mirándose en uno —dijo Shawn—. ¿Quieres comer?

—Papá y yo tomaremos un poco de ese estofado. Huele muy bien.

Se acercó a los fuegos con la intención de servirse ella misma, pero Shawn se interpuso en su camino.

—Ya lo hago yo, todavía llevas encima más hollín del que te imaginas.

—De acuerdo. También tomaremos té. ¡Ah!, y luego tengo que comentarte una cosa.

Él la miró por encima del hombro.

—¿Por qué no ahora? Estamos solos.

—Prefiero hacerlo cuando no estés tan ocupado. Me pasaré por aquí después del turno de las comidas, si te viene bien.

—Sabes donde encontrarme, ¿verdad? —Shawn puso los platos y las tazas en una bandeja.

—Claro.

Brenna tomó la bandeja y se fue a la mesa donde la esperaba su padre.

—Estofado recién hecho, papá.

—Huele de maravilla.

Mick O'Toole era todo un gallo de pelea. Era bajo y delgado, con una mata de pelo tieso de color arenoso y unos ojos vivaces de un color entre azul y verde, como el mar.

Tenía una risa que parecía un rebuzno, unas manos de cirujano y verdadera debilidad por las historias románticas.

Para Brenna era el amor de su vida.

—Se agradece estar calentito y cómodo, ¿verdad Mary Brenna?

—Desde luego —tomó una cucharada de estofado y sopló cuidadosamente, aunque el olor hizo que quisiera arriesgarse a abrasarse la lengua.

—Entonces, ahora que estamos calentitos y cómodos y a punto de llenar nuestros estómagos, ¿por qué no me cuentas lo que te preocupa?

Brenna pensó que no se le escapaba nada. A veces facilitaba las cosas, pero otras resultaba un incordio.

—No es una verdadera preocupación. ¿Te acuerdas cuando nos contaste lo que pasó cuando eras joven y tu abuela murió?

—Claro. Fue aquí mismo, en Gallagher's. Cuando el padre de Aidan se ocupaba todavía de la barra, antes de que él y su mujer se fueran a Estados Unidos. Tú no eras más que un deseo en mi corazón y una sonrisa en los ojos de tu madre. Yo estaba donde está ahora el joven Shawn, en la cocina. Estaba arreglando el fregadero, tenía una pequeña pero constante gotera que hizo que Gallagher me llamara.

Se detuvo para probar el guiso y se limpió los labios con unos golpecitos de la servilleta. Su mujer era muy exigente con los modales en la mesa y lo había educado en consonancia.

—Yo estaba tumbado en el suelo. Miré hacia arriba y allí estaba mi abuela con un vestido de flores y un delantal blanco. Me sonrió, pero cuando intenté hablar ella sacudió la cabeza. Luego levantó una mano como en señal de despedida y se desvaneció. En ese momento comprendí que había muerto y que lo que había visto era su espíritu que había venido a despedirse. Porque yo era su favorito.

—No pretendo entristecerte —murmuró Brenna.

—Bueno... —Mick resopló—. Era una mujer maravillosa que vivió una vida larga y placentera, pero los que nos quedamos añoramos a los que se han ido.

Brenna se acordó del resto de la historia. Cómo su padre dejó lo que estaba haciendo y salió corriendo a la pequeña casa donde vivía su abuela, que llevaba dos años viuda. La encontró sentada a la mesa con un vestido de flores y un delantal blanco. Había muerto tranquilamente y en paz.

—Y a veces —dijo Brenna con mucho cuidado—, los que se han ido también añoran a otros. Esta mañana he visto a Lady Gwen en la casa de campo de Faerie Hill.

Mick asintió con la cabeza y se acercó a Brenna para escucharla mejor.

—Pobre mujer —dijo cuando hubo terminado Brenna—. Es mucho tiempo para esperar a que las cosas se solucionen.

—Algunos esperamos durante mucho tiempo —Brenna levantó la mirada y vio a Shawn que se acercaba con una fuente llena de comida—. Quiero comentar esto con Shawn cuando el pub esté un poco más tranquilo. Darcy dice que hay un cajetín de electricidad en sus habitaciones que no funciona bien. Le echaré una ojeada después de comer y luego charlaré un rato con Shawn. A no ser que quieras que haga algo más hoy.

—Hoy, mañana... —Mick se encogió de hombros—. Todo acaba por hacerse antes o después. Me pasaré por el hotel del acantilado para ver si han decidido cuál será la próxima habitación que van a renovar —le guiñó un ojo a su hija—. Podríamos tener un buen trabajo para todo el invierno en un sitio seco y calentito.

—Y donde podrías fisgar y comprobar si Mary Kate está todo el día en las oficinas enredando con un ordenador.

Mick sonrió mansamente.

—Yo no lo llamaría ni comprobar ni fisgar, pero me alegro de que al terminar la universidad decidiera aceptar un trabajo cerca de casa. Aunque espero que encuentre pronto otro trabajo que se adapte mejor a ella en Dublín o Waterford. Mis polluelos empiezan a abandonar el nido.

—Yo sigo y tienes a Alice Mae para unos cuantos años.

—Ya, pero echo de menos los tiempos cuando me tropezaba con mis cinco niñas por todos lados. Maureen ya está casada y Patty lo hará la primavera que viene. Cariño, no sé lo que será de mí cuando encuentres un hombre y me dejes.

—A mí me tienes para rato, papá —cruzó las piernas mientras terminaba el guiso—. Los hombres no pierden la cabeza por mujeres como yo.

—El adecuado lo hará.

Brenna tuvo que hacer un esfuerzo para no dirigir la mirada hacia la cocina.

—Yo no espero nada. Además, somos socios, ¿no? —lo miró y sonrió—. Con hombre o sin él, siempre seremos O'Toole y O'Toole.

Lo cual era justo lo que ella quería, pensó Brenna mientras se limpiaba el resto de hollín en el cuarto de baño de Darcy. Tenía un trabajo que le gustaba y la libertad para entrar y salir que no tiene una mujer atada a un hombre.

Tendría una habitación en su casa siempre que la quisiera. La compañía de la familia y los amigos. Dejaría a sus hermanas Maureen y Patty el jaleo de cuidar una casa y de agradar a un marido. Igual que había dejado para Mary Kate el trabajo en una oficina y el estar pendiente del reloj.

Lo único que ella necesitaba era su caja de herramientas y la furgoneta.

Su deseo por Shawn Gallagher le aportaba poco aparte de desesperación y fastidio. Suponía que algún día acabaría pasándosele.

Brenna, que conocía bien a Darcy, se aseguró de no dejar ni una mancha. Dejó el lavabo blanco e inmaculado y se secó las manos en los pantalones en vez de usar la toalla bordada de Darcy; que para Brenna era un completo desperdicio de tela, ya que nadie que la necesitara se atrevería a usarla.

La vida sería más sencilla si todo el mundo comprara toallas negras. Nadie gritaría ni se enfadaría porque se ensuciaran las blancas y esponjosas.

Le llevó un rato reemplazar el cajetín estropeado; Darcy entró justo cuando estaba atornillando la tapa.

—Estaba deseando que te ocuparas de eso. Era insoportable —echó unas monedas en lo que llamaba la jarra de sus deseos—. ¡Ah! Aidan me ha dicho que te diga que él y Jude quieren que hagas una serie de cosas en lo que va a ser el cuarto de su hijo. Ahora iba a visitar a Jude, si quieres, podíamos ir juntas y ver qué es lo que quiere.

—Antes tengo que hacer una cosa, pero puedes decirle que iré dentro de un rato.

—¡Maldita sea, Brenna! Has dejado huellas de tus botas por todos lados.

Brenna hizo una mueca y puso los tornillos a toda prisa.

—Lo siento, Darcy, pero he limpiado el lavabo.

—Pues ahora ya puedes limpiar el suelo. Yo no voy a fregar lo que tú manches. ¿Por qué demonios no has utilizado el cuarto de baño del pub? Esta semana le toca limpieza a Shawn.

—No se me ocurrió. Y deja de dar la bronca. Me ocuparé de eso antes de irme. Por cierto, de nada por el trabajo de electricidad que acabo de hacerte.

—Vale, gracias —Darcy entró con una chaqueta de cuero que se había regalado generosamente en Navidad—. Te veré en casa de Jude.

—Seguramente —farfulló Brenna, que estaba fastidiada ante la idea de tener que fregar el suelo del cuarto de baño.

Siguió farfullando mientras fregaba y luego pasó a los juramentos más violentos al darse cuenta de que también había dejado manchas y trozos de barro seco por el cuarto de estar. Ante la idea de tener que enfrentarse a la ira de Darcy, sacó la aspiradora y lo limpió todo.

Cuando bajó, el pub estaba muy tranquilo y Shawn casi había terminado la limpieza.

—¿Te ha contratado Darcy para limpiar su casa?

—La había manchado de barro —Brenna se sentía como en casa y se sirvió una taza de té—. No pretendía tardar tanto y tampoco pretendo retenerte si tienes que hacer algo antes de volver aquí.

—No tengo nada en concreto que hacer. Quiero una pinta. ¿Tú sigues con el té? —preguntó él con un gesto de la cabeza.

—Por el momento.

—Me serviré una. Ha quedado un poco de pastel si quieres.

En realidad no quería pastel, pero tenía debilidad por esas cosas y se sirvió un trozo. Estaba sentada a la mesa cuando él volvió con una pinta de cerveza Harp.

—Tim Riley dice que el tiempo va a mejorar mañana.

—Casi siempre acierta.

—Pero volverá a llover enseguida —añadió Shawn mientras se sentaba enfrente de ella—. Cuéntame...

—Está bien. Te lo contaré —pensó una docena de maneras de empezar y se quedó con la que le pareció mejor—. Después de que te fueras esta mañana, me quedé un rato revisando el tiro de tu chimenea.

Naturalmente, era mentira, y estaba dispuesta a decírselo al confesor, pero por nada del mundo le diría que había estado tocando una canción suya.

Merecería la pena la penitencia con tal de salvar el orgullo.

—Pero tira muy bien.

—Ya —Brenna se encogió de hombros—. Pero son cosas que hay que revisar de vez en cuando. En cualquier caso, cuando me volví, ella estaba allí, en la puerta del cuarto.

—¿Quién es ella?

—Lady Gwen.

—¿La viste? —Shawn dejó la pinta sobre la mesa con un golpecito.

—Como te veo a ti en este momento. Estaba de pie y me sonreía con tristeza y... —no quería decirle lo que habían hablado, pero se sentía obligada. Una cosa era decir una pequeña mentira y otra engañar.

—Y ¿qué?

La repentina impaciencia de Shawn hizo que Brenna se crispara un poco.

—Ya voy. Entonces me habló.

—¿Te habló?

Shawn se levantó y empezó a ir de un lado a otro de la cocina con un nerviosismo tan impropio de él que Brenna se encontró mirándolo ensimismada.

—¿Qué mosca te ha picado, Shawn?

—Yo soy el que vive allí, ¿no? ¿Acaso se me aparece a mí? ¿Me habla a mí? No. Espera a que llegues tú para arreglar el horno y enredar con el tiro para hacer acto de presencia.

—Bueno, siento mucho que tu fantasma me haya elegido, pero yo no lo he buscado, ¿no?

Brenna se metió en la boca una cucharada de pastel.

—De acuerdo, de acuerdo, no la tomes conmigo —Shawn volvió a sentarse con el ceño fruncido—. ¿Qué te dijo?

Brenna lo miró con una expresión amable mientras comía el pastel. Shawn puso los ojos en blanco y ella dio un sorbo de té con gesto remilgado.

—Perdona, ¿me hablabas a mí? ¿O hay alguien más a quien quieras gruñir sin que tenga la culpa de nada?

—Lo siento —Shawn sonrió porque casi siempre le daba resultado—. ¿Me podrías decir lo que te contó?

—Lo haré, ya que lo has pedido con educación. Me dijo: «En esa canción está su corazón». Pensé que se refería al príncipe de las hadas, pero cuando se lo conté a mamá, ella me dijo que se refería a ti.

—Si es verdad, no sé lo que quiere decir.

—Yo tampoco, pero me preguntaba si te importaría que pasara por ahí de vez en cuando.

—Ya lo haces —señaló él haciendo que Brenna se sintiera un poco violenta.

—Si no quieres que vaya, sólo tienes que decírmelo.

—No he dicho eso, o no es lo que quería decir. Sólo digo que ya pasas por ahí de vez en cuando.

—Lo que yo había pensado era que a lo mejor podría ir también cuando no estuvieses. Como hoy. Sólo para ver si vuelve a aparecer. Podría hacer algunas tareas domésticas mientras esté allí.

—No hace falta que hagas ningún trabajo para ir. Siempre eres bien recibida.

Aquello le hizo sentirse más tranquila, no sólo porque lo dijera, sino porque lo pensaba.

—Lo sé, pero me gusta estar ocupada. Ya que no te importa, iré de vez en cuando.

—¿Me lo contarás si vuelves a verla?

—Serás el primero en saberlo —se levantó para llevar el cuenco y la taza al fregadero—. Tú crees... —se detuvo y sacudió la cabeza.

—¿Qué?

—Nada. Tonterías.

Él se acercó por detrás y la tomó del cuello con sus experimentados dedos. Ella habría ronroneado y se habría arqueado como un gato, pero consiguió contenerse.

—Si no le puedes decir una tontería a un amigo, a quién vas a decírsela.

—Bueno, me preguntaba si el amor dura tanto, más allá de la muerte y el tiempo.

—Es lo único que dura de verdad.

—¿Has estado enamorado alguna vez?

—No de una forma profunda, y si no es profundo, supongo que no es amor.

Ella dejó escapar un suspiro que sorprendió a los dos.

—Si atrapa profundamente a uno pero no al otro, debe ser lo peor que puede ocurrirte en la vida.

Él sintió una punzada en el corazón que tomó por compasión.

—Veamos, Brenna, querida, ¿te has enamorado alguna vez de mí?

Ella dio un respingo, se dio la vuelta hacia él y lo miró boquiabierta. La miraba con un cariño tan repugnante, con tal paciencia y compasión que lo habría molido a palos. En cambio, se apartó de él y recogió la caja de herramientas.

—Shawn Gallagher, eres un auténtico majadero.

Salió con la barbilla apuntando al techo y haciendo sonar la caja de herramientas.

Él se limitó a sacudir la cabeza y continuó con la limpieza del pub. Con la punzada todavía en el corazón, se preguntó en quién se habría fijado Brenna O'Toole.

Fuera quien fuese mejor sería que se la mereciera, pensó Shawn mientras cerraba la puerta de un armario con demasiada fuerza.

3

Brenna no estaba de muy buen humor cuando entró en la casa de los Gallagher. No llamó a la puerta, ni siquiera se le ocurrió hacerlo. Había entrado y salido de la vieja casa desde que pudo andar, como Darcy lo había hecho de casa de los O'Toole.

A lo largo del tiempo, se habían hecho algunos cambios en la casa. ¿Acaso no habían instalado ella y su padre el precioso suelo azul celeste en la cocina hacía cinco inviernos? Y ella misma había empapelado la habitación de Darcy el junio pasado con un precioso estampado de capullos de rosa.

Sin embargo, aunque se hubiese hecho una cosilla por aquí y otra por allá, la esencia de la casa seguía siendo la misma. Era un lugar acogedor en el que la música flotaba en el ambiente aunque nadie estuviese tocándola.

Ahora que Aidan y Jude vivían allí, había flores recién cortadas por todos lados, en floreros, en cuencos o en botellas, ya que a Jude le gustaban mucho. Brenna sabía que Jude tenía intención de plantar más flores en primavera. Incluso había comentado con ella la posibilidad de hacer un cenador.

A Brenna le parecía que la casa necesitaba algo con aire anticuado que encajara con las viejas piedras, las sólidas vigas de madera y las líneas desordenadas de la fachada. Ya había pensado en algo y lo conseguiría poco a poco. Si bien entró en la casa con el ceño fruncido, la risa de Darcy en el piso de arriba hizo que esbozara una sonrisa. Las mujeres eran mucho más fáciles de tratar que los hombres, pensó mientras subía las escaleras.

Que casi todos los hombres en casi todas las ocasiones.

Las encontró en la que había sido la habitación de Shawn, aunque apenas quedaba nada salvo la cama y el viejo aparador. Se había llevado a Faerie Hill las estanterías que tenía llenas de partituras, así como el violín y el tambor.

La alfombra seguía en su sitio, vieja y desteñida. Se había sentado en ella centenares de veces fingiendo estar aburrida mientras él tocaba alguna melodía.

La primera vez que se enamoró, lo hizo de la música de Shawn Gallagher. Hacía tanto tiempo que no podía recordar ni la canción ni la fecha. Más bien era como algo que había estado allí toda la vida. Aunque ella no se lo había dicho nunca. Brenna estaba convencida de que para conseguir que alguien se moviera eran mejores los empujones que las caricias. Si bien hasta el momento nadie había conseguido que Shawn diera un paso para hacer algo provechoso con sus canciones.

Ella lo deseaba por él, por ese hombre terco como una mula. Quería que hiciera lo que estaba destinado a hacer y que ofreciera su música al mundo. Pero no era un problema suyo, se recordó, y no había ido a la casa para darle más vueltas en la cabeza. Había ido por un problema de Jude, pensó, mientras fruncía los labios.

Las descoloridas paredes estaban hechas un desastre. Había marcas que señalaban el lugar donde Shawn había colgado los cuadros. También había docenas de agujeros de clavos, que demostraban que no era un experto con el martillo.

Brenna, sin embargo, recordaba que siempre que la madre de Shawn se proponía hacer algo con esa habitación, él sonreía y le decía que no se preocupara. Le gustaba como estaba.

Brenna se apoyó en el quicio de la puerta intentando hacerse una idea sobre cómo transformar la descuidada habitación de un hombre en una alegre habitación para un bebé. Mientras lo pensaba, se fijó en sus amigas que estaban en la ventana mirando al exterior.

Darcy con su fabulosa melena suelta e indomable y Jude con el espeso y lustroso pelo castaño pulcramente recogido en la nuca. Eran dos estilos muy distintos. Darcy era brillante como la luz del sol y Jude sutil como el resplandor de la luna. Tenían una estatura parecida, una estatura media para una mujer, decidió Brenna. Lo cual era unos seis centímetros más que ella. El tipo también era muy parecido, aunque Darcy tenía algo más de curvas, y no se molestaba en ocultarlas.

Las dos eran clara e inconfundiblemente femeninas.

Era algo que Brenna no envidiaba, por supuesto que no. Aunque de vez en cuando le gustaría no sentirse ridícula cuando se ponía una falda y unos zapatos de mujer.

Como era algo que no le preocupaba mucho, se metió las manos en los bolsillos de los amplios pantalones y levantó la cabeza.

—¿Cómo pretendes saber lo que quieres hacer en el cuarto si te pasas el día mirando por la ventana?

Jude se giró con una sonrisa que iluminó su precioso y serio rostro.

—Estábamos mirando a Aidan y Finn en la playa.

—El hombre salió corriendo en cuanto nos pusimos a hablar de pintura, papeles y telas. Dijo que tenía que sacar de paseo al perro —comentó Darcy mientras Brenna se acercaba.

—Muy bien —Brenna miró por la ventana y vio a Aidan y al cachorro sentados en la arena y mirando el mar—. Es una visión muy bonita. Un hombre de anchas espaldas y un hermoso perro en la playa invernal.

—Está sumido en pensamientos profundos. Apostaría que piensa en su inminente paternidad —Darcy lanzó una última mirada afectuosa a su hermano y se volvió con las manos en las caderas—. Y a nosotras nos toca ocuparnos de los aspectos prácticos mientras él se sienta a filosofar.

Brenna dio una palmadita en la tripa de Jude.

—¿Cómo lo llevas?

—Muy bien. El doctor dice que los dos estamos sanos.

—He oído que tienes náuseas por las mañanas.

Jude puso los ojos en blanco.

—Aidan exagera. Ni que fuera la primera mujer en tener un hijo desde Eva. Sólo son unos ligeros mareos. Se me pasarán.

—Si fuera yo —dijo Darcy, que se había tumbado en la cama de su hermano—, sacaría todo el partido posible. Haría que me mimaran. Jude Frances, deberías conseguir que te mimaran lo más posible. Porque cuando haya nacido el bebé estarás tan ocupada que no te acordarás ni de tu nombre. Brenna, ¿te acuerdas de cuando Betsy Duffy tuvo su primer hijo? Durante dos meses se quedaba dormida todos los domingos en misa. Con el segundo simplemente se quedaba sentada con los ojos desorbitados y la mirada perdida, y cuando tuvo el tercero...

—De acuerdo —Jude se rió y dio un pisotón a Darcy—. Me hago una idea. En este momento, me basta con uno. Brenna... —levantó las manos—. Las paredes.

—Ya, no tienen desperdicio. Podemos arreglarlas. Podemos limpiarlas y tapar los agujeros —señaló uno del tamaño de un penique—. Y pintarlas bien.

—Había pensado en empapelarlas, pero he decidido que es mejor pintarlas. Algo sencillo y luminoso. Podemos colgar grabados, grabados de hadas y cuentos.

—Deberías colgar tus dibujos —dijo Brenna.

—¡Bah! Yo no dibujo tan bien.

—Lo suficiente como para vender un libro con tus historias y tus dibujos —le recordó Brenna—. Creo que tus dibujos son preciosos y cuando el bebé crezca le gustará tener algo de su madre colgado en la pared.

—¿Tú crees? —Jude se llevó un dedo sobre los labios y en los ojos se podía leer lo que le agradaba la idea—. Podría enmarcar algunos para ver cómo quedan.

—Con marcos de colores brillantes —dijo Brenna—. A los bebés les gustan los colores brillantes, al menos eso decía mamá.

—De acuerdo —Jude respiró hondo—. Ahora el suelo. No quiero taparlo, pero habrá que acuchillarlo y barnizarlo.

—Eso no es ningún problema. Habrá que cambiar algunos tablones, pero puedo hacer unos que entonen con los demás.

—Perfecto. Os contaré la idea que tengo en la cabeza. Es una habitación grande y había pensado que podíamos hacer una zona de juegos en esta esquina —Jude atravesó la habitación gesticulando—. En esta pared se pueden poner unas baldas para los juguetes y debajo de la ventana una mesa con una silla.

—Se puede hacer eso, pero si pusieras las baldas en la esquina aprovecharías mejor el espacio y sería un rincón más separado, ¿sabes lo que quiero decir? Además, puedo hacerlas adaptables para que puedas cambiarlas según las necesidades.

—En la esquina... —Jude entrecerró los ojos intentando hacerse una idea—. Me gusta. ¿Qué te parece Darcy?

—Creo que vosotras sabéis muy bien lo que se necesita aquí, pero yo me encargaré de llevarte a Dublín para que te compres algo de ropa de premamá como Dios manda.

Jude se puso la mano en el vientre instintivamente.

—Todavía no se me nota.

—¿Para qué esperar? Tú la necesitarás mucho antes que tu bebé las baldas y ya estás pensando en eso, ¿no? Iremos el jueves que viene, que tengo el día libre y la parte de la paga destinada a la diversión. ¿Te parece bien, Brenna?

Brenna estaba sacando la cinta métrica.

—Me parece perfecto para vosotras dos. Tengo demasiado trabajo como para pasarme un día de compras en Dublín mientras a vosotras se os cae la baba ante unos zapatos.

—Tú también podrías comprarte unas botas nuevas —dijo Darcy mirándole los pies—. Parece como si hubieses usado las que llevas para dar la vuelta a Irlanda sin quitártelas.

—A mí me gustan. Jude dile a Shawn que se lleve estos trastos y me pondré con la habitación a principios de la semana que viene.

—No son trastos —dijo Shawn desde la puerta—. He pasado noches muy agradables en la cama sobre la que Darcy parece estar tan cómoda.

—Ahora es un trasto —Brenna lo miró con un leve resoplido—. Y molesta. Por cierto, me encantaría saber por qué tienes que hacer agujeros de este tamaño para clavar un clavo.

—Si cuelgas un cuadro, da igual el tamaño del agujero.

—Puesto que piensas así, si piensas colgar algo en la casa de campo será mejor que llames a alguien que sepa manejar un martillo. Jude, deberías hacer que te lo jurara —le advirtió Brenna—. Si no, para primavera la casa estará en ruinas.

—Yo taparé los agujeros si eso hace que cierres el pico.

Lo dijo con un tono peligrosamente agradable. Tanto que Brenna sintió una punzada en el corazón y tuvo que disimularlo con cierto sarcasmo.

—Estoy segura, como arreglaste el fregadero del pub y tuve que chapotear en un charco de agua para reparar la avería.

Darcy se rió entre dientes y Shawn la miró con unos ojos gélidos.

—Jude, si te parece bien, mañana me llevaré mis cosas.

Jude se acercó rápidamente al notar el orgullo masculino herido.

—No hay ninguna prisa, Shawn. Sólo estábamos... —se detuvo al notar que el cuarto le daba vueltas.

Antes de que se tambaleara, Shawn cruzó la habitación a una velocidad que dejó boquiabierta a Brenna y tomó a su cuñada en brazos.

—No pasa nada —Jude se encontraba mejor y dio una palmada a Shawn en el hombro—. Me he mareado un segundo, nada más. Me ocurre de vez en cuando.

—Debes acostarte —dijo él mientras se alejaba a grandes zancadas—. Llama a Aidan —ordenó a Darcy por encima del hombro.

—No, no. Estoy bien. Shawn no...

—Llama a Aidan —repitió Shawn, pero Darcy ya estaba de pie y había echado a correr.

Brenna se quedó un rato quieta con la cinta métrica en la mano. Era la mayor de cinco hermanas y había visto cómo se caía su madre al marearse durante un embarazo, por lo que el comportamiento de Jude no le preocupó demasiado. Lo que le asombró de verdad fue la demostración de fuerza que había presenciado. La facilidad con la que Shawn había alzado a Jude.

Se sacudió la cabeza para intentar aclararse las ideas y fue al dormitorio principal justo cuando Shawn dejaba suavemente a Jude sobre la cama y la tapaba con una colcha.

—Shawn, esto es ridículo yo...

—Quédate tumbada —la apuntó con un dedo de tal forma que Jude tuvo que obedecer y que dejó a Brenna con los ojos como platos—. Voy a llamar al médico.

—No necesita un médico.

Brenna casi da un paso atrás impresionada por la mirada furiosa que le lanzó Shawn al darse la vuelta. Pero también vio un hombre asustado y se conmovió.

—Sólo es algo normal cuando estás embarazada —Brenna se sentó en la cama junto a Jude y le tomó la mano—. Mi madre solía tumbarse en el suelo de la cocina cuando tenía un mareo, sobre todo con Alice Mae.

—Me encuentro bien.

—Naturalmente, pero un poco de reposo tampoco te hará ningún daño. ¿Por qué no traes un poco de agua para Jude, Shawn?

—Creo que debería verla un médico.

—Lo más probable es que Aidan la obligue a hacerlo —al ver la tristeza de Jude ante la idea, Brenna la miró con compasión—. No te preocupes. Mamá decía que papá hacía lo mismo cuando estaba embarazada de mí. Cuando llegaron las demás ya estaba acostumbrado. Al fin y al cabo, los hombres tienen derecho a sentir pánico. No saben lo que ocurre dentro de ti como lo sabes tú, ¿no? Shawn trae el agua.

—De acuerdo, la traeré, pero no dejes que se levante.

—De verdad, estoy bien.

—Claro que sí. Ya no estás pálida y tienes los ojos brillantes —Brenna volvió a apretarle la mano—. ¿Quieres que vaya a tranquilizar a Aidan?

—Si crees... —se calló al oír el portazo de la puerta de la casa y unos pasos que subían las escaleras de dos en dos—. Demasiado tarde.

Brenna se levantó y se plantó en medio de la habitación antes de que Aidan entrara como una exhalación.

—Está bien. Sólo ha tenido el típico mareo del embarazo. Está...

Sólo pudo suspirar al ver que Aidan pasaba junto a ella sin hacerle caso.

—¿Estás bien? ¿Te has desmayado? ¿Habéis llamado al médico?

—Que se encargue ella de tranquilizarlo.

Brenna hizo un gesto a Darcy para que salieran de la habitación.

—¿Estás segura de que está bien? Hace un minuto estaba muy pálida.

—Está bien, te lo prometo. Y lo más probable es que Aidan no le deje salir de la cama en todo el día, independientemente de lo que proteste.

—No basta con que una mujer tenga que ponerse gorda como una vaca cuando está embarazada, además tiene que vomitar todas las mañanas y desmayarse de vez en cuando —Darcy resopló como si se obligara a sí misma a tranquilizarse—. Es una tristeza pensar las cosas que tienen que pasar las mujeres. Y vosotros... —apuntó con un dedo a Shawn que entraba en ese momento con el vaso de agua—. Todo lo que tenéis que hacer es pasar nueve meses silbando y regalar unos puros apestosos cuando nace el bebé.

—Eso sólo demuestra que Dios es hombre —dijo él con una leve sonrisa.

Darcy hizo una mueca con la boca, pero se limitó a sacudir la cabeza.

—Le prepararé un poco de té y unas tostadas.

Darcy se fue y dejó a Shawn con la mirada clavada en la puerta del dormitorio.

—Dejémosles un poco de intimidad —Brenna lo tomó del brazo y se lo llevó hacia las escaleras.

—¿No le doy el agua?

—Bébetela tú —Brenna sintió un arrebato de cariño hacia Shawn y le acarició una mejilla—. Estás blanco como la cera.

—Me ha dado un susto de muerte.

—Ya lo he visto, pero actuaste rápidamente e hiciste lo correcto —entró en la habitación de al lado y recogió la cinta métrica—. Está sufriendo muchos cambios en su interior y seguramente no descanse tanto como debiera. Está atrapada por tantos planes —tomó una medida y la apuntó en una libreta—. Son demasiadas novedades en muy poco tiempo.

—Me imagino que para una mujer es más fácil tomarse estas cosas con calma.

—Supongo —Brenna seguía tomando medidas y apuntándolas—. Deberías acordarte de cuando tu madre estaba esperando a Darcy.

—Me acuerdo de algo.

Todavía tenía la garganta seca por los nervios y dio un sorbo de agua. Notó que Brenna estaba bastante tranquila. Iba elegantemente de un lado a otro de la habitación tomando medidas, anotando cosas en la libreta y haciendo pequeñas señales y escribiendo números en la pared.

Se le habían escapado unos mechones de la gorra. Unos rizos rojos y largos que seguramente habían saltado al salir corriendo hacia el dormitorio.

—¿De qué te acuerdas?

—¿Mmm? —había perdido el hilo y dejó de observar el rizo que jugueteaba sobre el hombro de Brenna para mirarla a la cara.

—Del embarazo de tu madre con Darcy. ¿Qué recuerdas?

—Que apoyaba la cabeza en su vientre y notaba las patadas y los movimientos. Era como si Darcy quisiera salir y pudiera con todo.

—Es muy bonito —Brenna dejó la cinta métrica y la libreta y levantó la caja de herramientas—. Lo siento. Antes te he echado la bronca y te he gruñido. Hoy no tenía mi mejor día.

—Nunca tienes tu mejor día —contestó Shawn, pero sonrió y le dio un golpecito en la visera de la gorra—. Estoy demasiado acostumbrado a tus mordiscos como para que me importen.

Lo malo era que quería morderlo de verdad; allí mismo, junto a la mandíbula. Quería saber a qué sabía. Suponía que si lo intentaba, el que se desmayaría sería él.

—No podré empezar aquí hasta el lunes o el martes, así que no hay mucha prisa para que te lleves las cosas. Pero... —le golpeó con un dedo en el pecho—, decía en serio lo de los cuadros en la casa de campo.

Él se rió.

—Si siento la necesidad imperiosa de agarrar un martillo —se inclinó y le dio a Brenna un beso amistoso en la mejilla que la hizo perder el equilibrio—. Te aseguro que llamaré a un O'Toole.

—Será mejor que lo hagas.

Brenna, irritada, se dispuso a marcharse. En ese momento, apareció Aidan en la puerta con aspecto de estar agotado.

—Está bien. Ella dice que está bien. He llamado al médico y él dice que ella está bien, que sólo necesita un poco de reposo y mantener los pies en alto.

—Darcy le está haciendo un poco de té.

—Perfecto. Jude está nerviosa porque había pensado llevar unas flores a la vieja Maude. Lo haría yo, pero...

—Yo las llevaré —dijo Shawn—. Te sentirás mejor si te quedas con ella un rato. Puedo ir en coche, visitar un poco a la vieja Maude y llegar a tiempo al pub.

—Te lo agradecería. Te lo agradezco —corrigió con el rostro más tranquilo—. Me ha contado cómo la recogiste en brazos y la llevaste a la cama. Y la obligaste a quedarse tumbada.

—Pídele que no vuelva a desvanecerse cerca de mí. Mi corazón no lo aguantaría.

Shawn llevó las flores a Maude. Eran unos vistosos pensamientos morados y amarillos que Jude había recogido. No iba a menudo al viejo cementerio. Allí no yacía nadie verdaderamente próximo a él. Pero ya que la casa de campo estaba cerca, pensó que podía hacer eso por Jude hasta que estuviera en condiciones de subir por sus propios medios.

Los muertos estaban enterrados cerca del pozo de San Declan, donde los peregrinos que habían ido a honrar al santo irlandés se lavaban los pies y las manos después del viaje.

Cerca había tres cruces de piedra que guardaban el lugar sagrado y, quizá, pensó, daban consuelo a quienes subían a la colina para recordar a los muertos.

La vista era espectacular: la bahía de Ardmore se desplegaba como una franja gris bajo el cielo plomizo y el latido del Mar Céltico, el corazón que latía día y noche, se extendía hasta el horizonte. El batir de las olas y el viento formaban una música que los pájaros, impávidos ante la llegada del invierno, acompañaban con sus cantos.

La luz era tenue y blanca y el aire húmedo empezaba a enfriarse. El invierno había dejado sin color la hierba silvestre que crecía entre las piedras y los adoquines. Sin embargo, él sabía que el invierno nunca se alargaba mucho por allí y que pronto la hierba verde se abriría camino entre los restos mortecinos y devolvería el color a la colina.

El ciclo que representaban lugares como ése nunca terminaba. Y eso era un consuelo también.

Se sentó junto a la tumba de Maude Fitzgerald y dejó los pensamientos apoyados en la lápida donde se podía leer: «Una mujer sabia».

La madre de Shawn era Fitzgerald, así que él era una especie de primo de la vieja Maude. La recordaba bien. Era una mujer baja y delgada con el cabello gris y unos ojos muy perspicaces de un color verde brumoso.

También recordaba cómo le miraba a veces. Lo hacía profundamente y con serenidad, de una forma que no le molestaba pero que le perturbaba. A pesar de todo, él siempre se había sentido inclinado hacia ella y de niño se sentaba a sus pies cuando iba por el pub. Nunca se cansaba de oírla contar historias y con el tiempo llegó a componer canciones basadas en algunas de ellas.

—Las flores te las manda Jude —empezó a decir—. Ahora está descansando porque ha tenido un pequeño mareo por el embarazo. Está bien y no hay motivo de preocupación, pero como quería quedarse tumbada un rato, yo me he ofrecido para traerte las flores. Espero que no te importe.

Se calló un momento y miró alrededor.

—Ahora que Aidan y Jude se han mudado a la casa, yo me he instalado en tu casa de campo. Los Gallagher somos así, ya lo sabes. Con el bebé, la casa de campo se les quedaría un poco pequeña. La abuela de Jude, es decir, tu prima Ann Murray, le dio la casa como regalo de boda.

Se movió un poco para ponerse más cómodo y empezó a tamborilear inconscientemente con los dedos en la rodilla siguiendo el ritmo del mar.

—Me gusta vivir aquí, en medio de la quietud. Pero no sé por qué no he visto a Lady Gwen. ¿Sabes que se le ha aparecido a Brenna O'Toole? Te acordarás de Brenna, es la mayor de las chicas O'Toole que viven justo debajo de tu casa. Es pelirroja, bueno casi todas las O'Toole son pelirrojas, pero Brenna tiene como... lenguas de fuego. Parece que podría quemarte los dedos si le tocaras el pelo, pero en cambio es cálida y delicada.

Se sorprendió a sí mismo, frunció el ceño y se aclaró la garganta.

—En cualquier caso, llevó viviendo ahí casi cinco meses y no se me ha aparecido claramente, en cambio, Brenna viene a arreglar el horno y la señora no sólo se le aparece sino que además le habla.

—Las mujeres son criaturas perversas.

El corazón de Shawn se paró un instante porque no esperaba que nadie fuese a contestarle. Levantó la mirada y vio a un hombre con una larga melena negra, unos ojos azules y muy penetrantes y una sonrisa burlona.

—Yo he pensado lo mismo muchas veces —dijo Shawn con tranquilidad, pero su corazón decidió que mejor que pararse era empezar a latir como un caballo desbocado.

—Pero tampoco podemos pasar sin ellas, ¿verdad?

El hombre se levantó de la silla de piedra que había junto a las tres cruces también de piedra. Se movía con elegancia sobre la hierba y las piedras y calzaba unas botas de un cuero suavísimo. Se sentó al otro lado de la tumba.

El viento, gélido, jugaba con los mechones de su cabellera y ondulaba una pequeña capa roja que cubría regiamente sus hombros.

La luz se hizo más intensa y clara y todo, piedras, hierba y flores, adquirió nitidez. A lo lejos se escuchaban gaitas y flautas en armonía con el viento y el mar.

—No durante mucho tiempo —contestó Shawn.

Mantuvo tranquila la mirada y esperó poder conseguir que el corazón hiciese lo mismo.

El hombre posó las manos sobre sus rodillas. Llevaba calzas y un jubón de plata con hilos de oro. En una mano tenía un anillo de plata con una piedra azul.

—Sabes quién soy, ¿verdad, Shawn Gallagher?

—He visto algunos dibujos tuyos que Jude ha hecho para su libro. Es muy buena dibujante.

—Y muy feliz, ¿no? Casada y embarazada.

—Sí, así es, príncipe Carrick.

Los ojos de Carrick brillaron divertidos y poderosos.

—¿Te importa estar hablando con el príncipe de las hadas, Gallagher?

—Bueno, la verdad es que durante un siglo o así preferiría que no me llevaras al castillo de las hadas, todavía tengo que hacer algunas cosas por aquí.

Carrick, con las manos todavía en las rodillas, echó la cabeza hacia atrás y se rió. El sonido era rotundo y potente. Atractivo y seductor.

—Es algo que gustaría mucho a algunas damas de la corte, por tu presencia y tus dotes musicales. Pero tengo una tarea para ti aquí, en tu terreno. Y aquí vas a quedarte, no te preocupes —se puso serio de repente y se inclinó hacia delante—. Has dicho que Gwen habló con Brenna O'Toole. ¿Qué le dijo?

—¿No lo sabes?

Carrick estaba de pie y parecía completamente inmóvil.

—No puedo entrar en la casa de campo ni traspasar los límites de su jardín, aunque mi casa está debajo. ¿Qué le dijo?

Shawn sintió una compasión profunda. La pregunta había sido más un ruego que una orden.

—En esa canción está su corazón, eso es lo que le dijo.

—Nunca le ofrecí música —dijo Carrick melancólicamente. Levantó un brazo e iluminó todo con un giro de la muñeca—. Joyas arrancadas del fuego del sol. Eso le ofrecí, eso arrojé a sus pies cuando le pedí que se fuese conmigo. Pero ella les dio la espalda, me dio la espalda. Dio la espalda a su propio corazón. ¿Sabes lo que es eso, Gallagher? ¿Sabes lo que es que la única persona que quieres, la única que querrás jamás, te de la espalda?

—No. Yo nunca he querido de esa forma.

—Lo lamento por ti, porque hasta que no lo hagas no podrás decir que estás vivo.

Levantó el otro brazo y se hizo la oscuridad con destellos plateados. Por el suelo reptaba una neblina muy ligera.

—Aunque aceptó a otro hombre obedeciendo las ordenes de su padre, yo recogí las lágrimas de la luna y las derramé a sus pies en forma de perlas. Tampoco las aceptó ni me aceptó.

—Y las joyas del sol y las perlas de la luna se convirtieron en flores —continuó Shawn— que ella cuidaba año tras año.

—¿Qué es el tiempo para mí? —Carrick miró a Shawn con un asomo de impaciencia—. Un año, un siglo...

—Un año puede ser un siglo cuando se espera el amor.

Los ojos de Carrick se empañaron de emoción antes de cerrarlos.

—Eres diestro con las palabras como lo eres con las melodías. Y tienes razón.

Volvió a girar la muñeca y se volvió a hacer la luz, pálida y tenue.

—A pesar de todo, seguí esperando, esperé mucho antes de volver a ella por última vez. Y arranqué el corazón al mar. Con él hice cientos de zafiros que también arrojé a sus pies. Para mi Gwen, todo lo que tenía y más para mi Gwen. Pero me dijo que ya era anciana y que era tarde. La vi llorar por primera vez. Lloraba mientras me decía que si una sola vez hubiese dicho lo que sentía mi corazón en lugar de ofrecerle joyas, en vez de promesas de riquezas y vida eterna, tal vez la habría persuadido de cambiar su mundo por el mío, su obligación por el amor. Yo no le creí.

—Estabas enfadado porque la habías amado y no habías sabido cómo demostrárselo, cómo decírselo.

Shawn había oído la historia cientos de veces. Cuando era niño soñaba con ella a menudo. El apuesto príncipe de las hadas que cabalgaba un caballo alado para alcanzar el sol, la luna y el fondo del mar.

—¿Qué otra cosa puede hacer un hombre? —preguntó Carrick.

Esa vez Shawn sonrió.

—Eso no lo sé, pero hacer un sortilegio que os tiene a los dos esperando durante siglos quizá no fuese una idea muy buena.

—Tengo mi orgullo, ¿no? —dijo Carrick acariciándose la cabeza—. Y mi genio. Se lo pregunté tres veces y tres veces me rechazó. Ahora esperaremos hasta que el amor sea correspondido tres veces y lo acepte todo. Virtudes y defectos, penas y alegrías. Eres diestro con las palabras, Gallagher —dijo Carrick con la misma sonrisa burlona de antes—. Me disgustaría que tardaras tanto como tu hermano en utilizarlas.

—¿Mi hermano?

—Tres veces —Carrick se levantó con una mirada oscura y profundamente azul—. Ya se ha cumplido una.

Shawn también se levantó. Tenía los puños cerrados.

—¿Te refieres a Aidan y Jude? ¿Me estás diciendo, canalla, que les hechizaste?

Los ojos de Carrick destellaron y un trueno retumbó como respuesta.

—Eres un necio. Los hechizos de amor sólo son habladurías de las esposas. No puedes aplicar la magia con el corazón, es mucho más fuerte que cualquier sortilegio. Puedes conjurar a la lujuria con un guiño de ojo y al deseo con una sonrisa. Pero el amor es el amor y nada puede influir en él. Lo de tu hermano con Jude Frances es tan real como el sol, la luna y el mar. Tienes mi palabra.

Shawn se serenó lentamente.

—En ese caso, te pido disculpas.

—No me ofende que un hermano defienda a otro hermano. Si me ofendiera —añadió Carrick con una sonrisa levemente despectiva—, estarías rebuznando como un asno. También tienes mi palabra.

—Agradezco tu condescendencia —dijo Shawn antes de volver a ponerse tenso—. ¿Estás sugiriendo que yo seré el segundo paso para romper el sortilegio? Porque si lo haces, me parece que vas por el camino equivocado.

—Sé muy bien por qué camino voy, joven Gallagher. Eres tú el que no lo sabe. Aunque pronto lo sabrás. Lo sabrás.

Carrick hizo una cortés reverencia y se desvaneció en el momento en que el cielo pareció abrirse para descargar una lluvia torrencial.

—Vaya, ha sido perfecto, ¿no?

Shawn se quedó en medio de la lluvia furioso y desconcertado. Y se le había hecho tarde para ir a trabajar.

4

Era un hombre al que le gustaba tomarse las cosas con calma. Meditarlas y reflexionarlas, sopesarlas y calibrarlas. Y es lo que hizo al no contar a nadie, por el momento, su encuentro con Carrick junto a la tumba de la vieja Maude.

Le preocupaba un poco. No tanto el encuentro con el príncipe de las hadas, creía en la magia porque lo llevaba en la sangre, lo que le preocupaba era el tono de la conversación y la dirección que había tomado.

Se moriría antes de conquistar a una mujer, o que ella le conquistara a él, y enamorarse de ella sólo por adaptarse a los planes y deseos de Carrick.

No era de los que se casan y sientan la cabeza como su hermano Aidan. Le gustaban las mujeres, desde luego. Su olor, sus formas y su pasión. Y había muchas por todos lados. Todas ellas fragantes, voluptuosas y cálidas.

Tendía a escribir mucho sobre el amor, en todas sus variedades, placenteras y dolorosas, pero en el plano personal prefería bordearlo sin apenas rozarlo.

El amor, el que te apresa el corazón con ambas manos y se adueña de él, es una responsabilidad excesiva. Y la vida estaba muy bien como estaba. Tenía la música y el pub; los amigos y la familia; además, también tenía la pequeña casa de campo de la colina que era toda para él. Bueno, y para el fantasma, que, en cualquier caso, no buscaba su compañía.

Se lo tomó con calma, lo pensó y repensó mientras se ocupaba de sus asuntos. Tenía que freír pescado, pelar patatas y atender al pastel de cordero que tenía en el horno. Al otro lado de la puerta de la cocina, empezaba a subir el volumen del ruido de un sábado por la noche. Los músicos de Galway que había contratado Aidan habían atacado una balada y se podía oír la maravillosa voz del tenor cantando sobre Ballystrand.

Darcy estaba de un humor sorprendentemente bueno porque había quedado con Jude para ir de compras a Dublín. Era todo sonrisas y ganas de ayudar. Le cantaba los pedidos como si fuesen una canción y se volvía con ellos entre pasos de baile. Era asombroso que no hubiesen tenido ni una discusión en todo el día.

Le parecía un auténtico récord.

Puso una rodaja de pescado en un plato mientras se abría la puerta batiente de la cocina y todo se inundaba de música.

—Lo tengo todo menos este último pedido, querida. Al pastel le faltan cinco minutos.

—Me encantaría probarlo cuando esté hecho.

Shawn miró por encima del hombro y sonrió de oreja a oreja.

—¡Mary Kate! Creía que eras Darcy. ¿Qué tal estás, cariño?

—Muy bien —dejó que se cerrase la puerta—. ¿Y tú?

—También.

Escurrió unas patatas fritas y ordenó los pedidos mientras la miraba de arriba abajo.

La hermana menor de Brenna se había hecho una mujer durante los años que pasó en la universidad. Calculó que tendría veintiún años. Era hermosa como una estampa. Tenía el pelo de un tono rojizo más dorado que el de Brenna y le colgaba con ligeras ondulaciones hasta debajo de la barbilla. Los ojos tenían un tono gris que se mezclaba con el verde y los llevaba deliciosamente pintados. No era mucho más alta que su hermana mayor, pero tenía más busto y caderas que ella y realzaba la hermosa figura con un vestido de noche verde oscuro.

—A mí me parece que estás mejor que muy bien —metió los pedidos en el calientaplatos y se apoyó en la encimera para charlar un rato—. ¿Cuándo has conseguido ponerte tan guapa? Tendrás que estar todo el día quitándote a los moscones de encima...

Ella se rió. Intentó sonar madura y femenina y contener la risita que estuvo a punto de escapársele. Estaba loca por Shawn Gallagher desde hacía muy poco tiempo.

—Bueno, estoy muy atareada como para ocuparme de los moscones. El trabajo en el hotel y todo eso.

—¿Te gusta el trabajo?

—Mucho. Deberías pasarte un día —se acercó un poco con movimientos que querían ser despreocupados y seductores a la vez—. Ven y te prepararé yo una comida.

—No es mala idea —le guiñó un ojo y a Mary Kate se le disparó el pulso, luego se dio la vuelta y abrió la puerta del horno para vigilar el pastel de cordero.

Ella se acercó un poco más.

—Huele muy bien. Tienes mucha mano para la cocina. Siempre parece que los hombres son unos manazas en la cocina.

—Cuando un hombre, o una mujer, es un manazas en la cocina suele ser porque sabe que llegará alguien que lo echará fuera y se hará cargo del asunto de la forma más rápida y cómoda.

—Eso es muy inteligente —Mary Kate lo dijo con un susurro casi reverencial—. Pero tú lo haces muy bien. Seguro que te gustaría que alguien te preparara la comida de vez en cuando en vez de tener que hacerlo tú siempre.

—Desde luego.

Cuando Brenna entró lo único que vio fue a Shawn que sonreía a su hermana que lo miraba deslumbrada.

—Mary Kate —el tono era cortante como el filo de una guadaña y al oírlo su hermana se ruborizó y dio un respingo—. ¿Qué haces?

—Yo... estoy hablando con Shawn.

—No pintas nada aquí con tu vestido de noche y molestando a Shawn.

—No me molesta.

Shawn estaba acostumbrado a que le riñeran los mayores y dio una palmadita a Mary Kate en la mejilla. Pero era un hombre y no se dio cuenta del velo soñador que le cubrió los ojos.

Brenna sí lo vio. Se acercó a ella con las mandíbulas apretadas, la agarró del brazo con todas sus fuerzas y la arrastró hacia la puerta.

La humillación borró la madura sofisticación que tanto le había costado conseguir a Mary Kate.

—Déjame en paz, bestia parda —gritó mientras forcejeaban.

Estuvieron a punto de tirar a Darcy que entraba en ese momento.

—¿Qué te pica? No tienes derecho a arrastrarme así. Se lo voy a decir a mamá.

—Perfecto. Adelante.

Sin ceder un milímetro ni aflojar la mano, Brenna empujó a su hermana al reservado que había al fondo de la barra y cerró la puerta.

—Adelante, tonta del culo. Díselo y te aseguro que yo también le diré cómo te insinuabas a Shawn Gallagher.

—No lo estaba haciendo.

Una vez libre, Mary Kate resopló, levantó la barbilla y bajó cuidadosamente las mangas de su mejor vestido.

—Cuando entré sólo te faltaba morderle el cuello. ¿Estás tonta? Ese hombre tiene casi treinta años y tú apenas veinte. ¿Sabes a lo que te expones cuando frotas tus pechos de esa forma contra un hombre?

Mary Kate se limitó a mirar el holgado jersey de su hermana.

—Yo por lo menos tengo pechos.

Tocó un punto muy delicado y que a Brenna le dolía. Siempre había llevado muy mal que todas sus hermanas, incluida la pequeña Alice Mae, tuvieran más pecho que ella.

—En ese caso deberías respetarlos más y no pasárselos por las narices a un hombre.

—No estaba haciéndolo. Y no soy una niña que necesite charlitas de alguien como tú, Mary Brenna O'Toole —se irguió y estiró los hombros—. Ya soy una mujer adulta; he ido a la universidad y tengo un trabajo.

—Fantástico. Supongo que ya puedes arrojarte sobre el primer hombre que te guste y pasártelo en grande.

—No es el primer hombre que me gusta —Mary Kate se pasó una mano por el pelo con una leve sonrisa que hizo que Brenna entrecerrara los ojos y la mirara gélidamente—. Pero es verdad que me gusta y no hay motivo para que no se lo diga. Es asunto mío, Brenna. No tuyo.

—Tú eres asunto mío. ¿Eres virgen?

El gesto de asombro mayúsculo fue suficiente para convencer a Brenna de que su hermana pequeña no había ido arrastrándose desnuda por los pasillos de la universidad en Dublín. Pero antes de que pudiera suspirar siquiera, el genio de Mary Kate volvió a estallar.

—¿Quién te crees que eres? Mi vida sentimental es asunto mío. No eres ni mi madre ni mi confesor, así que métete en tus asuntos.

—Tú eres asunto mío.

—No te metas, Brenna. Tengo derecho a hablar con Shawn o salir con él o hacer lo que me dé la gana. Y si vas contándole historias a mamá sobre mi comportamiento, yo le contaré cuando te encontré con Darcy jugando al póquer con estampas de santos.

—Eso fue hace años —sin embargo Brenna sintió cierto pánico. A su madre no le importaría el tiempo transcurrido—. Tonterías de niñas totalmente inofensivas. Lo que vi en la cocina no es inofensivo, Mary Kate, aunque también es una tontería. No quiero que te hagan daño.

—Puedo cuidar de mí misma —Mary Kate dio un último toque a su cabellera—. Si estás celosa porque yo sé atraer a un hombre en vez de ir por ahí intentando ser uno de ellos, es tu problema. No el mío.

El hachazo fue tan rápido y certero que Brenna se quedó paralizada. Apenas se dio cuenta de que le había hecho daño hasta que Mary Kate salió dando un portazo. Los ojos se le llenaron de lágrimas y sintió ganas de sentarse en una de las viejas butacas para que cayeran libremente.

No intentaba ser un hombre. Intentaba ser ella misma.

Sólo había querido proteger a su hermana. Frenarla antes de que hiciera algo que pudiera herirla o humillarla. O algo peor.

Decidió que todo era culpa de Shawn. No hizo caso de la vocecilla que le decía lo contrario en el interior de su cabeza. Era culpa de Shawn por utilizar artimañas para engatusar a su joven e inocente hermana. Iba a dejar las cosas claras en ese preciso instante.

Salió sacudiendo la cabeza mientras Aidan alargó una mano para tomarla del brazo y preguntarle qué estaba ocurriendo.

Entró en la cocina con los ojos cargados, pero no de lágrimas sino de ganas de asesinar a Shawn.

—Pero Brenna, ¿por qué has sacado a Mary Kate de esa forma? Sólo estábamos...

Se detuvo cuando se encontró con las punteras de las botas de Brenna pegadas a las de sus zapatos y su dedo índice incrustado en el pecho.

—Que no se te ocurra poner una mano encima de mi hermana.

—¿De qué demonios estás hablando?

—Sabes perfectamente de lo que hablo, maldito canalla. Apenas tiene veinte años, es casi una niña.

—¿Qué? —apartó el dedo de Brenna antes de que le alcanzara el corazón—. ¿Qué?

—Estás muy equivocado si crees que voy a quedarme de brazos cruzados mientras tú la añades a tu lista de conquistas.

—A mi... ¿Mary Kate? —se quedó pasmado. Luego recordó la expresión de la joven muchacha, la joven mujer, corrigió, cuando sonrió y parpadeó con sus preciosas pestañas—. Mary Kate... —dijo pensativamente y esbozando una leve sonrisa.

A Brenna se le subió la sangre a la cabeza.

—Será mejor que borres esa expresión de los ojos o te juro que te la quito yo de un puñetazo.

Shawn dio un paso atrás al ver que Brenna le amenazaba con los puños y levantó las palmas de las manos. Hacía mucho que había pasado la época en la que podía luchar con ella.

—Brenna, tranquilízate. Nunca la he tocado, ni se me ha ocurrido. Nunca había pensado en ella de la forma que tú insinúas hasta que lo has mencionado. Por amor de Dios, la conozco desde que usaba pañales.

—Pues ya no usa pañales.

—No, eso es verdad —dijo con un aire de reconocimiento que quizá fuese algo imprudente. De hecho, comprendió que había tenido algo de culpa por el puñetazo que recibió en el estómago—. Maldita sea, Brenna, no puedes culpar a un hombre por darse cuenta de las cosas.

—Será mejor que te des cuenta desde lejos. Si te acercas lo más mínimo, te juro que te parto las piernas.

Shawn casi nunca perdía los nervios, pero comprendió que estaba a punto de hacerlo. Para solucionar el asunto, la tomó por debajo de los codos y la levantó hasta que tuvieron los ojos al mismo nivel. Los de ella estaban llenos de furia y asombro.

—No me amenaces. Si pensara en Mary Kate de la forma que tú dices, actuaría en consecuencia y sería algo entre nosotros. Tú no tendrías nada que ver. ¿Lo entiendes?

—Es mi hermana —empezó a decir Brenna, pero se calmó cuando Shawn la agitó vigorosamente.

—¿Y eso te da derecho para humillarla y darme puñetazos? Sólo hemos charlado un rato en mi cocina. Ahora mismo estoy hablando contigo, como

83

lo he hecho muchas veces. ¿Te he arrancado la ropa y me he aprovechado de ti?

La dejó en el suelo y la hirió más de lo que podía imaginarse al darle la espalda.

—Debería darte vergüenza haber pensado algo así —dijo con un tono tranquilo.

—Yo... —al final acabaría llorando. Intentó contener el llanto. Tragó saliva y vio borrosamente que Darcy entraba—. Tengo que irme —fue lo único que consiguió decir antes de salir corriendo por la puerta trasera.

—Shawn —Darcy dejó unos platos vacíos en el fregadero y miró fijamente a su hermano—. ¿Qué has hecho para que Brenna se fuera llorando?

En su interior se arremolinaban la culpa, la ira y otras emociones que no se paró a analizar.

—Lárgate —soltó—. Ya he tenido bastantes mujeres por esta noche.

Se sentía completamente desgraciada y afligida. Había insultado, humillado y enfadado a dos personas que quería mucho. Había metido las narices en algo que no era de su incumbencia.

Eso no era verdad. Sí era de su incumbencia. Mary Kate había coqueteado descaradamente y Shawn lo había consentido sin darse cuenta.

Típico.

Pero no creía que no se hubiese dado cuenta. Su hermana era hermosa, dulce e inteligente. No había duda de que era una mujer joven en la plenitud de su belleza.

No se había equivocado al protegerla, pero el método había sido bastante torpe y un tanto egoísta. Tenía que reconocer que se había comportado como una mujer que defiende su territorio.

De lo cual, Shawn tampoco sabía nada.

Lo único que podía hacer era intentar recomponer los destrozos.

Daría un largo paseo por la playa. Lo pensaría, lo expulsaría y se tranquilizaría. Y se aseguraría de que cuando volviera a casa sus padres ya estuvieran acostados y ella pudiera hablar a solas con Mary Kate.

Había luz en el porche y la ventana de la sala estaba encendida. Dejó ambas encendidas porque suponía que su hermana Patty no habría vuelto todavía de su cita del sábado.

Otra boda, pensó mientras se quitaba la chaqueta. Más follón, planes y lágrimas por las flores y las muestras de tela.

No le entraba en la cabeza que alguien sensato quisiera pasar por toda esa locura. Maureen había acabado con los nervios destrozados, y enfrentó a toda la familia, antes de llegar al altar el otoño pasado.

Aunque estaba guapísima, pensó Brenna mientras colgaba la gorra. Iba radiante con su ondulante traje blanco y el velo de encaje que había llevado su madre en su boda. Irradiaba felicidad de pies a cabeza y al ver tanto amor en su hermana, Brenna se sintió, durante un instante, como una idiota con su vestido azul de dama de honor.

Si ella decidía dar ese paso algún día, y puesto que quería tener hijos tendría que hacerlo, todo se haría con la máxima sencillez.

Una boda en la iglesia estaría bien, suponía que su madre y su padre querían eso para todas sus hijas, pero no estaba dispuesta a pasarse meses mirando vestidos ni repasando catálogos ni discutiendo las ventajas e inconvenientes de las rosas frente a los tulipanes.

Llevaría el traje y el velo de su madre y quizá margaritas amarillas, que le gustaban mucho. Recorrería el pasillo del brazo de su padre acompañados por la música de las gaitas, no del viejo órgano. Luego haría una fiesta en la casa. Una de esas fiestas con música y baile que tanto gustan en Irlanda, donde todo el mundo podría quitarse las corbatas y estar a su aire.

¿Qué hacía soñando con esas cosas en ese momento?, pensó mientras sacudía la cabeza delante de la puerta del dormitorio que compartían Mary Kate y Alice Mae, sus hermanas pequeñas.

Se deslizó dentro y se quedó quieta un instante en medio de un aroma a mujer con toques de caramelo hasta que los ojos se adaptaron a la oscuridad, luego se acercó al bulto que había en la cama más cercana a la ventana.

—Mary Kate, ¿estás despierta?

—Sí —apareció la silueta de la cabeza y hombros de Alice Mae rodeados de una masa de rizos despeinados—. Y te diré que te odia como al demonio; y que lo hará hasta que deje este mundo; y que no va a hablarte.

—Duérmete.

—¿Cómo voy a dormirme si me ha puesto la cabeza como un bombo porque la has maltratado?

¿Realmente la has arrastrado fuera de la cocina de los Gallagher y luego la has insultado?

—No lo hice.

—Sí lo hizo —corrigió Mary Kate con un tono seco y solemne—. Si fueses tan amable, Alice Mae, podrías decirle que sacara ese culo apestoso de mi dormitorio.

—Dice que saques...

—Lo he oído, maldita sea, y no voy a irme.

—Entonces la que se va soy yo —Mary Kate iba a levantarse, pero algo la detuvo.

Al escuchar los insultos y el forcejeo, Alice Mae encendió la lámpara de su mesilla para poder ver el espectáculo.

—Nunca podrás con ella, Katie. Luchas como una niña. ¿No has aprendido las cosas que nos enseñó?

—¿Cómo pretendes que me disculpe, pedazo de animal, si quieres arrancarme la mano de un mordisco?

—No quiero tus malditas disculpas.

—Pues te las voy a dar aunque tenga que hacerlo por la fuerza —Brenna, harta y fuera de sus casillas, hizo lo más sencillo: sentarse encima de su hermana.

—Brenna ha estado llorando —Alice Mae, que tenía el corazón más sensible de Irlanda, se levantó y se acercó a ella—. Vamos... —la besó en las mejillas—. No puede ser tan grave, cariño.

—Madrecita —susurró Brenna a punto de llorar otra vez.

Su hermana pequeña ya no era tan pequeña. Era una muchacha delgada y preciosa que se hacía mujer. Y eso, pensó Brenna con un suspiro, algún día sería un motivo de preocupaciones para ella.

—Vuelve a la cama, querida. Te vas a enfriar los pies.

—Me sentaré aquí —se desplomó sobre las piernas de Mary Kate—. Te ayudaré a mantenerla quieta. Si te ha hecho llorar, debería tener la delicadeza de escucharte.

—Ella me ha hecho llorar a mí —se quejó Mary Kate.

—Tú llorabas de rabia —dijo Alice Mae un poco remilgadamente y utilizando una expresión de su madre.

—Yo creo que también he llorado un poco de rabia —Brenna suspiró y pasó un brazo por los hombros de Alice Mae—. Tiene derecho a estar furiosa conmigo. Me he portado fatal. Te pido disculpas por lo que te hice y te dije, lo siento mucho.

—¿Lo sientes?

—Sinceramente —se le hizo un nudo en la garganta y los ojos se le inundaron de lágrimas—. Lo que pasa es que te quiero.

—Yo también te quiero —Mary Kate sollozó—. Yo también lo siento. Te dije cosas horribles que no siento.

—No importa —Brenna se apartó un poco para que Mary Kate pudiera levantarse y abrazarla—. No puedo evitar preocuparme por ti —susurró entre la melena de su hermana—. Ya sé que has crecido pero me cuesta hacerme a la idea. Con Maureen y Patty es fácil. Maureen es apenas diez meses menor que yo y Patty es un año menor que ella, pero vosotras... —Brenna abrió los brazos para que Alice Mae se uniera a ellas—. Recuerdo cuando nacisteis y eso hace que sea un poco diferente.

—Pero no estaba haciendo nada malo.

—Lo sé —Brenna cerró los ojos—. Eres tan hermosa, Katie. Y supongo que tienes que poner a prueba tus talentos. Sólo deseo que los pongas a prueba con chicos de tu edad.

—Ya lo he hecho —Mary Kate levantó la cabeza con una risa inexpresiva y sonrió—. Creo que estoy preparada para subir de categoría.

—Virgen santísima —Brenna cerró los ojos—. Sólo dime una cosa: ¿crees que estás enamorada de Shawn?

—No lo sé —movió los hombros con nerviosismo—. A lo mejor. Es tan atractivo, parece un caballero en un corcel blanco. Además, parece un poeta, es tan romántico y profundo... Te mira directamente a los ojos. Muchos chicos te miran más abajo y te das cuenta de que no están pensando en ti sino en la posibilidad de quitarte la blusa. ¿Te has fijado en sus manos, Brenna?

—¿Sus manos?

Largas, estrechas, diestras. Maravillosas.

—Son las manos de un artista y al mirarlas te das cuenta de lo que debe de ser que te acaricien.

—Sí... —dijo con un suspiro y se dio cuenta de lo que acababa de decir—. Quiero decir que entiendo cómo exprimirá... los zumos. Sólo quiero que tengas cuidado, eso es todo.

—Lo tendré.

—Muy bien. Ya os habéis reconciliado —Alice
Mae se levantó y besó a sus hermanas—. Ahora, Brenna, ¿te importaría irte para que durmamos un poco?

Brenna durmió muy poco y cuando lo hizo tuvo muchos sueños. Sueños extraños que se mezclaban unos con otros y algunos momentos de claridad que casi le hacían daño en el cerebro. Un caballo
blanco alado con un jinete vestido de plata con un
rostro muy bello que parecía esculpido y la larga
melena negra que ondeaba al viento.

Volaba en medio de la noche rodeado por estrellas ardientes y se elevaba cada vez más en dirección
a una luna llena cegadora. Una luna que dejaba caer
gotas como lágrimas, lágrimas que llenaban con perlas una bolsa de plata que llevaba el jinete. Perlas que
él derramó a los pies de Lady Gwen que estaba en la
puerta de la casa de campo de Faerie Hill.

—Son las lágrimas de la luna. Representan mi
añoranza por ti. Tómalas y tómame.

Sin embargo, ella derramó sus propias lágrimas y
se alejó de él, lo rechazó. Las perlas resplandecieron
entre la hierba y se convirtieron en galanes de noche.

Brenna las recogió por la noche, cuando tenía
abiertos los delicados pétalos, y las dejó en una jarra junto a la puerta de la casa para Shawn porque
no tuvo el valor de entrar con ellas. Y ofrecérselas.

Al día siguiente, Brenna tenía unas ojeras considerables y estaba pensativa por la falta de sueño y el exceso de sueños. Después de misa se entretuvo haciendo de todo un poco; desmontó el motor de la vieja segadora; cambió las bujías de la furgoneta y la puso a punto, aunque no necesitaba ninguna puesta a punto.

Estaba debajo del coche de su madre, cambiando el aceite, cuando vio las botas de su padre.

—Tu madre dice que venga a ver que se cuece en tu cabeza antes de que decidas quitarle las tripas a este cacharro.

—Sólo reviso algunas cosas que hay que revisar.

—Eso ya lo veo —se agachó y se metió debajo del coche con un suspiro—. Entonces, no se cuece nada en tu cabeza.

—Quizá sí —trabajó unos segundos en silencio porque sabía que él le permitiría que ordenara las ideas—. ¿Puedo preguntarte algo?

—Sabes que sí.

—¿Qué busca un hombre?

Mick frunció los labios satisfecho de comprobar lo bien que manejaba su hija la llave inglesa.

—Bueno..., busca una buena mujer, un trabajo estable, una comida caliente y una pinta de cerveza al final del día.

—Yo me refiero a la primera parte. ¿Qué quiere un hombre de una mujer?

—Ya, bueno... —nervioso y próximo al pánico empezó a salir de debajo del coche—. Iré a buscar a tu madre.

—Tú eres un hombre; ella no —Brenna lo agarró de la pierna antes de que pudiera escapar. Él tiró con fuerza, pero ella lo tenía bien sujeto—. Quiero que un hombre me diga con sus propias palabras lo que busca en una mujer.

—Ya... bueno... sentido común —dijo él con una jovialidad excesiva—. Es una buena virtud. Y paciencia. La verdad sea dicha, un hombre necesita que la mujer tenga paciencia. Hubo un tiempo en el que lo que quería era que hiciera un hogar cómodo y agradable, pero hoy en día, y como tengo cinco hijas, tengo que vivir en el mundo actual, es un pacto de toma y daca. Una buena compañera —se agarró a la expresión como si fuera una cuerda que colgaba de un precipicio y él estuviera en el borde que se desmoronaba—. Un hombre necesita una buena compañera, una compañera para toda su vida.

Brenna lo empujó un poco para que pudiera sentarse fuera del coche. Aunque lo mantuvo sujeto del tobillo porque se temía que echara a correr si le daba la posibilidad.

—Creo que los dos sabemos que no hablo de paciencia ni de sentido común ni de compañerismo.

Él se ruborizó y luego palideció.

—No pienso hablar contigo de cuestiones sexuales, Mary Brenna, quítate esa idea de la cabeza. No voy a hablar con mi hija de eso.

—¿Por qué? Tú lo conoces o yo no estaría aquí.

—Sea como sea —dijo él y cerró los labios.

—Si yo fuera un hijo en lugar de una hija, ¿podríamos comentarlo?

—No lo eres y no vamos a hacerlo, se acabó la discusión.

Se cruzó de brazos.

A Brenna le recordó a un duende en esa posición y se preguntó si Jude no le habría utilizado como modelo para alguno de sus dibujos.

—¿Cómo puedo aclarar las cosas si no puedo comentarlas?

A Mick le importaba un bledo la lógica en ese momento y resopló mirando al infinito.

—Si tienes que hablar de esas cosas hazlo con tu madre.

—De acuerdo, de acuerdo, no te preocupes —daría un rodeo. Él le había enseñado que todas las tareas se pueden abordar desde distintos flancos—. Dime otra cosa.

—¿Otra cosa completamente distinta?

—Se puede decir que sí —ella sonrió y le dio una palmadita en la pierna—. Me estaba preguntando qué habrías hecho si hubiera algo que quisieras, que hubieses querido durante algún tiempo.

—Si lo quiero, ¿por qué no lo tengo?

—Porque no has hecho ningún esfuerzo verdadero por conseguirlo todavía.

—¿Por qué no lo he hecho? —arqueó las cejas pajizas—. Sería torpe o sencillamente estúpido.

Brenna lo meditó un segundo, en realidad él no podía saber que acababa de insultar a su hija mayor.

Asintió con la cabeza lentamente.

—En este caso es posible que seas un poco las dos cosas.

Él sonrió de oreja a oreja aliviado por haber dado un giro a la conversación hacia terrenos más seguros.

—Entonces dejaría de ser estúpido y torpe. Me centraría en lo que quiero conseguir y no perdería el tiempo. Porque cuando un O'Toole se propone algo, no para hasta conseguirlo.

Ella sabía que era cierto y que era algo que se esperaba de cualquier O'Toole.

—Pero imagínate que estás un poco nervioso o que no estás muy seguro de tu destreza en ese terreno.

—Hija, si no persigues lo que quieres, nunca lo conseguirás. Si no preguntas, la respuesta siempre es no. Si no das un paso al frente, te quedarás siempre en el mismo sitio.

—Tienes razón —le pasó un brazo por el hombro y le manchó la camisa de aceite a la vez que lo besaba ruidosamente—. Siempre tienes razón y eso es exactamente lo que necesitaba oír.

—Bueno, en realidad, para eso estamos los padres.

—¿Te importaría acabar esto? —señaló debajo del coche con un pulgar—. No me gusta dejar las cosas a medias, pero hay algo que tengo que vigilar.

—No te preocupes —se metió debajo del coche y se puso a silbar encantado de haber aclarado las cosas a su hija.

5

Shawn dejó reposar el té tanto que habría podido bailar una jiga encima y luego fue recogiendo tortas del día anterior por el pub. Tenía una hora antes de empezar a trabajar y se proponía disfrutar del desayuno y leer el periódico que había comprado en el pueblo después de misa.

En la radio, que estaba sobre la encimera, se oían melodías gaélicas y en el hogar crepitaba un delicioso fuego de turba. Para él, eso era como un trozo del paraíso.

Dentro de poco tendría que ponerse a cocinar para la muchedumbre de domingueros y Darcy empezaría a entrar y salir de la cocina intentando pincharle por una cosa u otra. Y uno u otro tendría algo que decirle. Suponía que Jude se pasaría una hora o dos y él se ocuparía de que se tomara una buena y saludable sopa.

A él todo eso no le importaba lo más mínimo, pero si no conseguía arañar unos momentos de soledad de vez en cuando, tenía la sensación de que el cerebro podía explotarle. Podía imaginarse viviendo en la casa de campo el resto de sus días con el malhumorado gato negro ronroneando frente al fuego y vagueando una mañana tras otra.

Su mente se dispersó con el sonido de las gaitas y las flautas que salía de la radio. Empezó a seguir el ritmo con los pies. De repente, se oyó un golpe en la puerta de atrás y se le paró el corazón.

La enorme perra de caza le sonreía con la lengua colgando y con las patazas apoyadas en el cristal. Shawn sacudió la cabeza, pero se levantó para ir hasta la puerta. No le molestaba Betty, la perra de los O'Toole. Era una compañía agradable y después de unas caricias y unos mimos se acurrucaba y se dejaba llevar por los sueños.

Bub arqueó la espalda y se quejó, pero era más una costumbre que verdadera irritación. Al comprobar que la paciente Betty no reaccionaba, el gato levantó la cola y empezó a asearse.

—Sola y abandonada, ¿verdad? —dijo Shawn mientras abría la puerta para que se protegiera del viento y la lluvia—. Pasa a tomarte una torta y calentarte en la chimenea, no hagas caso de lo que digan los demás.

Cuando iba a cerrar la puerta vio a Brenna.

La primera reacción fue de cierta irritación, porque era alguien que no se conformaría con un par de caricias y querría que le diera conversación. Mantuvo la puerta entreabierta, situándose entre el viento y el calor de la casa, a la vez que la observaba.

La gorra había dejado escapar unos mechones que parecían rubíes agitados por el viento.

Tenía un rictus que le hizo pensar que él, u otra persona, la habían enfadado de verdad. Lo cual, bien pensado, era bastante fácil. A pesar de todo, si la mirabas detenidamente, tenía una boca muy bonita.

Se dio cuenta de que tenía una zancada muy larga para ser una mujer tan baja. Y decidida. Avanzaba como si tuviese algo que hacer y quisiera resolverlo y terminar con ello rápidamente. Conociendo a los O'Toole como los conocía, no tenía duda de que se lo diría en dos palabras.

Brenna rodeó el bancal de hierbas que Shawn pensaba ampliar hasta conseguir un jardín de hierbas aromáticas completo. El viento le había dado color al rostro y cuando lo levantó para mirarlo a los ojos tenía las mejillas coloradas.

—Buenos días, Mary Brenna. Si has salido a pasear la perra, me parece que se ha cansado. Está tumbada debajo de mi mesa y Bub la desprecia como si no mereciese la pena ocuparse de ella.

—Era ella la que quería salir conmigo.

—Claro, pero si alguna vez anduvieses en vez de ir a paso ligero, a lo mejor se quedaría más tiempo contigo. Entra un rato antes de que salgas volando —se apartó un poco para dejarla pasar y notó un olor extraño. Sonrió—. Hueles a flores y a aceite de coche, o algo parecido.

—Es aceite de coche y el resto del perfume que Alice Mae me puso esta mañana.

—Una combinación curiosa —y muy propia de Brenna O'Toole, pensó él mientras Brenna entraba—. ¿Quieres un poco de té?

—Sí, gracias —se quitó la chaqueta y la colgó de un perchero, luego hizo lo mismo con la gorra.

Él siempre sentía una punzada en el estómago cuando veía todo ese pelo caer sobre los hombros de ella. Parecía tonto, pensó mientras se dirigía hacia la tetera. Sabía perfectamente que estaba oculto bajo esa horrible gorra, pero cada vez que quedaba libre se llevaba una sorpresa.

—Tengo tortas.

—No, gracias.

Brenna quería aclararse la garganta porque le daba la sensación de tenerla cubierta por algo espeso y caliente. En cambio, se sentó a la mesa y se repantigó en la silla. Mientras se dirigía hacia allí había decidido facilitar las cosas, por decirlo de alguna manera.

—Me preguntaba si no querrías que echara una ojeada a tu coche esta semana. La última vez que lo oí sonaba bastante mal.

—No me importaría, si tienes tiempo —observó a Bub que se frotaba contra la pierna de Brenna y que luego saltó sobre su regazo. Era la única persona que gustaba al gato. Shawn había decidido que era porque los dos eran criaturas quisquillosas.

—¿No tienes mucho trabajo con la habitación del niño?

Brenna acarició la cabeza de Bub y él ronroneó como un tren de carga.

—Tengo tiempo para todo.

Se sentó enfrente de Brenna y dio media torta a Betty que se lo pedía lastimeramente.

—¿Cómo lo llevas?

Pensó que después de todo era agradable estar sentado con ella en la cocina y con los animales merodeando alrededor.

—Muy bien. En realidad, Jude sólo quiere cuatro cosas. Arreglarlo un poco y cosas así. Pero, como les pasa a todas las mujeres, ahora piensa que los demás cuartos parecerán cochambrosos en comparación con el recién arreglado. Está pensando arreglar el dormitorio principal también.

—¿Qué tiene de malo?

Brenna se encogió de hombros.

—Para mí, nada, pero entre Jude y Darcy ya han pensado una docena de cosas. Papel nuevo para las paredes, volver a pintar los marcos de las ventanas, acuchillar el suelo. Se me ocurrió decir lo bonita que es la vista desde los ventanales y Jude dijo que le encantaría tener un asiento para ver la vista. Le dije que bastaba con hacer una cosa por aquí y otra por allá y antes de terminar de hablar ya me había dicho que quería que lo hiciese —Brenna, distraídamente, tomó la otra mitad de la torta y empezó a mordisquearla—. Me he apostado con papá que iré de una habitación a otra y de abajo a arriba. Está lanzada. Debe ser por el embarazo.

—Bueno si le gusta y a Aidan no le importa... —Shawn se detuvo al pensar en lo que sería vivir en medio del martilleo y el ruido de las sierras. Prefería que lo asaran a fuego lento.

—¿Importarle? —Brenna soltó una breve carcajada—. Aparece en medio de una de nuestras discusiones y sonríe como un tonto. Está loco por ella. Creo que si ella dijera que había que dar la vuelta a la casa para que mirara hacia otro lado, él no parpadearía —suspiró y dio un sorbo al té—. La verdad es que es maravilloso ver lo bien que están juntos.

—Ella es lo que él estaba esperando —Shawn sacudió la cabeza al ver la expresión de asombro de Brenna—. Claro que la estaba esperando. Sólo hace falta mirarlo para comprenderlo. Bastó que ella entrara un día en el pub. Desde ese instante, les cambió la vida, aunque ninguno de los dos lo supiera.

—¿Tú lo supiste?

—No puedo decir que lo supiera con exactitud, pero si supe que había cambiado algo.

Brenna, intrigada, se inclinó hacia delante.

—¿Y tú a qué esperas?

—¿Yo? —hizo un gesto con las cejas—. Para mí las cosas están bien como están.

—Ése es tu problema, Shawn —le apuntó con un dedo—. Sigues la misma senda hasta que se convierte en un camino trillado y no te das cuenta, porque, en cualquier caso, estás siempre en las nubes.

—Si es un camino trillado, es el mío, y estoy muy cómodo en él.

—Tienes que tomar responsabilidades —se acordó de las palabras de su padre—. Avanzar. Si no avanzas te quedas siempre en el mismo sitio.

Él levantó la taza con una expresión divertida y amable.

—Pero a mí me gusta este sitio.

—Yo estoy preparada para el cambio, para avanzar —entrecerró los ojos y lo observó—. Y no me importaría ser la responsable si tiene que ser de esa manera.

—¿De qué piensas hacerte responsable en estos momentos?

—De ti —se reclinó en la silla sin hacer caso de la sonrisa burlona de Shawn—. Creo que deberíamos acostarnos.

Shawn se atragantó y empezó a toser violentamente derramando el té encima de la mesa. Brenna emitió un sonido de disgusto y apartó a Bub para levantarse y darle unas palmadas en la espalda.

—No creo que sea una idea tan espantosa.

—¡Dios mío! —es todo lo que pudo decir—. ¡Virgen santísima!

La miró con los ojos todavía acuosos mientras ella volvía a sentarse. Por fin consiguió tomar aire y volverlo a soltar.

—¿Qué forma de hablar es esa?

—Es hablar claro —pasó un brazo por el respaldo de la silla para calmar los nervios y la ira—. La verdad es que te deseo desde hace algún tiempo —esta vez Shawn se quedó boquiabierto y la expresión de su rostro hizo que a Brenna le aflorara la ira—. ¿Qué crees? ¿Que sólo los hombres pueden tener ganas?

Naturalmente, Shawn no lo pensaba, pero tampoco creía que era cuestión de presentarse en la cocina de uno para comunicárselo.

—¿Qué pensaría tu madre si te oyera hablar así?

Brenna inclinó la cabeza.

—Ella no está aquí, ¿no?

Shawn empujó la silla tan bruscamente que Betty dio un salto. Como no conseguía centrarse en ninguno de los pensamientos que le daban vueltas en la cabeza, se dirigió hacia la puerta.

—Necesito aire.

Brenna se quedó un rato donde estaba. Decidió que sería mejor respirar profundamente hasta que consiguiera clamarse. Ser juiciosa, madura y ver las cosas claras. Durante diez segundos, la razón luchó contra la ira, hasta que la ira venció.

¡Qué tío! Qué descaro. ¿Qué era ella? ¿Una gárgola que no podía esperar que un hombre quisiera ser cariñoso con ella? ¿Tenía que ponerse una falda diminuta y pintarse la cara para que Shawn Gallagher se fijara en ella? Al infierno.

Shawn había salido y avanzaba a grandes zancadas contra el viento.

—No te interesa, perfecto. Sólo tienes que decirlo.

Lo alcanzó y se plantó delante de él. Él resolvió la situación dándose la vuelta y marchándose en dirección contraria.

Tuvo suerte de que ella no tuviera un arma en las manos.

—No huyas, perro miserable y cobarde.

Él le lanzó una mirada por encima del hombro. Los ojos eran de un azul profundo y brillante.

—Deberías estar avergonzada de ti misma.

Apartó la mirada y siguió andando.

Estaba abrumado hasta la médula. Y también estaba... excitado, que Dios le cogiese confesado. Rechazó pensar en ella de esa forma. Siempre lo había hecho. ¿Acaso no había cortado de raíz cualquier pensamiento que hubiera girado en ese sentido? Era lo que iba a hacer en ese momento.

—¿Avergonzada? —su voz le golpeó como un puñetazo—. ¿Quién te crees que eres para decidir lo que debe avergonzarme?

—El hombre a quien te has ofrecido con la misma ligereza que se ofrece una pinta de cerveza o unas patatas fritas.

Ella volvió a alcanzarlo, pero sus palabras la hirieron y la hicieron palidecer.

—¿Es lo que piensas? ¿Qué sólo es eso? Entonces eres tú quien debería estar avergonzado.

Él pudo observar la ofensa en sus ojos y se añadió a la masa de confusión en la que se encontraba atrapado.

—Brenna, no es normal ir por ahí diciendo a un hombre que quieres tener relaciones sexuales con él. Sencillamente, no es correcto.

—Pero sí es correcto que un hombre se lo diga a una mujer.

—No. Creo que tampoco lo es. Es una... debería ser... Por Dios, no puedo mantener una conversación así contigo. Eres como de la familia.

—¿Por qué los hombres que conozco no pueden hablar de los asuntos sexuales como algo normal de las personas? Además, no soy de tu familia.

Shawn pensó que a lo mejor era cobardía, pero también era discreción. Se apartó de ella.

—No te acerques.

—Si no quieres acostarte conmigo sólo tienes que decirme que no te gusto en ese aspecto.

—No pienso en ti en ese aspecto —dio otro paso atrás, directamente en el lecho de hierbas aromáticas—. Casi eres mi hermana.

103

Ella apretó los dientes, un signo inequívoco de que estaba a punto de estallar.

—Pero no soy tu maldita hermana, ¿verdad?

El viento le agitó la melena y él sintió ganas de tomarlo entre las manos; algo que había hecho infinidad de veces, cuando era un gesto inofensivo.

En ese momento temía que nada volviese a ser inofensivo.

—No, no lo eres, pero siempre he pensado, he intentado pensar, en ti de esa manera. ¿Cómo pretendes que lo olvide todo de repente y...? No puedo —lo dijo rápidamente mientras la sangre volvía a subir de temperatura—. No es lo correcto.

—Si no quieres acostarte conmigo, es tu problema —asintió fríamente con la cabeza—. Otros sí quieren.

Se dio la vuelta y se dirigió a su casa.

—Espera un minuto.

Shawn podía moverse con agilidad cuando quería y sujetó a Brenna por el brazo antes de que ella hubiera dado tres pasos. La giró y la agarró con fuerza del otro brazo.

—Estás muy equivocada si crees que voy a dejar que te marches con esa idea en la cabeza. No pienso dejar que te marches y te arrojes en brazos de otro hombre porque estás loca por mí.

Shawn tenía que haber notado la señal de alarma en los ojos de ella, pero su voz era tan tranquila e inexpresiva que no lo percibió.

—Piensas demasiado en ti, Shawn Gallagher. Si quiero estar con un hombre, estaré con él. Tú no tienes nada que opinar sobre el asunto. Quizá te sorprenda, pero ya he tenido relaciones sexuales, y me han gustado. Volveré a tenerlas cuando me apetezca.

Shawn sintió como si le hubiesen dado un martillazo en la cabeza.

—Tú... quién...

—Eso sólo me incumbe a mí —interrumpió ella con una mirada insolente—. No a ti. Suéltame, no tengo nada más que decirte.

—Pues yo tengo que decirte muchas cosas.

Pero no podía pensar en nada, sólo tenía una imagen que le abrasaba en la cabeza: Brenna abrazada a un hombre sin rostro.

Ella echó la cabeza hacia atrás y lo miró con unos ojos ardientes.

—¿Quieres acostarte conmigo o no?

¿Qué era preferible, la verdad o la mentira? Cualquiera de las dos lo condenaría. Sin embargo, pensó que la mentira era más segura.

—No.

—Entonces, no hay nada más que hablar.

Furiosa y humillada se dio la vuelta para marcharse. Entonces, sintió un impulso, quizá fuera el orgullo o la necesidad, pero actuó sin pararse a reflexionar.

Dio un ágil salto y se encontró en brazos de Shawn. Rodeaba su cintura con las piernas y tenía los labios sellados a los de él. Brenna creyó oír a Betty ladrar una vez, dos, tres, sin pausa, como una carcajada compulsiva. Se agarró como una lapa mientras Shawn se tambaleaba y le mordió el labio inferior con cierta ansia. Alguien gimió, aunque ella no supo quién era ni le importaba saberlo, sólo quería verter todo lo que llevaba en su interior mediante esa fusión de los labios primitiva y abrasadora.

Lo había sorprendido y por eso no se la quitó de encima. Naturalmente, agarrar ese trasero tan apetecible era una reacción instintiva, como lo era acariciar su espalda hasta que las manos quedaron cubiertas por la cabellera.

Además, se quedó turbado al tomar aire de golpe. Él no tenía la culpa de que los aromas que desprendía Brenna lo aturdieran e hicieran que perdiera la orientación.

Tenía que parar aquello. Tenía que hacerlo por el bien de Brenna... antes de que fuera tarde. Antes o después.

El viento los tenía atados con nudos gélidos. El sol se ocultaba entre las nubes que tamizaban su tenue resplandor mientras caía una lluvia muy, muy leve. Shawn sólo podía sentir cómo la sangre dejaba de irrigar su cabeza hasta vaciarla de todo lo que no fuera la imagen de Brenna en sus brazos, mientras la lleva al piso superior para tumbarla en la cama y acabar lo que habían empezado.

Acto seguido, ella volvió a empujarlo y se bajó. Él vio su sonrisa burlona a través del velo de la lujuria.

—He pensado que te merecías una muestra de lo que has despreciado.

Ella se alisó la manga de la camisa, mientras él permanecía excitado más allá de la conversación.

—Le echaré una ojeada a tu coche cuando tenga un rato. Será mejor que te vayas a trabajar o llegarás tarde.

Él se quedó mudo mientras ella se alejaba. Seguía plantado bajo la fina lluvia cuando ella y su perra desaparecieron tras la elevación del terreno.

—Llegas tarde —fue lo primero que dijo Aidan cuando vio entrar a Shawn por la puerta de la cocina.

—Entonces, despídeme o quítate de en medio.

Aidan arqueó las cejas ante la brusca respuesta y lo observó mientras sacaba leche, huevos y carne de la nevera.

—Cuesta despedir a alguien que es propietario de la misma parte del negocio que uno.

Shawn puso una fuente en el fuego con un golpe.

—Entonces compra mi parte, ¿por qué no lo haces?

En ese momento, Darcy entró en la cocina. Aidan levantó una mano, sacudió la cabeza y la echó fuera.

—¿Qué pasa?

—No pasa nada. Tengo muchas cosas en la cabeza y mucho trabajo que hacer.

—Que yo sepa, siempre has podido trabajar y hablar a la vez.

—No tengo nada que decir y sí muchos pasteles de carne que hacer. En cualquier caso, ¿de qué van las mujeres? —preguntó mientras se retiraba de los fogones para mirar a su hermano con el ceño fruncido—. Primero hacen una cosa, luego la contraria y nunca sabes por dónde te van a salir después.

—Ya, entiendo —la preocupación de Aidan se convirtió en diversión. Se sirvió té y se apoyó en la encimera mientras Shawn trabajaba y hablaba—. Podríamos pasarnos el día y la noche hablando sin acercarnos a la solución del rompecabezas. Es peliagudo. Sin embargo, es preferible tener a una mujer que te vuelve loco a no tenerla, ¿no crees?

—No, por el momento, no.

Aidan se rió.

—Vale, ¿quién te produce ese desasosiego?

—Nadie. No pasa nada. Es ridículo.

—Mmm, no quieres hablar —Aidan dio un sorbo pensativamente—. Debe de ser algo grave.

—Para ti es muy fácil sonreír y resultar sarcástico —Shawn echó la cabeza hacia atrás con cierta amargura—. Tú estás tan contento con Jude.

—Reconozco que tienes razón —Aidan asintió con la cabeza—, pero no ha sido siempre así y tú me diste un buen consejo cuando no sabía qué hacer. Quizá debas tomártelo con calma si no quieres escucharme.

—En este momento, no quiero una mujer en mi vida —dijo Shawn—. Además, no saldría bien con ésta en concreto. Así de sencillo.

Intentó no pensar en el beso ardiente y perverso ni en el compacto cuerpo de Brenna pegado al suyo.

—No saldría bien —repitió mientras bajaba el fuego de la cocina con un diestro giro de la muñeca.

—Tú sabrás mejor lo que vale y lo que no. Sólo te diré que llega un momento en el que tu cabeza te dice una cosa y el resto de tu cuerpo no la escucha. Un hombre puede portarse como un crío cuando se trata de una mujer: quiere lo que no le conviene y toma más de lo que puede abarcar. Saber que algo no es bueno para ti no te impide desearlo.

—Ni yo sería bueno para ella —Shawn, más tranquilo, sacó un cuenco para hacer la masa del pastel—. Aunque no interviniesen otros factores, yo no le convengo. Así que se acabó el asunto.

Cubrió el cuenco con una masa bien trabada de agua y harina y lo metió en la nevera.

—Haré pasteles de fruta —dijo mientras mezclaba mantequilla y manteca para hacer más masa—. También tengo hinojo que me ha traído el joven Brian Duffy, así que lo usaré esta noche. Va muy bien con el salmón que trajiste esta mañana. Dile a Jude que pase por aquí y le prepararé un plato.

—Te lo agradezco, Shawn... —se calló cuando Darcy entró con cara de pocos amigos.

—Me dices que venga pronto y luego me echas. Si vais a quedaros aquí contándoos cosas de hombres, yo me subo a hacerme las uñas, porque falta una hora hasta que abramos.

—Permíteme que te sirva una taza de té, querida. Siento haberte maltratado de esa forma —Aidan le dio una palmadita en la mejilla y sacó una silla de debajo de la mesa con un movimiento muy exagerado.

—Está bien, tomaré el té, pero también quiero galletas —se cruzó de brazos sobre la mesa y miró a su hermano con una sonrisa retadora.

—No se hable más, galletas —Aidan tomó una lata y la dejó delante de ella—. Tengo que hablar con vosotros porque es algo que afecta al pub.

—Tendrás que hablar mientras trabajo —Shawn sacó el cuenco de la nevera y empezó a pasar el rodillo a la masa.

—Has llegado tarde, ¿no? —dijo Aidan tranquilamente—. El hombre de Nueva York. Magee. Parece interesado en la idea de unir el teatro que tiene pensado con Gallagher's. Mi intención era alquilarle el solar a largo plazo, pero él ofrece comprarlo en el acto. Si lo hacemos, perdemos la tierra y algo del control que pudiéramos tener.

—¿Cuánto ofrece? —dijo Darcy mientras mordía una galleta.

—Por el momento sólo hemos hablado de las condiciones, pero creo que pagará lo que pidamos. Llamaré a papá y mamá para comentarlo con ellos, pero como el pub está en nuestras manos, tenemos que tomar la decisión entre los tres.

—Yo se lo vendería si paga los suficiente. No lo usamos para nada.

—Es tierra —dijo Shawn mirando a Darcy mientras cubría un rectángulo de masa con mantequilla y manteca—. Nuestra tierra. Siempre lo ha sido.

—Y será dinero, nuestro dinero.

—He pensado en todo eso —Aidan frunció los labios mientras daba vueltas a la taza de té—. Si no accedemos a venderlo, Magee puede encontrar otro solar. El teatro podría ser beneficioso para el pub si tenemos algún control sobre él. Me parece que es un tipo listo y preferiría negociar con él cara a cara que por teléfono, pero dice que no puede venir por el momento, que tiene otro negocio entre manos que no puede dejar.

—Puedes mandarme a Nueva York —Darcy parpadeó seductoramente—. Lo engatusaría para que soltara un pastón.

Aidan soltó un silbido.

—Me temo que éste no es de los que se dejan engatusar. Me parece que se lo toma como un negocio. Pienso pedirle a papá que se acerque a Nueva York para encontrarse con ese Magee. Papá es tan listo como cualquier negociante yanqui. Pero antes tenemos que decidir qué queremos nosotros tres.

—Beneficios —dijo Darcy inmediatamente a la vez que terminaba la galleta.

—De acuerdo, pero ¿a largo plazo?

—Reputación —dijo Shawn. Aidan lo miró—. Durante los últimos años hemos trabajado para hacer de Gallagher's un centro musical. Nuestro nombre aparece en las guías por la bebida, la comida y por la música que ofrecemos, ¿no? ¿Acaso no llaman los grupos o sus representantes para interesarse por la programación?

—Desde luego, y nos va muy bien —confirmó Aidan.

—Si ese tal Magee tiene intención de ampliar el espectáculo y la música en Ardmore y ello atrae más turistas y más clientes, mejorará nuestra reputación —Shawn dobló la masa en tres partes, cerró los bordes y la guardó en la nevera—. Pero tendría que hacerse al estilo de los Gallagher, ¿no?

Aidan se reclinó en la silla mientras Shawn lavaba unas patatas.

—Nunca dejas de sorprenderme, Shawn. Tienes razón, o se hace al estilo Gallagher o no se ha-

111

ce. Lo que significa algo tradicional, sin pretensiones e irlandés. No pondremos nada estúpido y ostentoso pegado a nuestro pub.

—Lo que significa que tienes que convencerle de que tenemos que trabajar juntos —añadió Shawn—. Nosotros conocemos Ardmore y Old Parish y él no.

—Y de nuestros ingresos —continuó Aidan—. Nos llevaremos un porcentaje del teatro. Es lo que tenía pensado y lo que quería decirle a papá para que fuese comentándoselo a Magee.

Darcy tamborileó con los dedos en la mesa.

—De forma que nosotros le vendemos o alquilamos la tierra a largo plazo con la condición de tener una parte en la construcción, la planificación y los beneficios del teatro.

—Dicho con cuatro palabras —Aidan le guiñó un ojo. Darcy tenía un cerebro muy dotado para los negocios—. Es el estilo Gallagher —Aidan se levantó de la mesa—. Entonces, ¿conforme?

—Conforme —Darcy tomó otra galleta—. A ver si ese Magee nos hace ricos.

Shawn metió las patatas en agua hirviendo.

—Conforme. Ahora salid los dos de mi cocina.

—Encantada —Darcy le mandó un beso a Shawn y salió soñando cómo se gastaría el dinero del yanqui.

Shawn no volvió a pensar en negociaciones sobre terrenos, construcciones o beneficios porque consideraba que Aidan lo tendría controlado. Preparó los platos que tenía pensado y cuando se abrieron las puertas del pub, la cocina ya estaba caldeada y oliendo a deliciosos aromas.

Se mantuvo al ritmo de los pedidos y siguió la rutina de todos los días, pero la música que solía bullirle en la cabeza no hacía acto de presencia. Empezaba con una melodía mientras trabajaba y dejaba que el ritmo y las notas siguieran por su cuenta, pero inmediatamente se encontraba en medio de la fina lluvia con Brenna aferrada a él y la única música que oía era el hervor de su sangre. Y no le hacía gracia.

Era su amiga y un hombre no tenía esos pensamientos sobre una amiga. Aunque hubiera empezado ella. Había crecido tomándole el pelo como a una hermana y cuando le había dado un beso, que lo había hecho, siempre había sido de forma fraternal.

¿Cómo iba a volver a hacerlo cuando conocía su sabor? Cuando sabía lo bien que se ajustaban sus bocas y... la pasión que se escondía en ese cuerpo tan pequeño... ¿Cómo podría deshacerse de esos conocimientos que le corroían? Conocimientos que él no había buscado.

Ella no era su tipo; en absoluto. A él le gustaban las mujeres delicadas y femeninas a las que les gustaba coquetear y ser cariñosas. Las mujeres que le permitían tomar la iniciativa. ¿Acaso no era un hombre? Se suponía que un hombre debía conquistar a la mujer y llevarla a la cama, no que ella le dijera que se metiera en la cama porque, ¿cómo lo había dicho?, lo deseaba. Tenía ganas.

¡Lo que le faltaba! Ser las ganas de alguien.

Se propuso mantenerse alejado de Brenna O'Toole durante una buena temporada. Y no iba a andar buscando esa espantosa gorra ni a intentar escuchar su voz cada vez que pasaba de la cocina al pub.

Sin embargo, escudriñó entre la multitud y aguzó el oído. Pero ella no fue a Gallagher's ese domingo.

Él cumplió con su trabajo y quienes lo probaron volvieron a sus casas saciados y satisfechos. Cuando recogió la cocina y volvió a casa tenía el estómago vacío, a pesar de la cena, y distaba mucho de sentirse satisfecho.

Intentó perderse entre la música y pasó casi dos horas sentado al piano, pero las notas sonaban amargas y la melodía desentonada.

Por un instante, mientras recorría las teclas con los dedos y sacudía la cabeza porque las notas no le complacían, notó un ligero cambio en el ambiente. Pero cuando intentó comprobar a qué se debía ese cambio vio que todo seguía igual en la pequeña sala y que la puerta que llevaba al vestíbulo estaba vacía.

—Sé que estás aquí —lo dijo con delicadeza y esperó, pero nadie le habló—. ¿Qué quieres que sepa?

Como el silencio se hacía interminable, se levantó para atizar el fuego y escuchar el susurro del viento. Subió a su habitación y se dispuso a acostarse, aunque sabía que estaba demasiado nervioso para dormir.

Casi en el preciso instante en que apoyó la cabeza en la almohada, cayó en un sueño en el que una hermosa mujer permanecía de pie en el jardín bañada por la luz de la luna que teñía de plata su pálida cabellera. Las alas del caballo batieron en el aire hasta que el animal se posó en el suelo. El hombre que lo cabalgaba sólo tenía ojos para la mujer. Al desmontar, la bolsa de plata que llevaba colgando refulgió con pequeños destellos.

Él derramó perlas a los pies de la mujer, tan blancas y puras como la luz de la luna. Pero ella le dio la espalda y ni siquiera miró la belleza de las alhajas. Las perlas se convirtieron en flores que brillaron con luz trémula, como pequeños espectros en la noche tras el ondular de la bata de ella.

Y en la noche, rodeado de flores iluminadas por la luz de la luna, Shawn alcanzó a la mujer. La cabellera pálida se había convertido en una llamarada y los delicados ojos eran penetrantes y verdes como las esmeraldas. Tomó a Brenna entre sus brazos.

Conoció a Brenna en sueños, donde no cabe la lógica ni la razón.

6

—¿Me pasas el palito torcido, querida?

Brenna agarró el nivel de su padre (tenía nombres cariñosos para casi todas sus herramientas) y atravesó la tela manchada de pintura para dárselo.

El cuarto del niño iba tomando forma y en la cabeza de Brenna ya no era el cuarto que había sido de Shawn. Alguien que no estuviera acostumbrado no podría ver cómo iba a quedar entre todas esas herramientas, borriquetas y virutas. En realidad, a ella le gustaba, ella adoraba tanto la fase intermedia y caótica como el resultado final.

Disfrutaba con los olores y los ruidos; con el sano sudor producido por dar martillazos o cargar con tablones. En ese momento, mientras observaba a su padre nivelar las baldas que estaban haciendo, pensó en lo que le gustaban los trabajos que exigían esmero. Medir, cortar, comprobar, volver a comprobar, hasta que construía la reproducción exacta de lo que tenía en la cabeza.

—Estupendo —dijo Mick satisfecho.

Dejó el nivel en un rincón y se colocó al lado de su hija. Sin darse cuenta, hacían una pareja perfecta. Las manos en las caderas, las piernas separadas y los pies bien plantados en el suelo.

—Y si está hecho por los O'Toole, está hecho para durar.

—¡Ajá!, así es —Mick dio una palmada a Brenna en el hombro—. Esta mañana hemos hecho un buen trabajo. ¿Qué te parece si bajamos a comer al pub y seguimos por la tarde?

—¡Bah!, no tengo hambre —Brenna evitó la mirada de su padre y fue a mirar la moldura que habían hecho para enmarcar las estanterías—. Ve tú. Yo iré poniendo la moldura.

Mick se rascó la nuca.

—No has ido a Gallagher's en toda la semana.

—¿No?

Sabía perfectamente que no lo había pisado desde el sábado anterior. Y calculaba que necesitaría un día o dos más para que el grado de humillación fuera suficientemente bajo como para poder entrar y ver a Shawn.

—No. El lunes dijiste que habías traído algo de casa; el martes que comerías más tarde; ayer que tenías que terminar una cosa y que bajarías más tarde, cosa que no hiciste —inclinó la cabeza y recordó que era una mujer y que las mujeres tienen sus asuntos—. ¿Te has peleado con Darcy?

—No —se alegró de que supusiera eso y no tener que mentir—. No, la vi ayer cuando pasó por aquí; tú habías salido a ver el desagüe de los Clooney.

Levantó una moldura de madera como si no pasase nada.

—Me imagino que estoy ansiosa por ver cómo queda todo esto después de que esté terminado. Además, he desayunado mucho. Ve tú. Si luego tengo hambre, arrasaré la nevera de Jude.

—Como quieras.

Sus hijas, benditas fuesen, le desconcertaban muchas veces, pero no le cabía en la cabeza que hubiese algo que le fuese mal a Mary Brenna. Le guiñó un ojo y se puso la chaqueta.

—Cuando hayamos terminado, lo mínimo es tomarnos una pinta al final del día.

—Claro, seguro que tengo sed.

Ya buscaría alguna excusa para irse a casa.

Cuando se hubo ido su padre, pegó con cola la moldura a la pared y sacó unos clavos y el martillo del cinturón de herramientas que le colgaba de la cintura.

Se había prometido no darle vueltas al asunto. Y si seguía con sus ocupaciones diarias, pronto habría olvidado sus sentimientos hacia Shawn, fueran cuales fuesen.

Había muchas cosas que quería y que no podía conseguir. Un corazón generoso y amable como el de Alice Mae; una naturaleza ordenada como la de Maureen; la paciencia de su madre. Unos centímetros más de altura, añadió mientras cargaba con la escalera para fijar la parte superior de la moldura.

Había vivido sin todo eso y le había ido muy bien, ¿no? Podría vivir sin Shawn Gallagher. Ya puestos, podría vivir sin ningún hombre.

Algún día construiría su propia casa con sus manos y viviría su vida a su manera. Tendría docenas de sobrinos y sobrinas para mimar y nadie dando la lata alrededor con exigencias y quejas.

No se podía pedir nada más, ¿o sí?

No estaría sola. Brenna colocó otro trozo de moldura encajando perfectamente los biseles. No creía haber estado sola ni un día en su vida, ¿por qué iba a empezar ahora? Tenía su trabajo, amigos y familia.

Maldita sea, echaba mucho de menos a ese canalla.

Apenas había pasado un día de sus veinticuatro años sin haberle visto. Ya fuera en el pub, por el pueblo, en su casa o en la de él. Echaba de menos la conversación, las discusiones y su presencia. Tenía que sofocar ese deseo de alguna forma para poder seguir siendo amigos.

Era culpa de ella, de su debilidad. Podía arreglarlo. Posó la mejilla sobre la moldura. Sabía arreglar las cosas.

Oyó pasos en la escalera y se puso a dar martillazos.

—¡Brenna! —Jude entró con un gesto de admiración—. No puedo creerme cuánto has avanzado en sólo unos días. ¡Es maravilloso!

—Lo será —admitió Brenna. Bajó de la escalera para levantar otro trozo de moldura—. Papá acaba de irse a comer, pero terminaremos las estanterías hoy. Creo que todo va sobre ruedas.

—El bebé también. Anoche noté cómo se movía.

—Vaya, es fantástico —Brenna dejó de trabajar un momento—. Es maravilloso, ¿no?

A Jude se le empañaron los ojos.

—No tengo palabras. Nunca pensé que tendría esas sensaciones ni que sería tan feliz al tener a alguien como Aidan.

—¿Por qué no ibas a tener eso y más?

—Nunca me había considerado suficientemente buena, ni suficientemente lista o inteligente —apoyó una mano en el vientre y pasó un dedo por la moldura nueva—. Si lo pienso, no tenía ningún motivo para sentirme tan... insuficiente. Era una sensación que me había creado yo sola. Ya sabes, creo que todo estaba dispuesto para que fuera así, para que me sintiera así y que poco a poco la vida me trajera hasta aquí.

—Es una forma muy irlandesa y muy aceptable de ver las cosas.

—El destino —dijo Jude con una breve carcajada—. ¿Sabes? Hay veces que me despierto por la noche, en medio de la oscuridad, en medio de la quietud, con Aidan a mi lado, y pienso: «Aquí estás: Jude Frances Murray. Jude Frances Gallagher —corrigió con una sonrisa que marcó los hoyuelos de las mejillas— viviendo en Irlanda junto al mar, casada y con una vida en tu interior. Escritora, con un libro a punto de publicarse y escribiendo otro». Cuando lo pienso, apenas reconozco a la mujer que era en Chicago. Me alegro mucho de no ser la misma.

—Sigue siendo parte de ti o no apreciarías lo que eres ahora y lo que tienes.

Jude arqueó las cejas.

—Tienes toda la razón, a lo mejor deberías haber sido psicóloga.

—No, gracias. Prefiero dar martillazos en la madera que en la cabeza de otra persona —Brenna golpeó un clavo con todas sus fuerzas—. Salvo algunas excepciones insignificantes.

Vaya, pensó Jude, la rendija que estaba esperando.

—¿Y por qué está mi cuñado en el primer lugar de esa lista de excepciones?

Al oír la pregunta, Brenna movió la mano y se dio un martillazo en el dedo.

—¡Me cago en...!

—Déjame ver. ¿Es grave?

Brenna resopló entre dientes mientras el dolor se apoderaba de ella y Jude revoloteaba alrededor.

—No, no es nada. Soy una torpe idiota. Ha sido culpa mía.

—Vamos a la cocina y te pondré un poco de hielo.

—No es nada —insistió Brenna mientras agitaba la mano.

—Abajo —Jude la agarró del brazo y la arrastró hacia la puerta—. Es culpa mía. Te he distraído. Lo mínimo que puedo hacer es curarte un poco.

—Sólo es un golpe —pero Brenna dejó que la llevaran de vuelta a la cocina.

—Siéntate, traeré un poco de hielo.

—No me vendrá mal sentarme un rato.

Siempre se había sentido cómoda en la cocina de los Gallagher. Apenas había cambiado nada desde que era niña, pero Jude estaba dejando su impronta en pequeños detalles.

Las paredes eran de color crema y parecían muy delicadas por el contraste con la madera oscura que las adornaba. Los marcos de las ventanas eran gruesos y anchos y Jude había puesto tarros con hierbas para que les diera el sol. El viejo aparador con el frente de cristal y abundantes cajones que ocupaba la pared lateral siempre había sido blanco y con un aspecto usado y muy acogedor. Jude lo había pintado de verde claro, lo que hacía que pareciera nuevo y hermoso, además de dar un toque femenino.

La vajilla buena estaba guardada detrás del cristal; era la vajilla que los Gallagher usaban en los días de fiesta y ocasiones especiales. Tenía pequeñas violetas en los bordes de los platos y las tazas.

La pequeña chimenea era de piedra vista y el hada tallada que Brenna regaló a Jude cuando cumplió treinta años guardaba el fuego que ardía lentamente en ella.

Siempre había sido un hogar, pensó Brenna, un hogar cálido y agradable. En ese momento era de Jude.

—Esta habitación y tú encajáis muy bien —dijo Brenna mientras Jude le ponía un paño con hielo alrededor del dedo.

—Sí, es verdad —Jude sonrió encantada sin darse cuenta de que iba adoptando el ritmo irlandés de la forma de hablar—. Sólo me falta cocinar.

—Lo haces muy bien.

—Nunca va a ser uno de mis puntos fuertes. Menos mal que está Shawn —se dirigió a la nevera con la esperanza de parecer natural—. Anoche me mandó una sopa con Aidan. De patatas con puerros. Ya que no has ido al pub con tu padre, calentaré un poco para las dos.

Brenna empezó a pensar una excusa, pero el estómago amenazaba con ponerse a rugir y cedió.

—Gracias.

—El pan lo he hecho yo —puso a calentar un cazo con sopa—. Así que no te garantizo nada.

Brenna miró el pan con aceptación cuando Jude lo sacó del cajón.

—Pan moreno, ¿no? Me gusta mucho y parece delicioso.

—Me parece que voy cogiéndole el truco.

—¿Por qué te preocupas si sólo tienes que pedirle a Shawn que te lo mande?

—Me gusta hacerlo. Mezclarlo, amasarlo y hornearlo —Jude puso unas rebanadas en un plato—. Además, es un buen momento para pensar.

—Mi madre dice lo mismo, pero yo prefiero tumbarme para pensar. Te molestas en cocinar algo y luego... —mordió un trozo de pan—, desaparece —dijo con una sonrisa.

—Uno de los placeres de cocinar es ver cómo desaparece —Jude se acercó a los fuegos y revolvió la sopa—. Te has peleado con Shawn y no ha sido una de vuestras discusiones habituales.

—No sabía que fuese una pelea de verdad, pero tampoco puedo decir que haya sido normal. Pasará, Jude. No te preocupes por eso.

—Te quiero. Os quiero a los dos.

—Lo sé. Ha sido una tontería. Te lo prometo.

Jude no dijo nada más y sacó unos cuencos y unas cucharas. Se preguntó hasta qué punto podía interferir un amigo en los asuntos de otro. ¿Dónde estaba el límite? Suspiró y decidió que no había limites.

—Sientes algo por él.

Los nervios de Brenna se encresparon ante la serenidad del tono.

—Sí, claro. Nos conocemos desde que éramos unos niños. Es uno de los motivos por los que me irrita tanto que quisiera darle un martillazo cada dos por tres.

Sonrió al decirlo pero la cara de Jude permaneció seria.

—Sientes algo por él —repitió Jude— que no tiene nada que ver con la infancia ni la amistad y mucho con ser una mujer atraída por un hombre.

—Yo... —Brenna notó que las mejillas le ardían; la maldición de los pelirrojos— Bueno, no es... —las mentiras se agolpaban en la punta de la lengua, pero se resistían a salir—. Maldita sea —se pasó la mano herida por el rostro, dejándola sobre los ojos, con los dedos separados—. Jesús, José y María, ¿se me nota?

Se levantó antes de que Jude pudiera responder y empezó a ir de un lado a otro golpeándose con los puños en las sienes y lanzando todo tipo de juramentos.

—Tengo que irme, abandonar la familia. Puedo ir al oeste. Tengo familia por parte de mi madre en Galway. No, eso no es suficientemente lejos. Tengo que dejar el país. Iré a Chicago y me quedaré con tu abuela hasta que lo asimile todo. Ella me aceptará, ¿verdad?

Se dio la vuelta con los dientes apretados mientras Jude servía la sopa en los cuencos y se reía.

—Fantástico, te parecerá que es motivo de risa, Jude Frances, pero para mí es un asunto espantoso.

Me siento humillada a los ojos de todo el mundo que conozco y todo porque estoy encaprichada con un hombre guapo y sin cerebro.

—No estás humillada, y siento haberme reído. Pero esa cara... en fin... —Jude puso los cuencos en la mesa y se rió un poco más. Luego dio una palmada a Brenna en el hombro—. Siéntate y respira. No tienes que abandonar el país —Jude resopló al ver que Brenna no daba su brazo a torcer—. Creo que no se nota, por lo menos de forma evidente. Pero yo estoy acostumbrada a observar a la gente, a analizarla, y sobre todo creo que cuando estás enamorado eres más proclive a las emociones. No sé... hay algo que echa chispas cuando estáis en la misma habitación. Después de un tiempo me di cuenta de que la típica animosidad cariñosa que hay a veces entre familiares o amigos, es algo más... elemental.

Brenna hizo un gesto de desprecio con la mano. Se aferró a una sola cuestión.

—¿No se nota?

—No, a no ser que te fijes mucho. Ahora siéntate.

—De acuerdo —resopló al sentarse, pero no se sentía aliviada del todo—. Si Darcy lo hubiera notado habría dicho algo. No habría podido evitar chincharme. Si sólo lo sabéis Shawn y tú, puedo soportarlo.

—¿Se lo has dicho?

—Iba siendo hora de que lo hiciera —Brenna tomó una cucharada de sopa sin mucho interés—. He tenido tantas ganas de estar con él, por decirlo de alguna manera, y durante tanto tiempo... Últimamente he pensado que si nos acostábamos una vez o dos, conseguiría quitármelo de la cabeza.

Jude dejó de golpe la cuchara.

—¿Le has pedido que se acostara contigo?

—Lo hice, y pensarás que le he dado en las pelotas con la llave inglesa. Así que es el final de la historia.

Jude se cruzó las manos y se inclinó hacia delante.

—Voy a entrometerme.

Brenna frunció los labios.

—¿No habías empezado?

—Apenas. ¿Qué le dijiste exactamente?

—Le dije claramente que creía que deberíamos acostarnos. ¿Qué tiene de malo? —preguntó con un gesto de la cuchara—. Pensaba que un hombre agradecería que le dijeran las cosas claras.

—Humm —es lo único que se le ocurrió a Jude—. Me temo que Shawn no lo agradeció.

—Ajá. Dice que soy como una hermana para él. Y que debería estar avergonzada. Avergonzada —repitió con furia—. Luego me dijo que no me quería de esa forma y yo me abalancé sobre él.

—Tú... —Jude tosió y volvió a tomar la cuchara. Necesitaba tomar algo para aliviar el picor de la garganta—. Te abalanzaste sobre él.

—Ajá. Le planté un beso que no olvidará durante una temporada. El tío tampoco me rechazó con demasiada energía que se diga —partió en dos una rebanada de pan y se metió un trozo en la boca—. Cuando terminé, me fui y lo dejé completamente pasmado.

—Me lo puedo imaginar. ¿Respondió a tu beso?

—Claro que respondió —dijo encogiéndose de hombros—. Los hombres son muy predecibles en ese sentido. Están dispuestos a probar aunque no les guste la mujer, ¿no?

—Humm, sí, supongo —Jude volvió al «Humm» al no estar muy segura de su opinión.

—Ahora me mantengo alejada de él —continuó Brenna— porque no sé si estoy enfadada o abochornada.

—Él ha estado muy disperso últimamente.

—¿En serio?

—Y de mal humor.

Brenna notó que volvía a tener apetito.

—Me encanta oír eso. Espero que sufra, el muy borrico.

—Si yo quisiera que un hombre sufriera, también querría comprobarlo —Jude tomó más sopa—. Pero lo digo por mí.

—Me imagino que tampoco me hará ningún daño pasar por el pub al terminar el trabajo —Brenna sonrió a Jude con malicia—. Gracias.

—Para eso estamos.

Brenna pasó silbando el resto del día; con un humor excelente y las manos ágiles. Pensaba que no era muy caritativo alegrarse de las desgracias de los demás, pero ella también era humana.

Cuando entró en Gallagher's, estaba mucho más animada que en los últimos días. Era pronto y el local estaba tranquilo; sólo había algunas mesas ocupadas. Darcy, en lugar de ir de un lado para otro, estaba en la barra charlando con el enorme Jack Brennan.

—Vete con tus amigos —le dijo Brenna a Mick al ver a algunos de sus amigotes sentados junto a la chimenea con unas pintas de cerveza en la mano—. Yo iré a la barra con Darcy.

—Muy bien, pídele una pinta para mí, por favor.

—De acuerdo —Brenna fue hacia la izquierda y se sentó en un taburete junto a Jack.

—Vaya, una desconocida —Aidan puso una pinta y un vaso debajo de los grifos antes de que Brenna dijese algo—. ¿Dónde te habías metido, Mary Brenna?

—En tu casa. Échale una ojeada al cuarto de tu hijo y dime qué te parece.

—Lo haré.

—Hemos dejado a tu mujer suspirando ante las estanterías que acabamos de terminar —Brenna miraba de reojo la puerta de la cocina mientras hablaba— ¿Qué tal estás, Jack?

—Muy bien, ¿y tú?

—También. No irás a enamorarte de Darcy ahora, ¿verdad?

El hombre se puso colorado como un tomate. El rostro de Jack era grande como la luna y sus hombros anchos como el condado de Waterford, y siempre se ruborizaba como un colegial cuando se bromeaba con él sobre mujeres.

—Todavía me queda algún sentido común. Me aplastaría el corazón como si fuera una cucaracha.

—Pero morirías feliz —dijo Darcy.

128

—No la escuches —Aidan manejaba los grifos mientras hablaba y tiraba la Guinness a la perfección—. Es frívola y caprichosa como pocas.

—Tienes razón —concedió Darcy con una risa despreocupada y radiante—. Aspiro a un hombre rico que me ponga en un pedestal y me cubra de joyas. Pero hasta que lo encuentre... —pasó un dedo por la mejilla de Jack que estaba a punto de estallar—. Disfruto con las atenciones de los hombres grandes y atractivos.

—Vamos, llévale la pinta a mi padre antes de que Jack se quede mudo —Brenna dio una patada a Darcy y agarró la pinta que le había acercado Aidan—. Conmigo estarás a salvo, Jack.

—Tú eres tan hermosa como ella.

—No lo digas muy alto no vaya a ser que te oiga y te despelleje.

Jack, conmovido y divertido, le dio un beso en la mejilla. Y Shawn salió de la cocina.

Fue una pena, porque habría resultado cómico, pero nadie salvo ella se dio cuenta de cómo se quedó clavado, los miró, y dio un respingo mientras la puerta batiente le golpeaba en el trasero.

Ella, íntimamente feliz, se limitó a arquear las cejas y poner cariñosamente una mano sobre el hombro de Jack.

—Buenas noches, Shawn.

—Buenas noches, Brenna.

Shawn sentía tantas cosas que no podía diferenciar una de otra. Sabía que una era furia y otra malestar. Y, maldita sea, otra era puro deseo que no pintaba nada en ese momento. El resto era mera confusión.

Ella dio un sorbo a la cerveza y lo miró por encima de la espuma.

—Hoy he comido sopa tuya con Jude. Estaba muy buena.

—Esta noche hay cerdo asado. La señora Laury ha matado unos esta semana.

—Vaya, estará delicioso, ¿verdad Jack?

—Seguro. Entonces, ¿te quedas a cenar, Brenna?

—No, me iré a casa cuando termine la Guinness.

—Si cambias de idea, podrías cenar conmigo. Me encanta el cerdo asado y Shawn lo hace muy bien.

—Tiene mano para la cocina, ¿verdad? —sonrió al decirlo, pero la mirada era penetrante y burlona—. ¿Tú cocinas, Jack?

—Puedo hacer huevos con salchichas. También puedo cocer patatas —Jack se lo tomaba todo en serio y frunció el ceño pensando en sus habilidades culinarias—. Puedo hacer un buen emparedado si tengo los ingredientes, pero a eso no se le puede llamar cocinar.

—Es suficiente para uno —le dio una palmada amistosa en el hombro—. Dejaremos la cocina para gente como Shawn. Aidan, ¿vas a necesitar que eche una mano en el pub este fin de semana?

—Si te viene bien, nos podrías ayudar el sábado por la noche. El conjunto que hemos contratado es muy conocido y Mary Kate nos ha dicho que llega un grupo de turistas al hotel, seguro que algunos se acercan por aquí.

—Entonces, me pasaré a las seis —vació el vaso y se bajó del taburete—. ¿Vendrás el sábado, Jack?

—Desde luego, me gusta mucho ese conjunto.

—Muy bien, nos veremos el sábado —echó una ojeada y vio a su padre enfrascado en una conversación con sus amigos.

Calculó que tardaría una hora más y se dirigió hacia él.

—Me voy a casa, papá. Le diré a mamá que vuelves dentro de un rato. Darcy, ocúpate de que se vaya dentro de una hora, ¿te importa?

—Le pondré de patitas en la calle —Darcy llevaba una bandeja con vasos y platos vacíos a la barra—. El martes que viene tengo una cita con uno de Dublín que ha estado por aquí. Me va a llevar a Waterford a cenar. ¿Por qué no te buscas pareja y venís con nosotros?

—Quizá lo haga.

—Mejor todavía, le diré al tipo ese que se traiga un amigo.

—Muy bien —Brenna no tenía ningún interés en ir a cenar a Waterford con unos desconocidos, pero le parecía maravilloso hacer planes mientras Shawn escuchaba—. Luego me quedaré en tu casa, porque volveremos tarde, ¿no?

—Viene a recogerme a las seis —gritó Darcy al ver que Brenna se alejaba—. Así que sé puntual y ponte guapa.

Cuando Brenna salió, Jack suspiró mirando a la cerveza.

—Huele a serrín —se dijo en voz alta—. Es delicioso.

—¿Por qué la olisqueas? —le preguntó Shawn apremiantemente.

—¿Cómo dices? —parpadeó Jack.

—Vuelvo enseguida.

Levantó la trampilla de la barra, pasó al otro lado y la dejó caer con un estruendo que hizo que Aidan lo insultara; luego salió corriendo detrás de ella.

—Espera un segundo. Mary Brenna... Un maldito segundo.

Ella se paró delante de la puerta de su furgoneta, y fue una de las escasas veces en su vida en la que se sintió invadida por una cálida oleada de satisfacción femenina. Una sensación maravillosa, pensó. Una sensación completamente maravillosa.

Se dominó para no mostrar excesivo interés y se dio la vuelta.

—¿Qué hacías coqueteando con Jack Brennan de esa manera?

Ella arqueó las cejas bajo la visera de la gorra.

—¿A ti que te importa?

—Hace unos días me pides que haga el amor contigo y en cuanto me doy la vuelta estás ligando con Jack y haciendo planes para ir a cenar con unos tíos de Dublín.

Ella esperó un segundo, dos.

—¿Y bien?

—¿Y bien...? —la miró furioso y desencajado—. Que no está bien.

Ella se encogió de hombros despectivamente y se dio la vuelta.

—No está bien —repitió él mientras la agarraba de un brazo y la giraba—. No quiero.

—Eso ya lo dijiste claramente.

—No me refiero a eso.

—Vaya, si has decidido acostarte conmigo, yo he cambiado de idea.

—No he decidido... —se detuvo entre vacilaciones—. ¿Has cambiado de idea?

—Sí. El beso que te di no fue todo lo que esperaba. De modo que tú tenías razón y yo estaba equivocada —le dio una palmada ofensiva en la mejilla—. Y no hay nada más que hablar.

—Maldita sea —la empujó contra la furgoneta con una firmeza y una velocidad que hicieron que ella se molestara—. Cuando te quiera, te tendré, eso es lo último que hay que decir. Hasta entonces, quiero que te comportes.

Ella se había quedado muda. Estaba segura de que si intentaba hablar se ahogaría con las palabras. Así que le pegó un puñetazo en el estómago, fue lo único que se le ocurrió.

Él se quedó sin respiración y pálido, pero se mantuvo firme. Que lo hiciera, que pudiera conservar la serenidad, cuando ella conocía la contundencia de sus puñetazos, hizo que Brenna sintiera un ligero escalofrío de emoción.

—Hablaremos de esto, Brenna. En privado.

—Perfecto, tengo muchas cosas que decir.

Él se apartó satisfecho por haber conseguido su objetivo.

—Puedes venir a mi casa por la mañana.

Ella, muy agitada, se montó en la furgoneta y cerró la puerta con un portazo.

—Podría —dijo mientras encendía el motor—, pero no voy a hacerlo. Ya fui una vez a ti y me despreciaste, no pienso volver a hacerlo.

Él se apartó un poco más para que no le atropellara los pies. Si ella no iba, pensó mientras se alejaba la furgoneta, ya encontraría la forma de estar a solas con ella para... llegar a un acuerdo.

En privado.

7

Tal vez su parte animal creyera que esa mujer no se había arrojado a sus brazos y lo había besado insensatamente. Su cerebro podía empezar a creer que se estaba engañando y que ella nunca le había propuesto retozar en la cama con él.

Pero ella había hecho las dos cosas. Lo sabía porque cada vez que la tenía a menos de medio metro sentía un nudo en el estómago.

A Shawn no le importaba lo más mínimo. Ni tampoco le importaba la naturalidad, la maldita naturalidad, de Brenna aquella noche del sábado en el pub. Cada vez que salía de la cocina por un motivo u otro, ella le lanzaba una de sus miradas entre burlona y sonriente.

Se preguntó por qué antes no disfrutaba al ver esa misma expresión.

Brenna se ocupaba de los grifos que había en un extremo de la barra y Aidan de los que había en el otro. Ella hablaba con los clientes y se reía con el anciano señor Riley, que tenía la costumbre de pedir a todas las mujeres jóvenes que fueran sus novias.

Cantaba si los músicos tocaban alguna melodía que le gustase. Hacía lo mismo que había hecho otros cientos de sábados cuando el pub estaba lleno y la música era buena.

Debía ser un alivio que los dos volvieran a tratarse como lo habían hecho siempre, y él intentó convencerse de que lo era.

En realidad, estaba furioso.

Ella llevaba unos vaqueros y un jersey amplio. Shawn habría visto ese jersey más de veinte veces. Entonces, ¿por qué nunca había pensado en el pequeño y bien proporcionado cuerpo que ocultaba? Era uno de esos cuerpos rápidos, ágiles y fuertes, con pechos pequeños y firmes como melocotones justo antes de madurar.

Se distrajo y se quemó un dedo con el aceite de las patatas fritas. Se maldijo por pensar, aunque fuese un segundo, en recorrer con las manos ese cuerpo, esos pechos.

Eso era lo que ella se proponía, pensó él. La bruja perversa. Había sembrado la semilla en su cerebro y le había metido la agitación en el cuerpo, porque, en realidad, él no era más que un hombre y ella podía atormentarlo con su presencia.

Perfecto, jugarían los dos al mismo juego.

En vez de esperar a que Darcy fuera a recoger los pedidos, los sacó él mismo, para demostrar a Brenna O'Toole que su presencia no le alteraba lo más mínimo.

La muy arpía ni siquiera lo miró cuando salió de la cocina y se abrió paso entre la muchedumbre para llegar a las mesas. Nada, con tal de molestarle, estaba seguro, siguió manejando los grifos y hablando con una pareja de turistas como si fuesen unos amigos de toda la vida que se hubieran reunido un sábado por la noche.

Llevaba el pelo atado detrás con un pequeño lazo negro. Resplandecía como una llamarada en la tenue luz.

Deseaba con todas sus fuerzas no pensar en ese pelo. Deseaba con todas su fuerzas acariciarlo.

—Hola, Shawn —Mary Kate apareció mientras él servía una cesta de patatas fritas a los Clooney, acercándose a Shawn todo lo que pudo con la esperanza de que le gustara su nuevo perfume—. Tenéis mucho trabajo.

—Sí. La música es muy animada y me parece que tenemos a todo vuestro grupo de turistas.

—Lo están pasando muy bien —elevó la voz por encima de la música, intentando conservar el tono seductor mientras el conjunto atacaba una versión muy vigorosa de *Maloney Wants a Drink*—, pero yo preferiría que tocaras tú.

Él le lanzó una sonrisa mientras se ponía la bandeja vacía debajo del brazo.

—Puedes oírme cuando quieras. Estos tipos de Galway lo hacen muy bien —miró a los músicos admirado por la forma de agarrar el arco que tenía el violinista—. ¿Has venido con tu familia?

Mary Kate se sintió ofendida. ¿Por qué pensaba siempre en ella como una de las chicas O'Toole? Ya era una mujer adulta.

—No, he venido sola.

No era mentira, se dijo a sí misma. Quizá hubiera entrado con sus padres y Alice Mae, pero no estaba con ellos.

—Tocan muy bien —murmuró él, que la había olvidado y se había dejado llevar por la música—. Son brillantes, rápidos y diestros. No es extraño que tengan tanto prestigio. El tenor tiene la voz más potente, pero sabe modularla para no tapar a los demás.

Se preguntó qué podrían hacer con una de sus baladas y sólo volvió a la realidad cuando Mary Kate le tiró del brazo.

—Tú también podrías hacerte un nombre —sus ojos, llenos de sueños, se encontaron con los de él—. Mayor y más resplandeciente.

Shawn no contestó, ni se le ocurrió pensar en nada cuando le dio un leve beso en la mejilla.

—Eres encantadora, Mary Kate. Será mejor que vuelva a la cocina.

La puerta no había dejado de batir, cuando Brenna entró como un torbellino.

—Te dije que no te acercaras a mi hermana.

—¿Cómo dices?

Ella se plantó en la cocina con una actitud que Shawn sabía muy bien que significaba pelea.

—¿No estuve aquí hace una semana y te dije cuál era la situación en lo que respecta a Mary Kate?

Lo había hecho, desde luego. Y Shawn tuvo que reconocer para sus adentros que no había vuelto a pensar en ello.

—Sólo he charlado un rato con ella, Brenna, nada más. Algo tan inofensivo como hacer cosquillas a un bebé.

—No es un bebé y la has besado.

—Por Dios. Son los mismos besos que le doy a mi madre.

—Los alemanes están hambrientos —dijo Darcy alegremente mientras dejaba una bandeja llena de vasos y platos vacíos—. Esperan tres platos de estofado y dos de pescado. Es como si no hubiesen comido desde que salieron de su país —se palpó el bolsillo del delantal con regocijo—. Pero benditos sean, dan muchas propinas y muy buenas, y sólo uno me ha dado una palmada en el trasero.

Cuando empezó a servir platos, Brenna tomó aire.

—Darcy, ¿te importaría dejar eso para más tarde? Tengo que hablar con Shawn, en privado.

Darcy miró alrededor y arqueó una ceja. En ese momento se dio cuenta: el aire se podía cortar con un cuchillo por la tensión que había entre ellos. Ella había pensado siempre que no estaban contentos si no discutían, pero eso parecía... distinto.

—¿Es algo grave?

—La señorita O'Toole cree que le he echado el ojo a Mary Kate y me está previniendo contra ello.

Abrió la nevera para sacar el pescado, sin dejar de ver la mueca de Brenna.

—No es verdad —Shawn la miró al comprobar que el tono era sereno y no tenía el sarcasmo habitual—. Pero ella sí te ha echado el ojo a ti.

—Bueno, está claro que ella está loca por él —confirmó Darcy—. Y no creo que él no se haya dado cuenta.

—Sólo he hablado con ella —Shawn se dio la vuelta para calentar el aceite. Se sentía incómodo con dos pares de ojos femeninos mirándolo fijamente con lástima y enojo—. La próxima vez la apartaré de un empujón y pasaré de largo. ¿Os satisface eso?

Darcy suspiró.

—Eres un mentecato, Shawn.

Dio un apretón afectuoso al brazo de Brenna y los dejó solos.

—Siento haber venido a echarte la bronca y a ponerte verde —era muy raro que Brenna pidiera disculpas y eso impresionó a Shawn—. En estos momentos, todo es nuevo para Mary Kate. Acaba de dejar la universidad y empieza a saber lo que es trabajar. Mira a Maureen, que está feliz con su nueva vida de casada, y a Patty, tan nerviosa con su boda, y ella...

Hizo un gesto de impotencia con las manos. No le salían las palabras cuando más las necesitaba.

—Ella cree que ya es adulta y que está preparada para que empiecen a ocurrirle cosas. Pero su corazón es todavía el de una chiquilla y está lleno de romanticismo. Y es frágil. Podrías hacerle mucho daño.

—No lo haré.

—Nunca has querido hacerlo —Brenna sonrió, aunque no con los ojos, como otras veces—. No va contigo.

—Preferiría que estuvieras furiosa conmigo. No soporto verte triste. Brenna... —ella apartó la cabeza y se separó cuando él intentó acariciarle el pelo.

—No. Dirías algo amable y cariñoso y estoy demasiado predispuesta. Los dos tenemos trabajo.

—Pienso en ti como no lo había hecho nunca —dijo él con una voz reposada mientras ella se daba la vuelta—. Y pienso en tí muy a menudo.

Brenna notó que se le desbocaba el corazón y tomó aire para intentar calmarlo.

—Vaya, has elegido un momento perfecto para sacar el tema. También es verdad que nunca has tenido el don de la oportunidad.

—Pienso en ti muy a menudo —repitió él.

Se acercó a ella complacido de que lo mirara con cautela.

—¿Qué haces?

Estaba nerviosa y los hombres no la ponían nerviosa nunca. Y menos Shawn. Podía dominarlo. Siempre lo había hecho y lo seguiría haciendo. Pero no conseguía que las piernas se pusieran en movimiento.

Muy interesante, pensó Shawn mientras se acercaba. Parecía nerviosa y tenía las mejillas coloradas.

—Jamás había pensado en hacer algo así —alargó la mano para tomarla por la nuca y se acercó un paso más mirándola a los ojos—. Ahora no pienso en otra cosa.

Posó su boca sobre la de ella. El contacto de los labios fue provocador, susurrante y devastador.

Brenna debería haber sabido que él sería capaz de besar así si se lo proponía. Lenta, delicada, seductoramente, de forma que una mujer no pudiera pensar en otra cosa. Su mano le presionaba suavemente el cuello una y otra vez consiguiendo que el pulso se le disparara. Se sintió invadida por una calidez que le inundaba la garganta, los pechos y el estómago, y las rodillas le flaquearon hasta que sintió que se dejaba llevar por él, por el embriagador ritmo que le transmitía sólo con la boca.

Brenna O'Toole tembló. Y él percibió la indescriptible sensación de tenerla temblando contra él. Inmediatamente deseó volver a sentirla.

Sin embargo, cesó cuando ella le puso una mano en el hombro para detenerlo.

—Me sorprendiste cuando me besaste la semana pasada —dijo él, mientras los ojos de Brenna volvían a aclararse poco a poco—. Parece que ahora la sorprendida eres tú.

Domínate, se ordenó Brenna a sí misma. Ésa no era la forma de manejar a ese hombre.

—Estamos empatados, ¿no?

Él la miró intrigado.

—Entonces, se trata de una competición, ¿no, Brenna?

Ella asintió con la cabeza, más satisfecha por la ligera irritación que notó que por el tono, suave y seductor.

—Siempre lo he creído. Pero en el agradable juego de los contactos sexuales, podemos ganar los dos. Tengo clientes que atender.

Los labios de Brenna todavía ardían cuando salió de la cocina.

—Quizá ganemos los dos —murmuró él—, pero no creo que vaya a jugar según tus normas, Brenna, querida.

Satisfecho consigo mismo volvió a los fogones para satisfacer también a los turistas alemanes.

El sol decidió brillar el domingo y el cielo estaba azul y el aire transparente. La masa plomiza que se divisaba por el este le anunció a Shawn que la tormenta que se cernía sobre Inglaterra acabaría oscureciéndolo todo. Pero por el momento era un día perfecto para caminar por las colinas.

Pensó que si pasaba por la casa de los O'Toole, le invitarían a una taza de té y a unas galletas. Y disfrutaría viendo la reacción de Brenna al tenerle en la cocina después de lo ocurrido la noche anterior.

El creía saber lo que ella tenía metido en la cabeza. Era una mujer a la que le gustaba que las cosas se hicieran a su manera. Poco a poco y sin dar pasos en falso. Por algún motivo, ella se había fijado en él, y la idea empezaba a agradarle. Bastante, puestos a ser sinceros.

Sin embargo, él tenía su propia forma de hacer las cosas. Un paso no tenía por qué seguir al anterior en línea recta. Él prefería dar rodeos. Si ibas directo, te perdías todo lo que había alrededor.

A él le gustaba disfrutar de los pequeños detalles. Como el graznido nítido de la urraca o el reflejo del sol en una hoja concreta. O la firmeza con la que los acantilados aguantaban las embestidas del mar.

Podía vagar durante horas, y lo hacía cuando se le iba el santo al cielo. Era consciente de que la mayoría de la gente pensaba que no hacía nada mientras paseaba ensimismado y que lo miraban con una sonrisa indulgente. Pero la verdad era que hacía de todo. Pensaba, observaba y se recuperaba.

Y como estaba observando, no vio a Mary Kate hasta que le dio un grito y corrió hacia él.

—Un día precioso para pasear.

Él se metió las manos en los bolsillos para evitar equívocos.

—Hace días que no hacía tanto calor —ella se alisó el cabello por si la carrerita se lo hubiese despeinado—. Estaba pensando en pasarme por tu casa cuando, de repente, te he visto.

—¿Mi casa?

Shawn se dio cuenta de que no llevaba el vestido de los domingos, sino un jersey que parecía nuevo, pendientes, perfume y se había pintado los labios. Todas las armas de una mujer.

De repente comprendió que Brenna tenía razón. Y esto le aterró.

—Había pensado aceptar lo que me propusiste anoche.

—¿Anoche?

—Lo de escuchar tu música cuando quisiera. Me encanta oírte tocar tus propias canciones.

—¡Ah...! Yo... precisamente iba a tu casa. Quiero comentar una cosa con Brenna.

—No está en casa —Mary Kate se agarró del brazo de Shawn para facilitar las cosas—. No sé qué ha pasado en casa de Maureen y ha ido a arreglarlo con mamá y Patty.

—Entonces... se lo comentaré a tu padre.

—Tampoco está en casa. Ha bajado a la playa con Alice Mae para buscar conchas.

Aunque sabía que era un poco atrevido, Mary Kate recorría el brazo de Shawn con la mano. Los músculos hacían que se le alterara el pulso, era un hombre, no un crío.

—Si quieres te preparo un té y algo de comer.

—Eres muy amable.

Era un hombre muerto. Vio la casa de los O'Toole en cuanto coronaron la colina. Parecía vacía aunque la chimenea dejaba escapar un hilillo de humo.

La furgoneta de Brenna no estaba aparcada en la calle. No se veía al perro por ninguna parte. Daba la sensación de que hasta Betty había desertado cuando más la necesitaba.

Sólo tenía una escapatoria: huir rápidamente como un cobarde.

—¡En qué estaría pensando! —se paró en seco y se echó la mano a la frente—. Tendría que estar ayudando a Aidan... en su casa. Se me ha ido el santo al cielo —se soltó del brazo de ella con cierta precipitación y le apartó la mano delicadamente, como si fuera un cachorrillo que quisiera morderlo—. Él sabe que me paso la vida en las nubes. Comprenderá que llegue tarde.

—Bueno, si más tarde...

Mary Kate se acercó tanto que hasta un cobarde y pardillo como él se dio cuenta de que aquello era una proposición.

—Debe estar buscándome —esta vez le dio una palmada en la cabeza como habría hecho con una niña y comprendió, por su expresión de decepción, que ella así lo había tomado—. Un día de estos pasaré a tomar el té. Dale recuerdos a toda tu familia.

Shawn no respiró aliviado hasta que hubo recorrido más de veinte pasos. ¿Qué les pasaba a esas O'Toole de repente?, se preguntó. Tendría que ir al pueblo y hacer algo con Aidan en vez de dar un paseo tranquilamente, tomar una taza de té en la cocina de unos amigos y acabar solo en su casa ensimismado con la música.

—¿Qué haces aquí? —le preguntó Aidan.

—Es una historia bastante larga y complicada —Shawn miró alrededor con cautela mientras entraba—. ¿Está Jude?

—Está arriba con Darcy. Nuestra hermana tiene algunos problemas para decidir qué ponerse para enloquecer a ese tío de Dublín con el que ha quedado.

—Eso las tendrá entretenidas un rato. Perfecto. Últimamente estoy un poco harto de mujeres —aclaró cuando su hermano lo miró sin comprender nada—. Aquí está este perrazo tan guapo —se inclinó para rascar la cabeza de Finn—. Se está poniendo enorme.

—Es verdad y, además, también es muy bueno, ¿verdad?

Finn miró a Aidan con ojos de adoración y agitó la cola golpeando las rodillas de Shawn y la mesa que había junto a la puerta.

—Como crezca mucho más acabará tirando todo lo que hay encima de las mesas. ¿Tienes una cerveza?

—Tengo dos, una para cada uno. Las mujeres —empezó a decir Aidan mientras iban hacia la cocina—, ya que hablábamos de ellas, siempre te darán un disgusto por un motivo u otro. Eso te pasa por ser tan guapo.

Shawn, divertido, se sentó a la mesa mientras Aidan sacaba dos botellas de Harp y las abría. Acarició distraídamente la cabeza de Finn cuando el perro se tumbó junto a él.

—Que yo recuerde, a ti no se te han dado mal las mujeres y no eres ni la mitad de guapo que yo.

—Pero soy más inteligente —Aidan sonrió y le pasó una botella a su hermano—. Conseguí lo mejor de ellas.

—No puedo discutir eso —Shawn chocó su botella con la de su hermano y dio un trago largo y placentero—. Bueno, no he venido a hablar de mujeres, así que déjalas en paz un rato.

—Si quieres hablar de negocios tengo un par de cosas que comentarte —sacó unas patatas de una bolsa y las puso en un cuenco antes de sentarse—. Esta mañana me ha llamado papá. Él y mamá os mandan recuerdos. Tenían intención de llamarte también.

—He salido de paseo y supongo que no me han encontrado en casa.

—El caso es que la semana que viene papá va a Nueva York a conocer a Magee —Finn lo miraba suplicantemente y Jude no estaba cerca, de modo que le dio una patata—. Quiere ver qué impresión le da antes de seguir adelante.

—Nadie capta antes y mejor a un hombre que papá.

—Así es. Magee, por su lado, ha enviado aquí a un representante para que haga averiguaciones. Se llama Frinkle y se alojará en el hotel del acantilado. Papá y yo estamos de acuerdo en que no hablaremos de cuestiones económicas definitivas con Frinkle hasta que no tengamos más atrapado al tal Magee.

—Papá y tú sabéis más de esos asuntos, pero...

—¿Pero?

—Pero me parece que una de las cosas que hay que tener muy claras con el tal Magee es qué sacamos nosotros de todo esto. Desde luego en dinero, pero también en qué medida todo el proyecto favorece al pub.

—Ésa es la cuestión.

—Entonces la jugada sería —dijo Shawn después de dar un sorbo de cerveza con aire pensativo— conseguir información sin soltar prenda.

—Papá se va a encargar de eso en Nueva York.

—Lo cual no impide que nosotros lo hagamos aquí —Shawn dio otra patata a Finn siguiendo la pauta marcada por Aidan—. Aidan, si hay algo que tenemos en esta familia pequeña pero feliz, es un hombre de negocios, y ése eres tú —Shawn volvió a chocar su botella con la de su hermano.

—Así sea.

—Además —Shawn señaló al techo con un dedo—, en el piso de arriba hay dos mujeres maravillosas. Una, encantadora y elegante, tiene un aire tímido, para quienes no la conocen bien, que oculta un cerebro al que no se le escapa nada. La otra, frívola y hermosa, tiene por costumbre atrapar entre sus redes a los hombres antes de que se den cuenta de que tiene un corazón de acero inoxidable.

Aidan asintió con la cabeza.

—Continúa.

—Luego estoy yo. El hermano que no tiene ni una neurona que se dedique a cuestiones de negocios. El tipo amable que no presta atención a los asuntos de dinero.

—Bueno, la verdad es que eres bastante amable conmigo, pero tu cabeza sirve tanto para los negocios como la mía.

—No, eso no es verdad, pero me apaño. Lo suficiente como para saber que Frinkle se concentrará en ti —apuntó distraídamente a Aidan con la cerveza mientras le daba vueltas en la cabeza—. Y mientras lo hace, los demás podremos engatusarlo y enterarnos de cosas a nuestra manera, por decirlo de alguna forma. Creo que cuando haya que tomar una decisión, sabremos todo lo que tenemos que saber. Luego, tú harás la negociación y Gallagher's será el mejor pub del país, el lugar que todo el mundo mencionará cuando quiera referirse a la hospitalidad y la música irlandesa.

Aidan lo miró con los ojos sombríos y serios.

—¿Es lo que quieres, Shawn?

—Es lo que tú quieres.

—No me has contestado —Aidan le agarró la muñeca antes de que pudiera levantar la botella otra vez y la sujetó con tal fuerza que Shawn inclinó la cabeza desconcertado—. ¿Es lo que quieres?

—Gallagher's es nuestro —se limitó a decir Shawn—. Debería ser lo mejor.

Aidan le soltó la muñeca después de un rato y se levantó con inquietud.

—Nunca me imaginé que te quedarías.

—¿Dónde iba a irme? ¿Por qué iba a hacerlo?

—Siempre pensé que llegaría un momento en el que querrías hacer algo con tu música y que te irías para conseguirlo.

—Mi música ya me da lo que quiero —Finn volvió a tumbarse en vista de que nadie le daba más patatas—. Me llena de satisfacción.

—¿Por qué no has intentado venderla nunca? ¿Por qué no has ido nunca a Dublín, a Londres o a Nueva York para tocar en los pubs y que te escuche la gente?

—Porque no se puede vender todavía —era una excusa, pero no se le ocurría otra—. Y no se me ha perdido nada en Dublín, Londres o Nueva York, Aidan, no se me ha perdido nada en ningún sitio donde tenga que cantar para poder cenar. Yo pertenezco a este lugar. Mi corazón está aquí.

Se recostó en la silla y acarició el lomo de Finn con el pie.

—No tengo ansia de conocer mundo como la tuviste tú o la tienen Darcy, mamá y papá. Cuando me levanto por las mañanas, quiero ver los paisajes que conozco y escuchar los sonidos a los que estoy acostumbrado. Me siento en mi hogar si conozco los nombres de las caras que me rodean y si miro a mi alrededor y todo me resulta familiar —Aidan lo miraba atentamente.

—Eres el mejor de todos nosotros —dijo Aidan pausadamente.

Shawn se rió entre sorprendido y abrumado.

—Vaya, con eso tengo para una buena temporada.

—Lo eres. Tienes un corazón que siente respeto y amor por esta tierra y el mar y el aire que respiramos. Yo no lo conseguí hasta que me fui y vi todo lo que quería ver. Y te diré, Shawn, que cuando me fui pensaba que era para no volver. O al menos, que si volvía no sería para quedarme.

—Pero es lo que hiciste. Lo que has hecho.

—Porque llegué a comprender algo que tú has sabido siempre: que éste es nuestro lugar en el mundo. Si hubiesen prevalecido los derechos, si nos hubiésemos dejado llevar por el corazón en vez de por el orden de nacimiento, tú dirigirías el pub.

—Y lo habría arruinado al cabo de un año. No, gracias.

—No lo habrías hecho. No te he dado siempre la confianza que mereces.

Shawn giró el vaso de cerveza en la mano y lo miró pensativamente. Luego, guiñó un ojo a Finn que estaba a sus pies.

—Finn, amigo, ¿cuántas botellas se ha bebido este tío antes de que yo llegara?

—No he bebido. Quiero que conozcas mis sentimientos y mi forma de pensar antes de que las cosas vuelvan a cambiar, y cambiarán si nos metemos en ese asunto.

—Cambiarán, pero nosotros señalaremos el rumbo del cambio.

—Te quitará más tiempo.

Shawn pensó en ello y en qué emplearía el tiempo que le iba a quitar.

—Tengo tiempo de sobra.

—Y Darcy... a ella no le va a gustar.

—No —Shawn resopló—. Pero sí le gustarán todos lo trapos y bisutería que se comprará con lo que saque. Y siempre apoyará a Gallagher's, Aidan

—Shawn miró fijamente a su hermano—. Puedes estar seguro de eso.

—Por lo menos hasta que eche el guante a ese marido rico.

—Incluso después de hacerlo, cuando se digne a visitar a los paletos de sus hermanos, podrás pedirle que se ponga un delantal y que lleve una bandeja.

—Y que me parta la cabeza con ella —Aidan movió la cabeza comprensivamente—. Es verdad, echaría una mano si hiciese falta, lo sé.

—No eches sobre tus espaldas el peso de todo este asunto de las negociaciones, de las preocupaciones y del trabajo. Somos tres, bueno, cuatro si contamos a Jude Frances. Gallagher's es un negocio familiar. Todo saldrá bien. Tengo una sensación positiva.

—Me alegro de que hayas venido. Tengo las ideas más claras.

—Entonces, creo que la ocasión merece otra cerveza antes de que me... —Shawn se paró en seco al oír unas voces femeninas—. ¡Madre de Dios! Ahí están las mujeres. Me largo. Saldré por detrás.

—La próxima vez te emborracharé y te sacaré qué es lo que te aterra tanto de las mujeres últimamente.

—Te lo contaré si no se me ocurre algo en breve.

Dicho esto, Shawn escapó por la puerta de atrás.

8

Shawn tenía en la cabeza una melodía a ritmo de vals que le había puesto de un humor fantástico. Dejó que sonara nota a nota y varió un poco el tono para darle algo de dramatismo. Todavía no tenía muy clara la letra, pero acabaría llegando.

Mientras, el humo de las cazuelas y las sartenes se adueñaba del ambiente y el aceite que estaba calentando empezaba a chisporrotear. La canción le recordaba al verano, era muy luminosa. El pensar en ello y escucharla dentro de la cabeza, ahuyentaba la melancolía del invierno.

La cerveza y la conversación que había tenido con Aidan el día anterior le habían calmado. Y ése era el estado favorito de Shawn.

En ese momento no entendía que las cosas le pusieran tan nervioso. Mary Kate estaba atravesando una de esas fases que atraviesan las chicas y se le pasaría igual que había llegado. ¿Acaso no había pasado él por fases así? Podía recordar con toda claridad cuando tenía dieciocho años y suspiraba por los huesos de la hermosa Coleen Brennan. Afortunadamente, nunca consiguió reunir el valor suficiente como para hacer nada aparte de suspirar, porque ella tenía veintidós y estaba comprometida para casarse con Tim Riley.

Lo superó en cuestión de semanas y suspiró por otra cara hermosa. Así funcionaban las cosas. Con el tiempo, naturalmente, hizo algo más que suspirar y conoció lo maravilloso que era tener a una mujer desnuda debajo de su cuerpo.

Sin embargo, tuvo mucho cuidado con las mujeres que trataba y cómo las trataba, de forma que cuando todo terminaba cada uno podía seguir su camino contento con la experiencia. No era de los que se tomaban los asuntos amorosos a la ligera. Y quizá por eso no había disfrutado de esa maravilla tan especial desde hacía meses.

Seguramente, también por eso Brenna le había alterado las hormonas como lo había hecho.

Todavía no estaba nada seguro de si iba a hacer algo al respecto. No, Brenna era una incógnita y pensaba que quizá fuese preferible no resolverla. Si dejaban las cosas como estaban, con un poco de tiempo y de cuidado todo volvería a su cauce.

Él volvería a serenarse y la vida seguiría su curso natural.

Sólo tenía que olvidarse de lo excitante que era sentir sus labios sobre los de ella.

Probó el guiso de manitas de cerdo con col y patatas y le añadió un poco de mejorana, era un truco que había aprendido con la experiencia.

Le gustaba especialmente servir ese plato cuando había americanos en el pub. Le divertían mucho las distintas reacciones cuando veían las manitas en el plato. Esa noche le tocaba a Jude hacer de camarera, pero no creía que fuese a molestarse.

También tenía pescado para freír para los dos excursionistas de Wexford. Echó el bacalao al aceite y levantó la mirada cuando se abrió la puerta que daba a la calle.

En ese instante, se puso rígido, entrecerró los ojos y sintió un nudo en la boca del estómago.

—Huele bien —dijo tranquilamente Brenna—. ¿Estás haciendo manitas? No creo que en Waterford nos den esos manjares.

Iba pintada y con unas cosas brillantes colgando de las orejas. Y, ¡por amor de Dios!, llevaba un vestido tan ceñido que dejaba poco para la imaginación de un hombre y, además, mostraba una buena porción de sus piernas delgadas y bien moldeadas.

—¿Qué haces con esas pintas?

—Voy a cenar con Darcy y esos dublineses.

Ella habría preferido sentarse a la mesa e hincarle el diente a las manitas, pero se lo había prometido a Darcy y no podía hacer otra cosa.

—¿Vas a salir con un hombre que no has visto en tu vida?

—Darcy lo conoce y será mejor que la arranque del espejo o se pasará otra hora y no conseguiré cenar jamás.

—Espera un segundo...

Sólo por el tono de Shawn no se había movido. Era muy autoritario e impropio de él. Pero, por si acaso, él ya la había agarrado del brazo.

—¿Que mosca te ha picado?

—Además te has puesto perfume —dijo irritado mientras aspiraba profundamente—. Debería haberlo supuesto. Ya puedes darte la vuelta y volver a casa. No pienso permitir que salgas vestida así.

Brenna hubiera saltado como una pantera para morderle en el cuello, pero estaba paralizada por la sorpresa.

—¿Que no vas a permitirme qué? ¿Vestida cómo?

—No, no pienso. Y sabes muy bien cómo vas vestida. Me sorprende que tu madre te haya dejado salir de casa.

—Tengo veinticuatro años, por si no lo recuerdas. Hace tiempo que mi madre no opina sobre mi vestimenta y, desde luego, no es asunto tuyo.

—Me lo tomo como un asunto mío. Así que vete a casa y lávate la cara.

—No pienso hacerlo.

En realidad, se había pintado los labios y todo lo demás sólo porque sabía que Darcy le habría puesto el doble si aparecía con la cara lavada. Pero no tenía por qué explicárselo a Shawn, sobre todo cuando empezaba a estar verdaderamente furiosa.

—Perfecto, entonces te la lavaré yo mismo.

La agarró con un brazo y la llevó hacia el fregadero sin hacer caso de los gritos y los insultos ni de los puñetazos que le daba en la cabeza. Aunque iba ciego de ira, consiguió meterle la cabeza en el fregadero. Ya tenía la mano en el grifo cuando entró Jude.

—¡Shawn!

El grito de asombro y el tono ligeramente maternal lo detuvo, aunque no del todo.

—¿Qué demonios estás haciendo? ¡Suelta a Brenna inmediatamente!

—Hago lo que tengo que hacer. Mira cómo va, y todo para salir con un desconocido. No está bien.

Brenna, entre insultos, consiguió girar la cabeza y lanzarle un mordisco al torso, pero sólo consiguió hacerse con un trozo de franela. Entonces amenazó con hacer algo tan vil y doloroso con la virilidad de Shawn que él la sujetó del brazo con más fuerza.

Vaya, vaya, pensó Jude haciendo un esfuerzo por no reírse.

—Suéltala —dijo sin levantar la voz—. Debería darte vergüenza.

—¿A mí? Ella va medio desnuda, pero debería darme vergüenza a mí...

—Brenna está guapísima —la única solución que se le ocurrió a Jude fue acercarse a ellos, esquivar las patadas de Brenna y agarrar a Shawn de la oreja—. Suéltala.

—¡Ayyy! Maldita sea —la última mujer que le había agarrado de la oreja de esa forma había sido su madre y no fue capaz de defenderse—. Lo hago por su bien —Jude le retorció un poco la oreja—. De acuerdo, la soltaré.

Dejó a Brenna en el suelo y resopló como si estuviera ofendido.

—No conoces la situación... —empezó a decir hasta que Brenna agarró un cazo y le golpeó con él en la cabeza.

—Cabrón. Eres como el perro del hortelano y no permito que lo seas conmigo. No lo olvides.

Él se agarró del borde del fregadero y vio a tres Brennas que iban escaleras arriba.

—Menudo porrazo.

—Te lo has merecido —Jude lo tomó amablemente de la mano—. Siéntate. Has tenido suerte de que no cogiera la sartén de hierro. Te habría partido la cabeza.

—No quiero que salga con ese tío —aturdido permitió que Jude le llevara hasta la silla—. No quiero que vaya por ahí con esas pintas.

—¿Por qué?

—Porque no.

Jude le pasó los dedos por el pelo con un gesto paciente y con una compasión que no le transmitió.

—No siempre puedes conseguir todo lo que quieres. No te ha hecho una herida, pero te saldrá un buen chichón —Jude le tomó el rostro con la mano y le dio un beso en la mejilla conmovida por la mirada terca y desgraciada de Shawn—. No sabía que tuvieras una cabeza tan dura. Si no quieres que Brenna salga con ése, ¿por qué no le has pedido que salga contigo?

Él se irguió en la silla.

—No se trata de eso.

Ella le acarició la mejilla.

—¿Estás seguro?

Jude dejó que rumiara la pregunta y se levantó para apartar del fuego el pescado que ya estaba achicharrado.

—No quiero que las cosas sean así.

Jude sonrió levemente. Permaneció dándole la espalda y sacó otros trozos de pescado.

—Te lo repetiré: no siempre puedes conseguir todo lo que quieres.

—Yo sí —se levantó y esperó un segundo a que la habitación se quedase quieta—. Tengo cuidado con lo que quiero.

—Yo también lo hacía. Y estoy aquí por querer más.

—Bueno, yo estoy ya donde quiero estar, así que puedo tener cuidado.

Jude, que tenía un trozo de pescado entre los dedos, lo miró con delicadeza.

—Desde luego eres un cabezota.

—Me gusta hacerlo así. No te preocupes, lo conseguiré —apartó la sartén y sacó otra para calentar aceite limpio—. Por favor, dile a Aidan que les dé unas pintas a los excursionistas a mi cuenta y que les pida disculpas por el retraso.

—De acuerdo —Jude iba a salir, pero se volvió. Esos asuntos familiares todavía le resultaban nuevos—. Shawn, quizá te guste estar donde estás, quizá sea el lugar ideal para ti, pero a veces tienes que asegurarte. Dar un paso adelante o atrás. Y no eres justo con Brenna al quedarte clavado en el mismo sitio.

—¿Eso lo dice la psicóloga? —se dio la vuelta y vio que ella parpadeaba y bajaba la mirada—. No pretendía ofenderte, Jude. Además, tienes razón. Todavía no sé qué dirección debo tomar —rebozó el pescado mientras lo meditaba—. La verdad es que me apremió. No me importa que me apremien, pero hace que clave más los pies en el suelo.

—Puedo entenderlo. Y sé que Brenna es de las que no se pueden quedar quietas y tienen que avanzar. En un sentido u otro.

—Efectivamente —se tocó el chichón con cuidado—. En un sentido u otro.

—Si puedes soportar un último consejo, haz como si estuvieras muy ocupado en la despensa cuando la oigas bajar por la escalera.

—Eres muy lista.

—Todo va como la seda, ¿no?

Darcy estaba empolvándose la nariz en el aseo del restaurante y miró a Brenna en el espejo.

—La comida es muy buena.

—Sí, eso también, pero me refería a todo en general. Es tan agradable salir con un hombre un poco sofisticado para variar. Matthew vivió un año en París —Darcy siguió hablando de su acompañante—. Habla francés como si fuera nativo. Creo que no tardaré mucho en conseguir que se le ocurra llevarme un fin de semana.

Brenna se tuvo que reír, aunque no fuese su intención.

—¿Vas a dejar que crea que se le ocurre a él?

—Claro. Los hombres lo quieren así. Y tú le gustas mucho a Daniel.

—Es bastante simpático.

Brenna sabía que Darcy tardaría años en considerar que ya se había recompuesto lo suficiente y sacó el pintalabios. Bueno, a decir verdad, era el pintalabios que le había robado del cuarto de baño a Mary Kate.

—Es muy guapo y está forrado. ¿Por qué no hacemos que nos lleven a las dos a París?

—No tengo tiempo de ir a Francia ni ganas de pagar el precio que esperan cobrar los hombres.

—Nos sobra el tiempo —Darcy sacudió el pelo—. Y una mujer inteligente no paga ningún precio si no quiere. No pretendo acostarme con Matthew.

—Creí que te gustaba.

—Me gusta, pero no me tira de esa manera. Aunque todo puede cambiar... —dijo con tono jocoso.

Brenna frunció los labios y observó el pintalabios mientras lo sacaba y lo metía.

—¿Tú has querido acostarte alguna vez con un hombre que no quisiera acostarse contigo?

—No he conocido jamás a ningún hombre que no estuviera dispuesto a bajarse la cremallera a la menor insinuación. Son así, no puedes culparles por ello.

—Pero habrá alguno, en circunstancias especiales, que no encuentre atractiva en ese sentido a una mujer concreta.

—Supongo que todas las reglas tienen excepciones, pero no debes preocuparte —dio una palmadita de consuelo a Brenna—. Daniel te encuentra muy atractiva. Estoy segura de que estará encantado de acostarse contigo si quieres.

Brenna resopló y guardó el pintalabios en el bolso.

—Bueno..., es un consuelo.

Lo había pasado de maravilla. Como nunca. Una comida civilizada en un sitio civilizado con personas civilizadas.

Había estado a punto de morirse de aburrimiento, pero no pensaba reconocerlo.

Una vez que lo puso en su sitio, le dio a Daniel su número de teléfono y se prometió a sí misma que saldría con él si la llamaba y se lo pedía. Había sido educado y divertido, recordó, mientras iba en la furgoneta hacia casa desde el pub, donde la habían dejado después de la cita. Él fingió mostrar interés por su trabajo e incluso se esforzó para encontrar algún gusto en común, que resultaron ser las viejas películas americanas de cine negro.

Tenía una buena colección de vídeos y mencionó, como quien no quiere la cosa, la posibilidad de que ella fuera un día a su casa para hacer un festival particular de cine negro.

Era algo que podía gustarle. Como le gustó el beso de despedida. No se excedió con las confianzas ni puso las manos donde no debía cuando se conocían tan poco.

Un individuo muy agradable.

Maldito Shawn Gallagher por ponerle el listón tan alto y no permitirle disfrutar de otro hombre.

Iba despacio, y se paró al llegar a la altura de la casa de Shawn. La furgoneta se quedó en medio de la carretera mientras la rodeaba una leve bruma.

Perfecto. Estaba en casa como una serpiente amenazadora. Había luz en la sala. Seguramente, estaría tocando algo compuesto por él. Si hubiese tenido una ventana abierta habría podido oírlo en el silencio de la noche.

Le habría encantado.

Sabía que eso podía con ella, por lo que frunció el ceño con todas sus ganas. Estaba tentada, muy tentada, a meter la furgoneta en su callejón, e irrumpir en su casa para decirle cuatro cosas y dejarle la cara marcada.

Pero eso sería darle demasiada importancia a lo que hizo esa tarde. Sería mejor despreciarlo. El muy canalla.

¿Qué hombre te besaba un día como si quisiera quedarse pegado a tus labios toda la vida y luego se comportaba como si fuese tu padre?

No lo entendía.

Resopló, se iba a dar la vuelta para agarrar el volante cuando se detuvo al ver un movimiento en la ventana del piso de arriba. Se quedó petrificada un momento, aterrada al pensar que Shawn estuviera allí mirando mientras ella observaba su casa.

Sin embargo, el rubor no llegó nunca a las mejillas porque vio la figura de una mujer y el brillo de un pelo casi blanco a la luz de la luna.

Brenna suspiró, bajó la ventanilla, cruzó los brazos por encima y apoyó la barbilla sobre ellos.

Se preguntó cuántas noches habría pasado la pobre Lady Gwen en esa ventana; sola y con el corazón destrozado por un hombre.

—¿Por qué nos preocupamos por ellos, Gwen? ¿Por qué permitimos que entren en nuestras cabezas de esa forma? Si dejas lo demás aparte, son un incordio.

«En esa canción está su corazón.» Brenna oyó las palabras como si se las estuviese diciendo al oído. «Y tú también estás. Escucha.»

Ella cerró los ojos con toda su fuerza, como si algo espantoso quisiera entrar en su cabeza y crecer en ella.

—No, no. He terminado con ese asunto, y con él. No pienso dedicarle ni un segundo ni un pensamiento más. Ya ha tenido bastantes, y durante demasiado tiempo.

Metió la marcha con cierta violencia y se fue a casa.

Sabía que estaba trabajando sola porque lo había comprobado: Mick O'Toole estaba haciendo algo en el hotel del acantilado y Jude estaba haciendo recados.

Podía oír los martillazos mientras subía las escaleras. Lo cual quería decir que estaba armada. Era un riesgo que tendría que correr.

Había pasado casi toda la noche imaginándose la escena, lo que empezaba a ser una costumbre, y le estaba robando mucho tiempo de sueño. Había llegado a la conclusión de que Jude tenía razón. Era hora de moverse en un sentido u otro. Creía que la conversación que iba a tener determinaría la dirección a seguir.

Notó que los martillazos venían del armario del bebé. Siguiendo un impulso, algo muy raro en él, cerró la puerta con llave y se la guardó en el bolsillo. Así, por lo menos, evitaría que se fuera hasta que él hubiera terminado.

Se preparó para aguantar el chaparrón que creía estar provocando y se acercó al armario.

—¿Jude? ¿Ya has vuelto? Mira las baldas a ver si te gustan.

Miró por encima del hombro desde el tercer escalón y vio a Shawn en medio de la habitación.

Él se quedó parado, pero ella en vez de fustigarlo con la lengua, lo miró de arriba abajo y siguió trabajando.

Era una señal muy sombría.

—Quiero decirte algo.

—Estoy trabajando. No tengo tiempo para charlar.

—Tengo que hablar contigo —dio un paso y le puso una mano en la cadera. Necesitó poner a prueba todo su valor para no echar a correr cuando ella lo miró y enarboló el martillo—. ¿Podrías quitar esa mano?

—No.

Él podía ser valiente, pero también tenía cerebro. Con un rápido movimiento le quitó el martillo de la mano.

—Tengo un chichón del tamaño de una puñetera pelota de golf y no pienso dejar que me hagas otro. Sólo quiero decirte un par de cosas, Brenna.

—Yo no tengo nada que decirte, Shawn, y como valoro la amistad que hemos tenido toda la vida, te pido que me dejes por el momento.

Realmente sombrío, pensó a la vez que notaba que el pánico le atenazaba la garganta.

—Quiero pedirte disculpas.

Ella se dio la vuelta, dándole la espalda, y sacó la cinta métrica.

Brenna había conseguido sacar a la luz lo peor que había en él, pensó Shawn mientras la tomaba por la cintura y la bajaba de la escalera. No pudo esquivar el puñetazo, aunque era lo mínimo que esperaba. Pero tuvo tiempo para ver el brillo de las lágrimas en los ojos de ella.

—Lo siento —el pánico no le atenazaba la garganta, lo tenía estrangulado—. No llores. No puedo soportarlo.

—No estoy llorando —Brenna era capaz de soportar que las lágrimas le abrasaran los ojos antes de permitir que se derramara una en su presencia—. Te he pedido que me dejaras, como no estás dispuesto a hacerlo, seré yo quien se vaya.

Fue hasta la puerta, giró el picaporte y se quedó atónita.

—¡Has cerrado la puerta! —se dio la vuelta como un torbellino—. ¿Te has vuelto loco?

—Te conozco y sabía que no me escucharías. Ahora tendrás que hacerlo.

Shawn vio que ella dirigía los ojos hacia la caja de herramientas con la mirada de quien mira un verdadero arsenal. Si bien las disculpas eran sinceras, no estaba dispuesto a permitir que le dejaran el cuerpo como un colador y se interpuso entre ella y la caja llena de tentaciones.

—Has dicho que te importa nuestra amistad. A mí también me importa. Me importa mucho. Tú me importas, Brenna.

—¿Por eso anoche me trataste como si fuese una cualquiera?

Se le quebró la voz y él se quedó abatido y asustado.

—Supongo que sí, que fue por eso. Para mí no es normal verte con ese aspecto.

Ella levantó las manos con un gesto de impotencia.

—¿Qué aspecto?

—Maravillosa.

Ella se quedó con los ojos como platos y él aprovechó la ocasión para acercarse un poco.

—Estabas tan arreglada y femenina...

—Soy femenina, ¡por amor de Dios!

—Lo sé, pero normalmente no te preocupas por manifestarlo.

—¿Por qué tendría que hacerlo? —preguntó ella apremiantemente. Era algo que le dolía y que le espantaba tener que indagar—. ¿No puedo ser una mujer sólo porque soy capaz de clavar un clavo o arreglar una cañería? ¿Si me pinto los labios o llevo un vestido me convierto en una cualquiera?

—No, soy un idiota por hacer que pensaras eso. Ridículo, torpe y rencoroso. Y lo siento muchísimo.

Ella no dijo nada y él se metió las manos en los bolsillos para volver a sacarlas acto seguido. Pensó que lo mejor sería soltarlo todo y acabar con el asunto.

—La verdad es que cuando entraste estaba pensando en ti, pensando en algunas cosas, y tú te ibas con otro hombre y estabas maravillosa. Sentí celos. No me di cuenta en ese momento ni lo reconocí más tarde, cuando ya me había calmado un poco. Nunca había estado celoso. Era algo que nunca me había preocupado.

Ella se había tranquilizado lo suficiente como para empezar a hacer cálculos y a sopesar la situación.

—Pensé que te habías puesto ese vestido y que te habías soltado el pelo y que te habías humedecido los labios para alterarme.

Efectivamente, pensó ella. Asintió con la cabeza.

—Lo habría hecho si hubiese pensado en ello, pero no soy tan astuta.

—No, eres una mujer muy franca. Lo sé —se calló e inclinó la cabeza. Cada vez que daba un paso, ella daba otro hacia atrás—. ¿Por qué te alejas cada vez que yo me acerco? ¿Acaso no empezaste tú?

—Ajá, pero he tenido tiempo de pensarlo un poco más. Si no te importa, mantén las distancias mientras le doy vueltas al asunto.

Lo dijo con tono firme, pero vio en los ojos de Shawn un brillo burlón muy masculino. No era una expresión que sirviera precisamente para sosegar a una mujer.

—Somos amigos desde hace mucho tiempo —continuó ella— y no quiero renunciar a esa parte de mi vida. Si hubiésemos actuado cuando mencioné la posibilidad de acostarnos; si tú hubieses sonreído y hubieses dicho: «Fantástico, Brenna, qué idea tan buena», todo habría ido como la seda. Nos lo habríamos pasado muy bien, no le habríamos dado más importancia y habríamos seguido tan amigos. Pero ahora ya no es algo espontáneo y la cosa se ha complicado.

Shawn alargó una mano y la apoyó en la pared, por encima del hombro de ella, para intentar mantenerla quieta. Antes de que intentara salir por el otro lado, puso la otra mano por encima del otro hombro y la acorraló.

—Tú estás acostumbrada a actuar por impulsos y yo soy más reflexivo. Tú te mueves a toda velocidad y yo me muevo lentamente.

A ella empezaba a hervirle la sangre, pero el orgullo la mantuvo en su sitio; firme como los brazos de él.

—¡Alabado sea Dios!, Shawn. Un glaciar se mueve más rápidamente que tú.

—Pero acabo llegando donde quiero ir, ¿no? Creo, Brenna, que si sopesamos el impulso y la reflexión; la velocidad y la prudencia, podemos encontrar un punto medio.

—Ahora es... demasiado embarullado.

—Tu corazón palpita —murmuró Shawn mientras se acercaba un poco más—. Casi puedo oírlo —puso una mano entre los pechos de Brenna mientras la miraba a los ojos—. Ahora puedo sentirlo. Quería tocarte —los ojos de Brenna se inundaron de anhelo y la respiración se le escapó entre los labios temblorosos; luego, cuando él extendió los dedos, la recuperó lenta e intensamente.

Le flaqueaban las rodillas.

—Nunca habrías pensado en ello si yo no lo hubiera mencionado.

—Desde luego, y no me importa que sea idea tuya puesto que ahora pienso en ello —Shawn inclinó la cabeza para morderle levemente el labio inferior—. Y me cuesta pensar en otra cosa. Cuando vine aquí... —recorrió la barbilla de Brenna con los labios—. Pensé que me disculparía y que dejaría las cosas lo mejor posible entre nosotros. Estaba casi seguro, bastante seguro, de que me iría y todo se quedaría así, pero ahora quiero acariciarte —jugueteó delicadamente con el pezón que se endurecía contra la camisa—. Quiero deleitarme contigo.

Al final, por fin, puso su boca sobre la de ella.

Ella se aferró a las caderas de él y le clavó los dedos mientras las lenguas bailaban una danza abrasadora. Ella quería más pasión, más acción, más movimiento. Estaba a punto de derretirse con esa calidez suave y embriagadora.

—Espera —había algo en su interior que la abrumaba. Algo esencial que quería dejar muy claro—. Espera. Tú crees que necesito toda esta preparación tan delicada —Brenna giró la cabeza, pero sólo consiguió dejar el lóbulo de la oreja entre los dientes de Shawn. Tenía una boca absolutamente arrebatadora, pensó ella—. No la necesito —empezaba a respirar cada vez más rápidamente y con mayor profundidad, lo cual le mareaba—. Ni las seducciones.

—Yo sí —él bajó más la cabeza para alcanzarle el cuello.

—Si has decidido que por fin deberíamos acostarnos, y me parece que lo has hecho, podemos tomarnos una hora e ir a tu casa.

La piel de Brenna amortiguó la risa de Shawn; una piel que era suave como la seda templada por el sol.

—Un punto medio, Brenna. Te deseo —Shawn notó un escalofrío en Brenna al volver a besarla—. Pero prefiero llegar hasta el límite antes de tenerte desnuda debajo de mí.

—¿Por qué?

—Porque se disfruta más. ¿Te gusta cuando te hago esto? —jadeó tres veces cuando él introdujo los dedos por debajo de la camisa y le acarició el contorno de los pechos—. Compruebo que te gusta. Tienes los ojos velados.

—Estoy medio ciega. Al diablo con la casa de campo, terminaremos aquí mismo.

Pero cuando ella le rodeó el cuello con los brazos, él la elevó en el aire y dio una vuelta con ella colgando.

—Ah, no. No lo haremos. No pienso privarme yo ni privarte a ti del placer.

—Eso no es un punto medio, eso se inclina claramente hacia tú forma de hacer las cosas.

—Es posible, pero me lo agradecerás mucho cuando lo hayamos hecho.

—Como todos los hombres —dijo ella cuando la dejó en el suelo—. Siempre crees que sabes lo que es mejor y cómo debe hacerse.

El sonrió de oreja a oreja.

—Brenna, querida, si no fuese un hombre no estaríamos hablando de esto.

Ella resopló y se ajustó la gorra.

—Perfecto, entonces tienes razón, ¿no?

—Me dijiste que tenías ganas, muy bien, yo te las quitaré a mi manera y cuando piense que ha llegado el momento Es justo.

Ella lo miró y asintió con la cabeza.

—Es frustrante, pero justo.

—Y estemos donde estemos ahora o en el futuro, terminaremos como amigos. Te deseo muchísimo, pero no te tocaré un pelo sin no me prometes ahora mismo que quedaremos como amigos.

¿Cómo podría no adorarlo si era un hombre que pensaba en esas cosas?, se preguntó Brenna. Y que las decía en serio.

—Amigos ahora, durante y después —Brenna le extendió la mano—. Te lo prometo.

—Y yo a ti.

Le estrechó la mano y se la besó, sólo para ver la reacción de Brenna.

Ella se quedó boquiabierta y rompió en una carcajada para deleite de Shawn.

—Mary Brenna, estás a punto de llevarte unas cuantas sorpresas.

—Es posible —Brenna escondió detrás de su espalda la mano que le quedaba libre y que seguía estremeciéndose—. Pero yo también tengo mis trucos.

—Cuento con ello —sacó la llave del bolsillo y se dirigió hacia la puerta—. ¿Por qué no te pasas esta noche por el pub y te preparo la cena. También puedo enseñarte algunas sorpresas que hay... en la despensa.

—¿En la despensa? —un pensamiento cruzó su mente antes de poder reírse—. ¿A cuántas mujeres has sorprendido en la despensa? ¿Si puede saberse?

—*Mauverneen** —le guiñó un ojo antes de salir—. No soy un hombre que lleve la cuenta.

---

* Querida, en gaélico. *(N. del T.)*

9

—Ha llegado Finkle, el representante de Magee —dijo Darcy con tono de disgusto mientras entraba en la cocina.

Shawn la miró por encima de los emparedados que estaba preparando.

—¿Ya ha llegado?

—Como lo oyes —se retocó el pelo y la cara en el pequeño espejo que había colgado junto a la puerta— Aidan está sirviéndole una cerveza y dándole conversación, aunque el tal Finkle sólo parece interesado en los negocios.

Shawn, que conocía las habilidades de su hermana, la señaló con un cuchillo.

—Descríbelo en cien palabras o menos.

Darcy entrecerró los ojos y se llevó un dedo a los labios.

—Cincuenta y tantos años y se está quedando calvo. Le preocupa, porque intenta taparlo con el peinado. Una tripa notable que me indica que le gusta comer. Casado, aunque eso no le impide alegrarse la vista. Un hombre sedentario. Un hombre de empresa que sabe recibir órdenes y transmitirlas a lo largo de la cadena de mando. Austero; según me ha contado Mary Kate, ha regateado a brazo partido el precio de la habitación, aunque vaya a cuenta de la empresa. Urbano por los cuatro costados y un poco dandy. Podría depilarme las cejas en el reflejo de sus zapatos.

—Perfecto —los ojos de Shawn brillaron al imaginárselo—. No tendrás problemas para engatusarlo, ¿verdad?

Darcy se miró las uñas con una sonrisa de condescendencia.

—Es como pescar en una pecera.

—No hablo de tentarle, Darcy, sino de hacerle tambalearse.

—Confía en mí. He dicho que está casado y no soy una destroza hogares.

—Perdona. Ha sido por el brillo de tus ojos. Eres un peligro para la humanidad.

Darcy se repasó la pintura de los labios y miró el reflejo de Shawn en el espejo.

—A la humanidad le encantan los peligros como yo.

—No puedo discutírtelo. He visto algunas de las víctimas. Te ayudaré a servir los emparedados para que Finkle pueda echar un vistazo al hermano inofensivo.

Darcy le ayudó a llenar la bandeja.

—Yo diría que está impaciente por hacerse una idea de las cosas. Ver el solar y hablar de su propuesta.

—Está en Irlanda —dijo Shawn tranquilamente—. Y a los Gallagher no les van las prisas.

Juntó todos los pedidos y puso unos cuencos con patatas fritas.

—No estaba soñando despierto —dijo a las espaldas de Darcy y levantando un poco la voz mientras pasaban al pub—. Estaba pensando.

Darcy suspiró para seguirle la corriente.

—Siempre estás en las nubes. Así nunca conseguirás hacer los pedidos como Dios manda. Haz un esfuerzo para estar un rato en la tierra con el resto de los mortales.

Shawn empezó a repartir los cuencos por la barra con expresión sombría.

—Shawn, ven, quiero presentarte al señor Finkle, de Nueva York.

Shawn cambió de expresión y se dirigió hacia donde estaba Aidan. Se apoyó en la barra y sonrió amigablemente a un hombre con poco pelo y unos ojos oscuros y ligeramente irritados.

—Me alegro de conocerle, señor Finkle. Tenemos primos en Nueva York, y algunos amigos. Dicen que es un lugar muy bullicioso en el que todo el mundo hace algo cada minuto del día. Aidan, tú has estado en Nueva York, ¿lo recuerdas así?

Aidan sólo pudo asentir con la cabeza para que no se le escapara una carcajada. Shawn había puesto un acento más cerrado para dar más sensación de paleto.

—A Aidan le van mucho los viajes. Es una cosa de familia, pero yo..., que no me saquen de aquí.

—Sí, claro —empezó a decir Finkle dispuesto a deshacerse de Shawn y a ocuparse de las cosas importantes.

—Así que está de vacaciones, señor Finkle. Ardmore está muy bien. Ahora está tranquilo, así que tiene suerte —continuó Shawn—. A finales de ma-

175

yo las playas se ponen a rebosar de turistas y vienen tantos al pub que me cuesta atender los pedidos. En invierno puedes descansar un poco.

—Estoy por negocios —Finkle habló con precisión y Shawn pudo detectar el acento de Nueva York por la dureza de las consonantes—. Para Magee Enterprise.

Aidan sacudió la cabeza al ver la convincente mirada de incomprensión de Shawn.

—Shawn te he contado cuarenta veces la posibilidad de hacer un trato con Magee. El teatro.

—Ya, pero nunca creí que hablaras en serio —Shawn se rascó la cabeza—. ¿Un cine en Ardmore?

—No —dijo Finkle evidentemente impaciente—. Un teatro para espectáculos.

—Creo que es una idea maravillosa —Darcy se acercó a la barra y sonrió a Finkle—. Sencillamente brillante. Tiene que venir al pub esta noche, para que vea los talentos locales que podemos ofrecer a su teatro.

—¿Y que pasa con el tipo de Londres? —Shawn miró desconcertado a Darcy y luego a Aidan—. El del restaurante.

—Ya hablaremos más tarde —Aidan dio un ligero pero evidente codazo a Shawn—. No es importante.

Finkle se puso rígido y bajó la mirada.

—¿Está tratando con otro inversor, señor Gallagher?

—Nada serio. ¿No quiere ver el solar del que estamos hablando? Seguro que quiere echarle una ojeada. No va a comprar una cosa sin verla. Shawn, ocúpate de la barra —Aidan levantó la trampilla apresuradamente—. Daremos una vuelta y le enseñaré todo.

—Señor Finkle, volverá, ¿verdad? —dijo Darcy que consiguió, para su satisfacción, que Finkle se ruborizara y apartara la mirada—. Me gustaría mucho cantar para usted —esperó a que Aidan y Frinkle estuvieran en la calle para continuar—: «El tipo de Londres»... —dijo riéndose entre dientes—. Has estado muy inspirado.

—Se me ha ocurrido de repente. Y me apuesto diez a una a que en cuanto esté solo llamará a Magee para decirle que estamos jugando a dos bandas.

—A lo mejor nos sale el tiro por la culata y el tal Magee se retira.

—O a lo mejor nos da buen resultado —Shawn le acarició el pelo a su hermana sorprendido de lo mucho que se había divertido haciendo la farsa—. La vida es un juego de azar, ¿no? —en ese momento vio que Brenna y su padre entraban para comer—. Y eso es parte de la gracia de vivir. Buenos días señor O'Toole —dijo cuando Mick se acercó a la barra—. Mary Brenna... ¿En qué podemos serviros?

—Tengo sed, Shawn —Mick guiñó un ojo a Darcy.

—Podemos solucionarlo —Shawn conocía los gustos del padre de Brenna y se dispuso a tirar una pinta de Guinness—. ¿Tú qué quieres, Brenna?

—A mí me interesa más la sopa que veo en el menú —señaló con la cabeza la pizarra con los platos del día—. Pero no tengo prisa.

—Ninguna —confirmó Mick que se había sentado en un taburete—. Casi hemos terminado en casa de tu hermano. Brenna lo limpiará todo esta tarde. Luego volveremos al hotel para renovar las habitaciones. Echaré de menos venir aquí a comer, Shawn. No es que en el hotel no den bien de comer, pero nadie tiene tu toque.

—¿Tomará también sopa y un emparedado, señor O'Toole? —Darcy pasó detrás de la barra para servir un té a Brenna—. Un hombre que trabaja tanto como usted necesita combustible.

—Me parece muy bien, querida Darcy. Algún día serás la esposa perfecta para algún hombre afortunado, porque sabrás cómo cuidarlo.

Darcy se rió burlonamente y pasó el té a Brenna.

—Yo busco uno que cuide de mí, y que lo haga sin reparar en gastos. Por cierto, Brenna, ¿te ha llamado Daniel?

—¿Daniel? —Brenna se dio cuenta de que Shawn levantaba una ceja e intentaba no mostrar ningún signo de contrariedad—. Sí, me ha llamado.

—Perfecto. Matthew me dijo que te llamaría. Es un hombre guapo y con dinero que le ha echado el ojo a su hija, señor O'Toole.

—¿Por qué no iba a hacerlo? Es una preciosidad.

—Déjalo, papá.

—Lo eres, ¿qué tiene de malo decirlo? —le dio una palmada en el hombro a su hija, aunque fue una palmada que la mayoría de los hombres habría dado a un hijo—. El hombre que se lleve a mi hija tendrá mucha suerte. Es guapa y trabajadora. Quizá tenga un poco de genio, pero eso le da más interés.

Un hombre no busca una mujer sin personalidad, ¿verdad, Shawn?

Shawn siguió tirando la Guinness.

—Eso depende del hombre.

—Bueno, me refiero a un hombre inteligente, se aburriría al cabo de un año. No es que tenga prisa en que Brenna se case pronto. Mis polluelos están dejando el nido demasiado rápidamente; Maureen se acaba de casar y Patty lo hará dentro de unos meses —suspiró—. No sé qué haré sin Brenna cuando llegue el momento.

—No harás nada sin mí; somos socios. Iré yo misma a por la sopa, estáis atareados.

Era una excusa tan buena como cualquier otra para dejar de ser el centro de atención y para cortar la conversación. Atravesó la barra y pasó a la cocina tan rápidamente como pudo sin que pareciera que tenía prisa. Cuando estuvo sola en la cocina, puso los ojos en blanco y resopló con todas sus fuerzas.

Su padre estaba muy sentimental últimamente y si bien la mayoría de las veces le parecía conmovedor, ésa no era una de ellas. Sacó unos cuencos e intentó no inmutarse cuando se abrió la puerta. No tenía que darse la vuelta para saber que era Shawn.

—Ya puedo hacerlo yo; tú estás ocupado.

—Y Darcy puede ocuparse de la barra tan bien como yo; o cualquiera. Además, tu padre quiere un emparedado y el pan y la carne no se te da tan bien como los clavos y la madera.

Se acercó por detrás, la tomó por la cintura, se inclinó y le dio un pequeño mordisco en la nuca. Le apetecía y sabía que ella se pondría nerviosa.

Una oleada de calor recorrió el cuerpo de Brenna hasta la punta de los dedos de los pies.

—¿Qué haces? Deberías estar trabajando.

—Bastante trabajo tengo contigo.

Le dio la vuelta y deslizó las manos por sus costados.

—Sólo tengo tiempo para comer algo. Tengo que volver a la casa para terminar.

—Yo seré tu alimento —la tomó por debajo de los brazos y la sentó en la encimera—. Y tú el mío. Tengo hambre de ti.

Masculló una queja, que no le salió del corazón, pero enseguida él le tapó la boca con los labios.

—Podría entrar alguien —consiguió decir, aunque estaba acariciando el pelo de Shawn.

—¿Qué más te da? Concéntrate en esto durante un minuto —le rodeó el rostro con las manos e inclinó hacia atrás la cabeza de Brenna.

Había prometido llevarla hasta el límite y tenía que reconocer que era un hombre de palabra. Durante días la había mantenido en un estado de inestabilidad sexual que era frustrante y maravilloso a la vez. Nunca pasaba de un beso: largo, lento y profundo o rápido, brusco y ardiente. El exiguo y atormentador roce de la mano o las yemas de los dedos. La mirada serena que podía hacer que se le alterara el pulso sin necesidad de decir una palabra.

Había dicho que tenía hambre de ella. Debía de ser verdad, porque la estaba devorando y saboreando con mordiscos perezosos e interminables. Cuando ella empezó a temblar, él sólo emitió un sonido de aprobación.

—Shawn —hacía que sintiera la cabeza ligera y que le ardieran las entrañas—. No puedo seguir así durante mucho tiempo.

—Yo sí —estaba soñando con ella—. Podría seguir así durante años.

—Eso es lo que me da miedo.

Shawn se rió y se apartó; satisfecho por el velo de deseo que cubría los ojos de Brenna.

—¿Qué le dijiste a Daniel?

—¿Qué Daniel?

Él sonrió y ella comprendió todo. Soltó un improperio, lo apartó de un empujón y se bajó de la encimera.

—Maldito seas, Shawn. Así que se trata de eso. Me estabas camelando y nublando la mente para que satisficiera tu vanidad.

—Eso no era lo principal —sacó los ingredientes del emparedado—. La verdad es que estoy interesado en saber si vas a volver a salir con él.

—Debería. Aunque fuese para darte una lección —se metió las manos en los bolsillos—. Es lo que haría Darcy.

—Ya, pero tú no eres Darcy, ¿verdad?

—No, no lo soy, no tengo el talento ni la energía de ella para jugar con los hombres como si fuesen peleles. Le dije a Daniel que estaba saliendo con alguien.

Shawn la miró a los ojos.

—Gracias.

—Lo que me gustaría saber es cuándo voy a acostarme con ese alguien.

Shawn puso un poco de la mostaza que le gustaba a Mick O'Toole y mantuvo arqueadas las cejas.

—Te conozco de toda la vida y nunca había sospechado que tuvieses esa obsesión con el sexo.

—No estaría obsesionada si disfrutara de él.

—¿Cómo estás tan segura si no te has acostado conmigo?

Brenna quería tirarse de los pelos, pero decidió que era mejor reírse.

—Por Dios, Shawn, puedes conseguir que una mujer se entregue a la bebida.

—Sal y dile a Darcy que te ponga una pinta a mi cuenta —empezó a decir, pero oyó unas voces al otro lado de la puerta de la calle—. No, espera. Y sigue el juego.

—¿Qué juego?

—Sirve la sopa —señaló los cuencos con la mano—. Y sigue el juego.

Se abrió la puerta trasera y Aidan se apartó un poco para dejar pasar al señor Finkle.

—La cocina es el territorio de Shawn, como puede comprobar. Hemos ido añadiendo algunas cosas a medida que las iba necesitando. Hola, Brenna. Es Brenna O'Toole, nuestra amiga y empleada ocasional. Brenna, el señor Finkle, de Nueva York.

—Encantada de conocerle —Brenna esbozó una sonrisa de compromiso y sirvió la sopa sin comprender lo que estaba pasando.

—El señor Finkle quiere añadir un restaurante al pub —dijo Shawn.

—Un teatro —dijo Aidan en un tono tan cortante que Brenna casi derrama la sopa—. El teatro Shawn; te confundes constantemente.

—Ya, ya, el teatro. Claro, soy incapaz de retener un asunto de negocios durante más de cinco minutos.

—Pero haces una sopa deliciosa —Brenna lo miró como si mirara a un niño de doce años que necesita que le animen. Esperaba que eso fuese lo que tenía que hacer—. ¿Quiere una sopa, señor Finkle? O ya ha comido...

—No, no he comido —la cocina olía como la de una abuela que cocinaba con cariño y esmero y se le estaba haciendo la boca agua—. Huele muy bien.

—Y sabe mejor, se lo aseguro. ¿En qué tipo de teatro está pensado?

—Un escenario pequeño y de buen gusto para espectáculos. Mi jefe quiere algo tradicional.

—A la gente le gusta tomarse una copa o dos antes y después del teatro, ¿verdad? —Shawn puso un poco de perejil y de rábano en el emparedado.

—No falla.

Finkle echó un vistazo a la habitación. Las cazuelas estaban brillantes y las encimeras inmaculadas. Los fogones eran enormes y parecían del año de maricastaña, pero funcionaban perfectamente.

Podía valer, pensó. Lo comentaría en el informe.

—Entonces no encontrarán un sitio mejor que Gallagher's —aseguró Brenna—. ¿Quiere sentarse en la cocina o prefiere una mesa?

—Si no le importa, en una mesa —le dijo a Brenna.

183

Era un observatorio mejor para ver la marcha del negocio.

—Le buscaré un sitio —Aidan hizo un gesto amable hacia la puerta—. Dígale a Darcy lo que quiere, por cuenta de la casa, naturalmente.

Aidan lanzó una mirada de satisfacción por encima del hombro mientras salían.

—¿Qué es eso del teatro? ¿Y por qué te comportas como si esta mañana hubieses perdido un lóbulo del cerebro?

—Te lo contaré. Llévale la sopa a tu padre y vuelve para que te lo cuente.

Brenna volvió y se mordió el labio inferior como hacía siempre que pensaba profundamente en algo.

—Conozco a ese Magee.

—¿Le conoces?

—No personalmente, pero he oído hablar de él. Son su padre y él, pero, al parecer, él se ocupa de casi todo ahora.

—Un negocio familiar —dijo Shawn pensativamente—. Vaya, es algo que puedo valorar.

—Un negocio muy próspero. Construyen cosas muy hermosas. Teatros, estadios y ese tipo de cosas. Es muy conocido en Estados Unidos e Inglaterra. Brian Cagney, el sobrino del primo de mi madre, estuvo trabajando en una de las cuadrillas de Nueva York. Me escribió hace un año o dos y me dijo que si iba a Nueva York tendría trabajo en un abrir y cerrar de ojos porque Magee no se fija en el sexo cuando contrata un carpintero.

—¿Tienes intención de irte a Nueva York?

La mera posibilidad le sorprendió tanto que tuvo que hacer un esfuerzo para decirlo con un tono natural.

—No —Brenna estaba pensando en otra cosa—. Trabajo con papá y trabajamos aquí. Pero Brian me escribe de vez un cuando y dice que Magee trata bien a la gente; que paga los sueldos más altos del sector y que él mismo se pone a dar martillazos cuando hace falta. Pero no soporta a los estúpidos, y si la cagas acaba contigo. Escribiré a Brian a ver que sabe de esto o de qué puede enterarse —clavó los ojos en Shawn con una mirada penetrante—. ¿Va a traer a su propia gente o la va a contratar aquí?

—No tengo ni idea.

—Debería contratarla aquí. Si quieres construir en Irlanda tendrás que emplear irlandeses y si construyes en Ardmore tendrás que contratar a gente de aquí. Papá y yo podríamos sacar tajada.

—¿Dónde vas? —preguntó Shawn al ver que Brenna se levantaba.

—A hablar con el señor Finkle.

—Espera un momento. No puedes estarte quieta, ¿verdad? No es el momento.

—¿Por qué no? Sólo quiero hacer un contacto.

—Deja que Aidan cierre el trato primero —la tomó de la mano—. Todavía estamos en una fase muy delicada. Una vez que consigamos lo que queremos, podrás entrar a ver quién lo construye.

Brenna detestaba esperar, como aceptar comprender que Shawn tenía razón.

—En cuanto se cierre el trato tengo que saberlo inmediatamente.

—Te lo prometo.

—Te mostraré cómo debe ser —Brenna se habría puesto a dibujar en la pared si Shawn no llega a ponerle una hoja de papel delante de las narices—. Este es el muro norte. Ahí se abre un paso —dibujó todas las líneas y ángulos— y se hace una especie de pasadizo para que la gente circule entre el teatro y el pub. Debe adaptarse todo lo posible al pub; las mismas vigas, el mismo suelo, para conseguir cierta... simetría que lleve al vestíbulo. Lo ideal sería que ese pasadizo se abriera como un embudo para que el vestíbulo se incorpore de cierta manera al pub y el pub al vestíbulo —Brenna asintió con la cabeza, levantó la mirada y entrecerró los ojos—. ¿De qué te ríes?

—Verte trabajar es muy formativo.

—Si tengo la oportunidad, me verás trabajar durante meses, y papá vendrá todos los días al pub a comer y tomarse una pinta. Tengo que marcharme.

—¿Tendrás una hora luego?

La agarró de la mano antes de que pudiera marcharse.

—Supongo que sí. No creo que me lleve mucho más quitarte la ropa y acabar contigo.

—Yo había pensado en otra cosa. Para lo demás no quiero ni plazos ni horarios —se llevó la mano de Brenna a los labios y le besó los nudillos—. Podemos dar un paseo por la playa.

Brenna pensó que pasar una hora en la playa en medio del viento invernal era muy típico de él.

—Recógeme en casa de Jude. Si tú puedes conseguir una hora, yo también.

—Entonces, dame un beso de despedida.

Deseosa de complacerle, se puso de puntillas y apenas había rozado los labios de él con los suyos cuando se abrió la puerta.

—El tal Finkle dice que tomará un poco de sopa y... —Darcy se calló de golpe al ver a su mejor amiga besando a su hermano—. ¡Por el amor de Dios! ¿Qué es esto?

—Era lo que has visto, pero nos has interrumpido. No has terminado —le dijo a Brenna mientras volvía a atraerla hacia sí.

—Sí he terminado. Tengo trabajo —salió por la puerta trasera.

—¿Has dicho sopa? —Shawn se volvió hacia los fogones.

—Shawn, ¿estabas besando a Brenna?

—Así es, aunque apenas he podido notarlo antes de que irrumpieras y la asustaras.

—¿Qué te propones al besar a Brenna?

Él la miró con una expresión afable.

—Creía que mamá te había explicado esas cosas, pero si necesitas que te recuerde la lección, puedo darte un cursillo.

—No te hagas el ingenioso conmigo —Darcy estaba demasiado desconcertada como para sacar el genio que tanto les divertía—. Es casi una hermana para mí y no pienso consentir que le tomes el pelo.

Él sirvió sopa en un cuenco grande y grueso.

—Quizá deberías hablarlo con ella antes de culparme de algo.

—Puedes estar seguro de que lo haré —agarró el cuenco—. Sé cómo te portas con las mujeres, Shawn Gallagher.

Él ladeó la cabeza.

—¿Lo sabes?

—Lo sé —lo dijo con un tono sombrío y amenazador.

Hizo un movimiento con la cabeza y se fue al pub con aire arrogante.

En cuanto sirvió la sopa a Finkle y coqueteó con él lo suficiente como para sacarle los colores, Darcy le dijo a Aidan que se tomaba quince minutos. Antes de que él pudiera impedírselo, estaba en la calle.

Salió del pub con tantas prisas que se olvidó de quitarse el delantal y de ponerse una chaqueta y las propinas sonaban alegremente en el bolsillo mientras ella corría hacia la casa familiar.

Cuando abrió la puerta apenas podía respirar y tenía las mejillas congestionadas. Subió al cuarto del niño donde Brenna estaba barnizando el suelo recién acuchillado.

—Quiero saber qué está pasando.

—Bueno, primero pongo una capa que tarda unos dos días en secarse y endurecerse. Luego pongo otra y ya está.

—Entre Shawn y tú. Maldita sea, Brenna, no puedes dejar que te bese de esa manera. La gente podría sacar una conclusión equivocada.

Brenna siguió barnizando. No había conseguido reunir fuerzas para mirar a su amiga.

—En realidad, creo que sacarían la conclusión acertada. Debería habértelo dicho, Darcy, pero no sabía cómo hacerlo.

Darcy se quedó pálida y se apoyó en el marco de la puerta.

—¿Tienes .. que... decirme algo?

—La verdad es que no mucho. Aunque no por falta de ganas mías —Brenna pensó que era el momento de afrontar la situación y se dio la vuelta—. Quiero acostarme con él. Eso es todo.

—Que quieres... —Darcy notó que se le había bloqueado la garganta y se la acarició con la mano—. ¿Quieres acostarte con Shawn? ¿Por qué?

—Por los motivos habituales.

Darcy empezó a hablar, luego levantó una mano para detener a Brenna mientras ordenaba sus ideas.

—Un momento, estoy pensando. Has pasado una temporada de sequía sexual y puedo entender que quieras... no, no puedo entenderlo. Estamos hablando de Shawn. Shawn, que ha sido como una cruz que hemos tenido que llevar desde que éramos unas crías.

—Lo sé, es muy raro, lo reconozco. Pero el caso es que me ha apetecido... desde siempre. He pensado que tenía que hacer algo o me quedaría con las ganas y eso no me llevaría a ninguna parte.

—Tengo que sentarme —se sentó en el suelo—. Y has hecho algo.

—Sí, y él se quedó tan sorprendido como lo estás tú ahora, al menos de entrada. Tampoco se mostró muy entusiasta con la idea. Pero ahora empieza a interesarle. Simplemente me he dado cuenta de que es algo con lo que no puedes apremiarlo. Y va a acabar conmigo —cubrió meticulosamente el rodillo con barniz y lo extendió con toda delicadeza—. Siento mucho que te moleste. Esperaba que pudiéramos hacerlo, por decirlo de alguna manera, sin que nadie se enterara.

—Entonces..., no sientes nada por él.

—Claro que sí, Darcy —Brenna levantó bruscamente la cabeza—. Claro que sí. Todos somos como de la misma familia. Esto es... distinto.

—Es distinto, tienes razón —Darcy suspiró para intentar ponerse a la altura—. Yo iba a protegerte de él porque sé que consigue que las mujeres pierdan la cabeza por él sin darse cuenta. Pero después de lo que has dicho, Brenna, tengo que cambiar de opinión.

Brenna, sinceramente sorprendida, dejó el rodillo en un cubo metálico.

—¿Crees que debes protegerle de mí?, Darcy, no soy una mujer fatal como tú —extendió los brazos. Sabía perfectamente el aspecto que tenía con la ropa de trabajo—. Creo que Shawn está a salvo de alguien como yo.

—No le comprendes a fondo. Es un romántico, es un soñador que construye castillos en el aire. Es sensible. Se cortaría una mano antes de hacer daño a alguien. Y se cortaría las dos si hiciera daño a alguien a quien tiene cariño. Y a ti te lo tiene. No hay mucha diferencia entre ese cariño y el amor. ¿Qué harías si se enamorara de ti?

—No lo hará —casi dio un paso atrás ante la idea y la pregunta—. Desde luego que no.

—No le hagas daño —Darcy se levantó—. Por favor, no le hagas daño.

—Yo... —Darcy se había ido y Brenna corrió detrás de ella—. Darcy, no te preocupes —Darcy se dio la vuelta a mitad de la escalera y Brenna se agarró del pasamanos—. Los dos sabemos lo que hacemos, te lo prometo. Nos hemos prometido seguir siendo amigos.

—Aseguraos de que es una promesa que no vais a romper. Los dos significáis mucho para mí —sonrió porque le pareció que su amiga lo necesitaba—. Acostarse con Shawn —dijo Darcy con su sorna habitual—. ¿Dónde iremos a parar?

10

Después de cerrar, cuando el pueblo estaba sumido en un silencio en el que sólo se oía el rumor del mar, los Gallagher se reunieron alrededor de la mesa de la cocina de la casa familiar para tomar té y whisky.

—Ésta es la situación.

Aidan posó la mano sobre la de Jude y ella se la agarró cariñosamente. Aidan recordó con toda claridad cuando sus padres se tomaban de la mano cuando se sentaban a la cabecera de la mesa para una reunión familiar.

Era el estilo Gallagher, pensó Aidan. Un eslabón seguía al anterior en la cadena de la tradición.

—¿Cuál es la situación? —preguntó ansiosamente Darcy.

—Perdonad —Aidan sacudió la cabeza—. Se me ha ido el santo al cielo. Finkle será yanqui, pero no está nada verde cuando se trata de negociar. No podemos pensar que un hombre al que le van tan bien las cosas como a Magee, iba a mandar a un pardillo para velar por sus intereses.

—Sea como sea —intervino Shawn—, se tragó lo del hombre de Londres.

Aidan sonrió y asintió con la cabeza.

—Nosotros tampoco somos unos pardillos. Los irlandeses ya negociábamos antes de que alguien se encontrara con América. Pero da igual para el caso.

Iba a darle una galleta a Finn cuando se acordó de la presencia de su mujer y se aclaró la garganta.

—A Finkle le ha gustado el solar; el tamaño, la situación y todo eso. Estoy seguro, aunque refunfuñara, pusiera pegas y no quisiera llegar a un compromiso. Él insistió en que Magee quería comprar y yo le repetí que era comprensible, pero que nosotros lo queríamos alquilar.

—Tendríamos más dinero y más rápido para sacarle rendimiento si lo vendemos —interrumpió Darcy.

—Eso es verdad —admitió Aidan.

—Y tendremos más control —intervino Shawn— parte de los beneficios y capacidad para opinar sobre lo que se va a hacer con algo que es nuestro si lo alquilamos. Ten visión de futuro, Darcy. Dentro de diez años o de veinte, es el legado de nuestros hijos.

—¿Quién dice que voy a tenerlos? —se encogió de hombros—. Pero entiendo lo que quieres decir. Me cuesta no agarrar el dinero que me ponen delante.

—Nuestra oferta es un alquiler por cien años.

—¿Cien años? —Darcy abrió los ojos como platos.

Aidan se limitó a mirar a su mujer.

—Cien es un número mágico.

—Hablamos de negocios, no de magia y hadas.

—Tú las utilizas cuando te las encuentras —Shawn se puso un poco de whisky en el té. Le sentaba bien cuando se trataban esos asuntos—. Si Magee tiene visión de futuro, un alquiler de cien años le parecerá atractivo. Brenna sabe algo de su empresa —notó que Darcy hacía un gesto al oír el nombre de su amiga—. Por lo que me ha contado, es un hombre justo, pero tampoco se chupa el dedo. Por lo que sé, un siglo le parecerá bien.

—Y creo que a nosotros también. Una libra al año durante cien años.

—¿Una libra? —Darcy levantó las manos—. ¿Le vamos a regalar el solar?

—A cambio pedimos la mitad del teatro.

Darcy se tranquilizó y aguzó la mirada.

—¿Durante cuánto tiempo?

—Veinte años. Cuando termine el plazo, el solar y el teatro serán de los dos a partes iguales. Gallagher y Magee.

—Es un buen trato si el teatro funciona —concedió Darcy—. Y favorable para nosotros.

—Yo me encargaré de que funcione —dijo Aidan con un brillo en los ojos—. La suerte de los Gallagher y el dinero de Magee.

—Me encantaría creer eso. Pero, ¿por qué iba a aceptar él?

—Yo... —empezó a decir Jude, pero se calló.

—Di lo que quieras —Aidan le apretó la mano—. Tú también eres parte de esto.

—Bueno, creo que aceptará. Después de algunas negociaciones y quizá algunos retoques. A lo mejor tenéis que ceder un poco, pero al final estaréis muy cerca de vuestro objetivo, porque, en definitiva, las dos partes queréis lo mismo.

—Magee quiere su teatro —dijo Darcy.

—Es más que eso —Jude dio una torta en la mano de Shawn con un gesto automático antes de que le diera una galleta a Finn—. Tiene un motivo para elegir este sitio y el hombre que lleva el timón de un negocio tan próspero puede permitirse un capricho de vez en cuando. Sus antepasados son de aquí —continuó—. Su tío abuelo estuvo prometido con mi tía abuela.

—Claro —Shawn dio un golpecito con el dedo en la botella de whisky—. John Magee; murió en la Primera Guerra Mundial. Su hermano menor, creo que se llamaba Dennis, se fue a Estados Unidos en busca de fortuna. Hasta ahora no lo había relacionado.

—No sé cuanto hay de sentimentalismo al elegir Ardmore pero tiene que haber algo. Si el tal Magee ha crecido en un ambiente mínimamente parecido al mío, le habrán contado mil historias de esta zona. Ahora quiere un vínculo más tangible con el lugar de procedencia de su familia. Yo lo entiendo.

—Ése sentimentalismo tan yanqui con los ancestros —Darcy, divertida, se sirvió un poco de whisky—. Nunca lo entenderé. Ancestros... llevan muchos años muertos, ¿no? Pero a mí me parece muy bien si sirven para cerrar el trato.

—Será una parte, pero, perdonad que vuelva a salir la psicóloga que llevo dentro, también tendrá en cuenta los beneficios. Si no, no tendría una de las mayores empresas de Estados Unidos. Por eso, también tendrá en cuenta su reputación.

—Y nosotros nos ocuparemos de la nuestra —Shawn levantó el vaso.

—Tú desde luego tienes una, ¿verdad? —Darcy sonrió maliciosamente a Shawn.

—No tan lograda como la tuya, querida.

—Por lo menos yo no voy por ahí seduciendo a amigas de la infancia.

Shawn dejó el vaso en la mesa lentamente y con una mirada asesina. Antes de que la sangre llegara al río, Aidan puso un brazo entre los dos.

—¿Qué pasa? ¿De qué va todo esto?

—¡Bah! Está fuera de sus casillas porque he besado a Brenna.

—Bueno, no hay por qué reñir... —Aidan dejó caer la mano—. ¿Brenna O'Toole?

—Claro, Brenna O'Toole.

—¿Qué haces tú besando a Brenna?

—Aidan —Jude dio un tirón de la manga de Aidan—. Es un asunto de Shawn.

—Si se trata de Brenna, es un asunto nuestro.

—¡Por favor! No la he agarrado de los pelos y la he tirado al suelo de la cocina para forzarla mientras ella se resistía.

—¿Estabais en el suelo de la cocina?

—No —Shawn, desesperado, se frotó los ojos con las manos—. Es imposible que uno tenga una vida tranquila en esta familia. Besé a Brenna y no fue la primera vez. Y me propongo que no sea la última. No entiendo tanto desconcierto en alguien que nos conoce. Ni tanta ofensa.

Darcy se cruzó de brazos. Había comprendido algo al picar a su hermano. Él no había mencionado que había sido Brenna quien había empezado. Si se tratara de otro hombre, habría pensado que no lo había dicho por vanidad. Pero al tratarse de Shawn sabía que era para protegerla.

Eso le agradó y preocupó a la vez.

—Es... sorprendente —dijo Aidan.

—Yo no me siento ofendida —Darcy miró cariñosamente a su hermano—. Pero sí desconcertada. Después de todo, Brenna ya te ha visto desnudo; hace unos años, es verdad, pero esas cosas se quedan grabadas. Y no entiendo su interés cuando ya sabe cómo estás dotado.

—Eso es algo que tendrás que preguntárselo a ella —su intención era dejarlo así: con dignidad, pero se sentía ofendido—. Yo no tenía ni quince años y el agua estaba muy fría. Como sabrás, el agua fría no es lo mejor para eso.

—Ésa es tu versión y no hay quien te saque de ella.

—Además, tú no tenías por qué mirar. Siempre has sido una pervertida.

—¿Por qué no iba a mirar? Todo el mundo lo hacía. Perdió el bañador en el mar —le explicó a Jude— y no se dio cuenta hasta que salió del agua completamente desnudo. Siempre he lamentado no haber tenido una cámara.

Jude miró a Shawn con cierta compasión.

—Antes me fastidiaba haber sido hija única. Pero hay veces que... ¡ay!

—¿Qué pasa? —Aidan se levantó como un rayo dispuesto a tomar a su mujer entre los brazos—. Ya la habéis molestado con vuestras discusiones.

—No, no. El bebé se mueve —Jude, emocionada, puso la mano de Aidan sobre su vientre—. ¿No lo notas? Es como una vibración.

El pánico se transformó en admiración y le cambió la expresión.

—Se nota perfectamente.

—En realidad, es una reunión familiar. ¿Por qué no iba a participar? —Shawn levantó el vaso y brindó en gaélico—: *Salinte*.

Fue a ver a Maude. La había visitado un día o dos a la semana durante casi toda su vida. Shawn no veía motivos para cambiar ese hábito después de que estuviera muerta. Además, su tumba era un sitio maravilloso para pensar. No tenía mucho que ver con que tuviera que pasar cerca del hotel del acantilado. Lo más probable sería que no viese a Brenna, pero lo que sí resultaba seguro era que si no iba en esa dirección no la vería.

Según lo que recordaba, Maude Fitzgerald era una romántica y sabría apreciar esa manera de plantear la situación.

El hotel elevaba su presencia imponente sobre el acantilado y el mar se extendía a sus pies. El viento era frío por la mañana, pero había algunos turistas diseminados que disfrutaban de la vista. Shawn tampoco se resistió a la tentación y contempló las barcas que navegaban entre balanceos por la bahía. Se alegró de que sus antepasados se hubieran dedicado a la hostelería en vez de a la pesca.

Pudo distinguir la barca de Tim Riley que echaba las redes mientras las olas jugaban con ella como si fuese una pelota de trapo. Lo hacían con un ritmo que Shawn seguía con el pie y que le inspiraba un duelo entre una gaita y un violonchelo.

Suponía que para los turistas era una escena pintoresca. Seguramente pensarían que ganarse la vida en el mar era una empresa romántica asentada en la historia y la tradición. Pero mientras estaba allí, sintiendo el viento soplar a través de su oscuro cabello e intentando colarse por su jersey, pensó que aquélla era una vida solitaria, gélida y azarosa.

Prefería un pub calentito y el ajetreo de una cocina todos los días de la semana.

Pero, cuando Mary Kate salió disparada al verle, su cabeza rebosaba de ideas románticas. Tuvo que ponerse la mano en el corazón para intentar que no se desbordara.

Había visto a Shawn al borde del acantilado, con las piernas separadas y la mirada perdida en el horizonte. Era la viva imagen de los héroes románticos que habitaban los sueños de una joven enamorada.

Se alegró de haberle quitado a su hermana Patty la blusa azul que se acababa de comprar, aunque a ella no le hubiese hecho ninguna gracia. Mary Kate corrió hacia él mientras intentaba por todos los medios mantener el pelo en su sitio.

—Shawn.

Él se dio la vuelta y se maldijo al verla venir. Había estado demasiado ocupado pensando en Brenna como para tener en cuenta la posibilidad de encontrarse con su hermana.

—Ten cuidado, Gallagher —se dijo.

—Buenos días, Mary Kate. Me había olvidado de que el hotel está lleno de O'Tooles.

Mary Kate tuvo que hacer un esfuerzo para poder hablar. Los ojos de Shawn eran clarísimos bajo esa luz. Si miraba profundamente en ellos seguro que se vería reflejada en el fondo. Era terriblemente atractivo.

—Hace mucho viento, deberías entrar. Tengo un rato libre, te invito a un té.

—Eres muy amable, pero voy a ver a Maude. Sólo me había parado un momento para ver a Tim Riley recoger las redes, parecía que iban llenas de peces. Tendré que regatear con él para que me venda algunos.

—Puedes pasar por aquí un rato cuando vuelvas —inclinó la cabeza, se pasó la mano por el pelo y lo miró con un gesto que había ensayado centenares de veces—. Puedo comer cuando quiera.

—Ah... —realmente coqueteaba mejor de lo que había supuesto y eso le asustaba—. Debo estar pronto en el pub.

—Me encantaría sentarme a charlar un rato contigo —puso la mano en el brazo de Shawn—. Cuando no estés tan ocupado.

—Claro, es una buena idea, ¿no? Tengo que marcharme y tú deberías volver dentro. Puedes enfriarte con esa blusa. Recuerdos a tu familia.

Mary Kate suspiró mientras él se alejaba. Se había fijado en la blusa.

Shawn se felicitó por haber llevado bien la situación. Amigablemente, como un hermano mayor con su hermana. Estaba seguro de que ya había pasado la pequeña crisis. Y era halagador que ella hubiera pensado en él de aquella manera, sobre todo cuando había conseguido salir de un terreno tan resbaladizo sin que nadie resultara herido.

Pero decidió que un poco de apoyo tampoco le vendría mal y metió la mano en el pozo de San Declan.

—¿Un hombre de ideas tan modernas y supersticioso?

Shawn levantó la cabeza y se encontró con la penetrante mirada de Carrick, el príncipe de las hadas.

—Un hombre de ideas modernas sabe que la superstición tiene fundamentos, sobre todo cuando se encuentra hablando con alguien como tú.

Shawn se apartó del pozo y se dirigió a la tumba de Maude.

—Dime una cosa, ¿has estado siempre por aquí? He venido toda mi vida y no te había visto hasta hace poco.

—Antes no había ningún motivo para que me vieras. Tengo que preguntarte una cosa, Shawn Gallagher, y espero que me contestes.

—Primero tendrás que hacer la pregunta.

—Lo haré —Carrick se sentó en la tumba enfrente de Shawn de forma que los ojos quedaron a la misma altura—. ¿A qué demonios estás esperando?

Shawn arqueó las cejas y puso las manos sobre las rodillas.

—¿De qué hablas?

—Muy típico tuyo —lo dijo con un tono cortante—. Hablo de Brenna O'Toole y de por qué no te has acostado con ella.

—Eso es algo entre Brenna y yo —dijo Shawn con tranquilidad—. No es asunto tuyo.

—Naturalmente que es asunto mío —Carrick se levantó con un movimiento tan rápido que el ojo humano no hubiera podido captarlo. El anillo resplandeció con un azul muy profundo y la bolsa de plata que le colgaba del cinturón lanzó un destello—. Creía que tú serías capaz de comprender las cosas, pero veo que eres más necio todavía que tu hermano.

—No eres el primero que me lo dice.

—Debe ser el orden, joven Gallagher.

Carrick se había colocado junto a él y Shawn se levantó.

—¿Y bien?

—Es tu papel en la vida, tu destino. Tus elecciones. ¿Cómo es posible que puedas mirar dentro de tu corazón para componer y no para vivir tu vida?

—Tengo la vida que quiero.

—Necio —repitió Carrick—. Finn*, protégeme de la necedad de los mortales —elevó las manos y se oyó el retumbar de un trueno en un cielo sin nubes.

—Estás muy equivocado si crees que me vas a impresionar con esos trucos. Yo también puedo tener mal genio.

—¿Te atreves a compararte conmigo? —agitó un dedo y un rayo cegador cayó a los pies de Shawn.

* Guerrero de la mitología irlandesa. (N. del T.)

—Esas son farfarronadas —aunque Shawn tuvo que hacer un verdadero esfuerzo para no moverse del sitio— indignas de ti.

Los ojos de Carrick estaban casi negros por la furia y se le escapaban pequeñas lenguas de fuego de las yemas de los dedos. Sin embargo, echó la cabeza atrás y soltó una carcajada.

—Vaya, vaya. Eres más valiente de lo que me imaginaba, o más estúpido.

—Suficientemente listo como para saber que puedes resultar molesto si quieres, pero que no puedes hacer verdadero daño. No me preocupas, Carrick.

—Podría hacer que anduvieras a cuatro patas como un sapo.

—Lo cual dañaría mi orgullo, pero poco más —Shawn tampoco tenía ganas de comprobarlo—. ¿Qué objeto tiene todo esto? Las amenazas no hacen que me resultes más simpático.

—He esperado durante seis vidas tuyas para conseguir algo que tú tienes al alcance de la mano —esa vez suspiró—. La segunda vez recogí lágrimas de la luna para ella —tomó la bolsa— y las arrojé a sus pies, pero ella sólo vio perlas —volcó la bolsa y derramó una cascada de joyas blancas sobre la tumba de Maude—. Brillaron entre la hierba iluminadas por la luz de la luna, blancas y delicadas como la piel de Gwen. Pero ella no comprendió que lo que había esparcido a sus pies no eran perlas, sino mi corazón, la añoranza que había en él y la pureza de mi amor. Yo no comprendí que ella necesitaba oírlo o que ya era demasiado tarde, ya que no le había dado la parte de mí que ella quería.

La voz de Carrick estaba llena de amargura y transmitía tal infelicidad que Shawn le puso una mano en el brazo.

—¿Qué quería?

—Amor. Tan sólo la palabra. Sencillamente una palabra. Pero yo le ofrecí diamantes que arranqué del sol, estas perlas y lo que vosotros llamáis zafiros que estaban en el corazón del mar.

—Conozco perfectamente la historia.

—Claro, cómo no. Tu cuñada Jude la ha escrito en su libro de historias y leyendas. El final es muy triste, ya que lancé el maleficio sobre Gwen en un momento de ira y desesperación, sin reflexionar. Tres veces tendrá que encontrar el amor al amor y tres veces tendrán que aceptarse los corazones con todas sus debilidades y defectos. Entonces Gwen y yo quedaremos libres para estar juntos. He esperado durante tres veces cien años y mi paciencia se ha puesto a prueba amargamente. Tú eres un hombre que conoce las palabras —Carrick, pensativo, rodeó a Shawn y la tumba de Maude—. Las utilizas muy bien con tu música, música que debería oír más gente, pero ése es otro asunto. Un hombre con ese talento para las palabras tiene que entender lo que hay en el interior de las personas, incluso antes que la propia persona. Es un don que tienes y sólo te pido que lo aproveches.

Pasó la mano sobre la tumba con un gesto ampuloso y las perlas se convirtieron en flores.

—Las perlas que di a Gwen se convirtieron en flores. Jude puede decírtelo; son las flores que ella cuidó. He comprendido que algunas mujeres quieren las cosas sencillas, Gallagher.

Levantó un dedo con una perla perfecta en la punta. La lanzó hacia Shawn con una débil sonrisa e hizo un gesto complacido cuando éste la agarró en el aire.

—Consérvala hasta que sepas a quién debes entregársela. Cuando lo sepas entrégale las palabras, son más mágicas que lo que tienes en la mano.

El aire se arremolinó y Carrick desapareció.

—Este hombre es agotador —murmuró Shawn mientras volvía a sentarse en la tumba de Maude—. Tienes unas compañías bastante poco corrientes.

Shawn sintió que necesitaba dejarse llevar por la tranquilidad. Observó los galanes de noche que estaban abiertos a pesar de la luz. Miró la perla y la acarició con las yemas de los dedos. Se la guardó en el bolsillo y se agachó para arrancar una flor.

—Supongo que no te importará, es para Jude —dijo a Maude.

Se sentó y pasó allí otros veinte minutos antes de volver a casa.

No llamó. Había sido su casa durante demasiado tiempo como para pensar en llamar. Sin embargo, en el preciso momento en que cerró la puerta comprendió que lo más probable era que interrumpiera a Jude.

La vio en lo alto de la escalera antes de que pudiera volver a salir y la miró con un gesto de disculpa.

—Estarás trabajando; volveré más tarde.

—No, no importa, me vendrá bien un descanso. ¿Quieres un té? —preguntó mientras bajaba las escaleras.

—De acuerdo, pero lo haré yo.

—No voy a discutir por eso —Jude sonrió vagamente cuando él le dio el galán de noche—. Gracias. ¿No es muy raro que esté abierta?

—Desde luego. Es una de las cosas que quería comentarte —la acompañó hacia la cocina—. ¿Qué tal estás hoy?

—Bien. La verdad es que estoy muy bien. Creo que ya no tengo esos malestares por la mañana, y no voy a echarlos de menos.

—¿Y el trabajo? ¿Lo llevas bien?

Jude pensó que era muy típico de Shawn dar un rodeo antes de llegar al verdadero objeto de la visita. Buscó un frasco para poner la flor y sacó la tetera.

—Sí, muy bien. Todavía hay veces que no me creo que lo esté haciendo. El año pasado por estas fechas seguía dando clases y detestando mi trabajo. Ahora tengo un libro que se va a publicar y otro que avanza día a día. Estoy un poco nerviosa por que éste es un libro fruto de mi imaginación, no una compilación de historias que me han contado, pero la verdad es que me encanta todo el proceso.

—Seguramente escribirás una historia mejor si estás un poco nerviosa, ¿no crees? —Shawn se sentía como en casa y sacó la lata de galletas—. Quiero decir que así pondrás más atención.

—Espero que tengas razón. ¿Tú estás nervioso cuando compones?

—No con las melodías —dijo él después de pensarlo un instante—. Con las letras a veces sí. Intentar encontrar las palabras que transmiten lo que me dice la música puede llegar a ser muy desesperante.

—¿Cómo lo haces?

—Me machaco la cabeza un rato —puso el té en la tetera caliente—. Si lo único que consigo es un dolor de cabeza, salgo a dar un paseo para aclararme la ideas o para pensar en algo completamente distinto. La mayoría de las veces ocurre que después del paseo me doy cuenta de que las palabras estaban ahí, como esperando a que las atrapara.

—A mí me da miedo salir cuando algo no funciona. Siempre pienso que no seré capaz de seguir cuando vuelva. Tu táctica es más sana.

—Ya, pero te publican a ti, ¿no? —puso unas tazas mientras reposaba el té.

—A lo mejor mi agente conoce a alguien en la industria de la música. Puedo preguntárselo.

A él se le encogió el estómago.

—No hace falta. En realidad he venido a hablar de otra cosa completamente distinta.

Ella esperó, dejando que él llevara la tetera a la mesa; sirvió el té. Cuando Shawn se sentó y los envolvió el aroma de rosa, él siguió sin hablar.

—Shawn, ¿qué te ronda por la cabeza?

—Bueno, estaba intentando pensar la mejor manera de decirlo. Empezaré por aquí —se metió la mano en el bolsillo y dejó la perla junto a la taza de Jude.

—¿Una perla? —desconcertada, acercó la mano para cogerla, pero miró a Shawn a los ojos y se detuvo a pocos milímetros de la joya—. Carrick...

—Habla muy bien de ti.

—Que extraño. Es muy extraño... —había cogido la perla y la tenía en la palma de la mano—. Y el galán de noche. Las otras perlas se convirtieron en galanes de noche.

—Fue en la tumba de Maude. ¿Qué opinas?

—¿Qué opina sobre las apariciones una mujer moderna, culta y bastante inteligente? —dejó que la perla rodara en la mano y movió la cabeza—. Creo que es maravilloso. Literalmente. Es arrogante e impaciente y le gusta alardear, pero entrar en contacto con él ha sido una de las cosas que ha cambiado mi vida.

—Creo que quiere cambiar la mía, o no me habría dado eso.

—Sí estoy segura de que tienes razón —Jude le devolvió la perla—. ¿A ti qué te parece?

—Que puede esperar sentado. Me gusta mi vida tal y como es.

—Tú... —Jude se detuvo y levantó la taza—. Nunca he tenido hermanos y no he tenido muchas conversaciones de estas, pero ¿estás pensando en Brenna?

—He pensado bastante en ella y también en que Carrick considera que mi unión con ella es el siguiente paso para él.

—¿Y?

—Lo dicho —Shawn tomó una galleta y la mordisqueó—, puede esperar sentado —frunció los labios al ver que Jude miraba pensativamente el té—. Ese brillo que he visto en tus preciosos ojos no será por un afán casamentero, ¿verdad, Jude Frances?

Ella adoptó un aire de dignidad.

—No sé de qué estás hablando.

—Hablo de una mujer que es muy feliz con su matrimonio y que al ver a su cuñado soltero piensa: «Vaya, estaría muy bien que nuestro querido Shawn encontrara la mujer adecuada y sentara la cabeza; a lo mejor puedo hacer algo».

—Nunca me atrevería a intervenir en algo así —si bien el tono era serio, la mirada era burlona—. Jamás.

—Te lo agradezco —volvió a guardar la perla en el bolsillo—. Y ya que sabes lo que pienso y siento sobre este asunto, te diré que si alguna vez llega a haber algo entre esa O'Toole y yo será porque los dos lo hemos decidido, no porque un espectro de no sé qué nobleza lo haya propuesto. Ni siquiera porque mi queridísima cuñada, a la que aprecio sinceramente, lo desee de todo corazón.

—Sólo deseo que seas feliz.

—Pienso seguir como estoy. Por lo tanto, tendré que volver al pub antes de que Aidan se vea obligado a romperme la cabeza por llegar tarde.

11

Brenna no lo consideraba espionaje. Y habría desafiado a cualquiera que la hubiera acusado de tal cosa. Sencillamente, tuvo que hacer un pequeño trabajo en la habitación de Finkle. Él se había quejado de que el desagüe de la ducha no funcionaba bien y ya que ella estaba allí, le pidieron que lo arreglara.

Ella no tenía la culpa de que él estuviera hablando con un empleado suyo cuando entró. Tampoco tenía la culpa de que él fuera de esos hombres que no presta atención a la gente que está trabajando en su habitación.

Salvo que fuera como Darcy, pensó ella. En ese caso un hombre tendría que ser ciego y sordo o llevar muerto más de un año para no examinarla de arriba abajo. Pero eso era algo que a ella no le afectaba en absoluto.

A ella le dejó pasar con un movimiento impaciente y atolondrado. Le indicó dónde estaba el cuarto de baño y volvió corriendo a hablar por teléfono. A Brenna no le ofendió el trato. En realidad, había ido a hacer un trabajo de fontanería.

Pero no podía evitar tener oídos.

—Perdone la interrupción, señor Magee, ha venido el fontanero a arreglar la ducha.

¿El fontanero?, Brenna se mordió la lengua y puso los ojos en blanco.

—Le mandaré el informe por fax en cuanto lo tenga redactado. Es posible que sea después del horario laboral, por lo que se lo mandaré también a su línea privada.

Brenna estaba en el cuarto de baño y sólo veía los impolutos zapatos de Finkle y una franja de calcetines grises como una paloma.

—No, no he conseguido saber el nombre de la empresa de Londres que también está interesada. Aidan, el hermano mayor, no quiere hablar del asunto, asegura que el otro hermano no se entera de nada. Éste es simpático, pero no parece muy espabilado.

Brenna se rió entre dientes y se puso a trabajar todo lo silenciosamente que pudo.

—No obstante, a juzgar por la reacción, por el lenguaje corporal y por la rapidez de la respuesta, yo diría que hay negociaciones en marcha.

Finkle se mantuvo un rato en silencio. Brenna aguzó el oído y oyó un golpeteo de los dedos sobre la madera.

—Sí, es un sitio precioso. Pintoresco y sin explotar. Yo lo llamaría muy natural. También está apartado del bullicio. Una vez que lo he visto y que he pasado unos días aquí, debo volver a mi opinión inicial, señor: creo que es muy difícil que el proyecto del teatro tenga un buen resultado económico. Dublín podría ser una elección más sensata. O si no...

Se hizo el silencio otra vez. Luego se oyó un débil suspiro.

—Sí, naturalmente. Entiendo que tiene sus motivos. Le aseguro que el solar de los Gallagher es el mejor de Ardmore. El pub se parece mucho a lo que está buscando. Ahora es temporada baja, pero tiene clientela fija y está muy bien gestionado por el hermano mayor. La comida es de primera, lo cual me ha sorprendido, debo reconocerlo. No es la típica bazofia de los pubs. ¿La hermana? Sí, es... es...

Brenna tuvo que pellizcarse para no soltar una carcajada. Los hombres eran tan predecibles...

—Parece eficiente. Anoche me pidieron que fuera y estuve un rato en el pub. Darcy, la hermana, la señorita Gallagher, canta excepcionalmente bien. Los tres están muy dotados para la música, ya que hablamos de eso, lo cual podría ser una ventaja. Si está decidido a hacer el teatro en Ardmore, creo que la mejor decisión sería hacerlo pegado al pub de los Gallagher.

Brenna seguía a cuatro patas y, como no podía levantar un puño de alegría, sacudió el trasero.

—Claro, puede contar conmigo para negociar una rebaja en el porcentaje que piden. Ya sé que preferiría comprar el solar, pero ha quedado muy claro que hay un aspecto sentimental al que no van a renunciar. En términos reales, el trato que ofrecen es menos arriesgado para usted y a largo plazo le permite un vínculo más firme con el negocio una vez afianzado. Creo que para poner en marcha el teatro, le beneficia aprovecharse de Gallagher's y de la reputación que se ha labrado.

Brenna volvió a oír el golpeteo de los dedos y vio que los zapatos se cruzaban una y otra vez a la altura de los tobillos.

—Sí, eso está claro. Nada por encima del veinticinco por ciento. Puede confiar en ello. Espero que el trato esté cerrado antes de veinticuatro horas. Estoy seguro de que convenceré al mayor de los Gallagher de que ninguna empresa de Londres les va a hacer una oferta mejor.

Cuando pensó que la conversación llegaba a su fin, Brenna abrió los grifos y se levantó. Canturreó un poco mientras observaba cómo se perdía el agua por el sumidero, hizo un poco de ruido con la caja de herramientas y entró en la habitación contigua.

—Ya funciona como la seda, siento haberle molestado.

Él apenas le dirigió una mirada, hizo un gesto parecido al que hizo cuando la recibió y se concentró en el ordenador portátil.

—Que pase un buen día —dijo ella amablemente mientras oía el sonido de las teclas del ordenador.

Una vez fuera, salió corriendo. Finkle no era el único que sabía dar un informe.

—Vaya, parece que el truco de Londres ha funcionado —Aidan dio una palmada en el hombro a su hermano y miró a Brenna con agradecimiento—. Los ha puesto nerviosos, ¿no?

—Hay gente que no soporta la competencia —estaban en la cocina y Shawn se levantó para sacar cuatro cervezas de la nevera—. Creo que deberíamos brindar por la O'Toole aquí presente y por su fino oído.

—Dio la casualidad de que estaba en el sitio y en el momento adecuados —aceptó la botella que le ofrecían.

—Eres una magnífica soldado. Sargento O'Toole —Aidan chocó su botella con la de Brenna, Darcy y Shawn—. Nada por encima del veinticinco por ciento. Es una pena que no supieran que habríamos aceptado el veinte sin rechistar.

—Ese tipo, Magee —explicó Brenna—, está decidido a hacer su proyecto aquí, aunque Finkle no lo apruebe. Pero sí aprueba la comida de Shawn, la cara de Darcy y tu gestión, Aidan. ¡Ah!, también piensa que no eres muy listo, Shawn, pero simpático. Eso sí, cuando habla de Darcy le tiembla la voz.

Darcy se rió encantada.

—Dame un par de días y se le caerá la baba cuando hable de mí. Podremos conseguir un treinta por ciento.

Aidan le pasó un brazo por los hombros.

—Nos quedaremos con el veinticinco y cerraremos el trato. Permitiré que Finkle piense que ha sido duro de pelar, después de todo ¿por qué no iba a sentirse competente? Os diré que papá ha sacado una buena impresión de Magee por el momento. Me ha llamado esta mañana para decírmelo, y que deja los detalles en nuestras manos.

—Dejaremos que Finkle se pelee por las condiciones —Shawn levantó la botella—. Hasta que nos dé lo que buscamos.

—Exactamente. Bueno, ahora toca trabajar. Brenna, querida, ¿te importaría mucho no dejarte ver por el pub hasta que todo esté atado?

—Claro, pero te diré que soy invisible para los tipos como ése. No ve más allá de mi caja de herramientas. Lo cierto es que pensó que yo era un hombre.

—Entonces necesita gafas —Aidan la tomó de la barbilla y le dio un beso—. Te estoy muy agradecido.

—Te digo que podría conseguir un treinta por ciento sin esforzarme mucho —aseguró Darcy mientras seguía a Aidan.

—No me extrañaría nada —comentó Brenna.

—No hay que ser avariciosos. También te estoy agradecido a ti.

Brenna irguió la cabeza con una leve sonrisa burlona. Era uno de los gestos favoritos de Shawn.

—¿Vas a besarme como Aidan?

—Me lo estoy pensando.

—Claro, tú piensas mucho las cosas.

—Lo necesario.

Él le tomó la cara entre las manos, inclinó la cabeza de Brenna hacia atrás y posó los labios sobre la sonrisa que aún no se había borrado.

Lentamente, con un abandono muy agradable, como la brisa cálida de una mañana de verano, ella se dejó llevar y los labios empezaron a deleitarse con la dulzura de los de Shawn. Luego profundizó, profundizó gradualmente, diestramente. Brenna se dio cuenta de que estaba perdiendo la cabeza.

Hizo un sonido a medio camino entre un suspiro y un jadeo y elevó las manos hasta alcanzar los hombros de Shawn. El corazón luchaba por escapársele del pecho. El cuerpo le dio la señal de alarma, pero ella se aferró a él para que le diera más; él se apartó.

—Por el momento, esto es todo lo agradecido que estoy.

Ese hombre la había dejado mareada y con un intenso deseo.

—Lo has hecho a propósito.

—Naturalmente.

—Cabrón. Me voy a trabajar.

Se agachó para agarrar la caja de herramientas y se golpeó con la mesa. La cabeza le dio vueltas y miró a Shawn con una expresión que no dejaba lugar a dudas. Él fue suficientemente prudente como para mantener una expresión afable.

Ella resopló y avanzó a grandes zancadas hacia la puerta de atrás. Se paró y lo miró por última vez.

—Sabes, cuando no piensas te salen bastante bien las cosas.

Él no sonrió hasta que Brenna se fue.

«Es una suerte, porque he dejado de pensar definitivamente», pensó.

Shawn no apareció cuando Finkle fue al pub esa noche. Pero le preparó una cena regia a base de lubina al horno con mantequilla y hierbas, servida con patatas a la panadera y col rizada.

Según le contó Darcy, cuando entró, Finkle habría lamido el plato si llega a estar solo. Shawn sintió que había cumplido con su cometido.

De modo que cuando salió para ofrecerle un trozo de tarta de limón y queso lo hizo más por enredar que por sentido comercial.

Finkle, relajado por la comida y las atenciones de Darcy, le premió con algo parecido a una sonrisa.

—No creo haber comido un pescado mejor. Cocina muy bien, señor Gallagher.

—Es muy amable, señor. Espero que haya disfrutado, es una receta mía, basada en otra de mi querida abuela. No creo que vaya a tomar nada mejor cuando vuelva a Londres.

Finkle se quedó con el tenedor a medio camino de la boca.

—Nueva York —dijo escuetamente.

Shawn parpadeó.

—¿Nueva York? Claro, eso quería decir. El de Londres era flaco como un galgo y llevaba gafas redondas. Cree que seré capaz de seguir en mi sitio, ¿verdad?

Finkle mantuvo la expresión amable y probó la tarta.

—Entonces... ha hablado con alguien de Londres sobre un restaurante, ¿no?

—Bueno, el que se encarga de hablar es Aidan. A mí no se me dan bien los negocios. ¿Le gusta la tarta?

—Es excelente —ese tipo no tendría dos dedos de frente, pensó Finkle, pero cocinaba de maravilla—. No se acordará del nombre del hombre de Londres —insistió—, conozco bastante gente por allí.

Shawn miró al techo y se frotó la barbilla.

—¿Finkle...?, no ése es usted —puso cara de inocente y levantó las manos—. Se me olvidan todos los nombres. Pero era muy simpático, como usted. Si cree que podrá con un poco más de tarta, dígaselo a Darcy.

Volvió hacia la cocina y guiñó un ojo a Aidan.

Diez minutos más tarde, Darcy asomó la cabeza por la puerta de la cocina.

—Finkle está hablando con Aidan en el reservado.

—Perfecto. Si necesitas ayuda, dímelo.

—La necesito. Está entrando Frank Malloy con sus hermanos.

—¿Ha vuelto a discutir con su mujer?

—A juzgar por la cara, sí. No puedo ocuparme de ellos y de los demás clientes.

—Voy.

Shawn estaba sirviendo la segunda pinta de cerveza a los Malloy, unos hombres muy fornidos con el pelo pajizo de trabajar en el mar, cuando salieron Aidan y Finkle. Éste dio las buenas noches a Aidan y luego a Shawn con gesto serio y cuando vio a Darcy se le puso cara de adolescente esperanzado.

—¿Se va tan pronto, señor Finkle?

Darcy dejó la bandeja en la barra y miró al pobre hombre con unos ojos que habrían derretido una tableta de chocolate a veinte metros.

—Yo.. —tuvo que soltarse el inmaculado nudo de la corbata para poder respirar—. Me temo que sí. Tengo que tomar un avión mañana por la mañana.

—Ya nos deja —le tomó una mano entre las suyas—. Siento que no pueda quedarse más. Espero que vuelva a vernos cuando tenga algo de tiempo.

—Seguro que volveré —Finkle no pudo contenerse e hizo algo que ni siquiera se le habría pasado por la imaginación hacer antes, ni con su mujer: besó la mano de Darcy—. Ha sido un verdadero placer.

Se fue del pub con las mejillas levemente sonrosadas.

—Cuéntanos —exigió Darcy a Aidan.

—Vamos a esperar un minuto. Hasta que estemos seguros de que Finkle no volverá para arrojarse a tus pies y rogarte que te fugues con él a Tahití.

Darcy se rió y sacudió la cabeza.

—No, quiere mucho a su mujer. A lo mejor se permite soñar vagamente con lo que podríamos hacer en Tahití, pero no pasa de ahí.

—Entonces os lo contaré —tomo una mano de Darcy y puso la otra sobre el hombro de Shawn—. Hemos cerrado el trato como comentamos con Jude. Se va a Nueva York y nos mandará un borrador en cuanto lo redacte el abogado.

—¿Veinticinco por ciento? —preguntó Shawn.

—Veinticinco por ciento y capacidad de decisión en la aprobación del diseño del edificio. Todavía quedan algunos detalles, pero los iremos puliendo entre nosotros, Magee y los abogados.

—Lo hemos conseguido —Shawn dejó el trapo que había usado para secar la barra.

—Eso parece. Yo he dado mi palabra.

—En ese caso —Shawn puso la mano encima de la que Aidan tenía sobre la de Darcy—. Yo me ocuparé de la barra, tú vete a contárselo a Jude.

—Puede esperar. Hay mucha gente.

—Las buenas noticias son mejores cuando están frescas. Yo me encargo también de cerrar. A cambio, puedes darme libre la noche de mañana. Si Kathy Duffy me hace el favor de sustituirme. Hace tiempo que no tengo una noche libre.

—Me parece bien. Llamaré a papá —dijo mientras levantaba la trampilla de la barra—. A no ser que prefiráis que espere hasta mañana para que podamos hablar todos con él.

—Lárgate y llámale —Darcy se despidió con la mano—. Le gustará que se lo cuentes. Estaba distraído —dijo Darcy a Shawn cuando se cerró la puerta—, pero yo no. ¿Tienes planeado algo con Brenna para mañana?

Shawn se limitó a recoger los vasos vacíos y a meterlos en el fregadero.

—Tienes clientes, querida, y yo también —se inclinó un poco hacia ella—. Tú tienes tus asuntos y yo los míos.

Darcy, ofendida, levantó un hombro.

—Tus asuntos no me importan lo mas mínimo. Pero Brenna es mi amiga. Tú no eres más que mi hermano y bastante insoportable.

Le dejó solo. No le sacaría nada a Shawn, ni con dinamita.

Tenía algo planeado. Se le daba bien hacer planes. No siempre funcionaban, pero se le daba bien imaginarse cómo debían funcionar.

Entraba en juego la cocina, así que estaría en su elemento. Quería algo sencillo, un plato que pudiera dejar hecho hasta que lo necesitase. Hizo una salsa de tomate con unas hierbas y la dejó a fuego lento.

Tenía que preparar el escenario cuidadosamente. Le gustaba hacerlo y creía que le daría alguna ventaja. También creía que un hombre tenía que aprovechar todas las ventajas cuando se trataba de Brenna O'Toole.

Debía hacer una llamada telefónica. La hizo desde el pub cuando terminó el turno de las comidas y estaba seguro de que Brenna estaría metida de lleno en el trabajo que estuviese haciendo.

Como había previsto, conociendo a Brenna, se pasaría después del trabajo para echar una ojeada a la lavadora estropeada.

Cuando llegó a su casa, la salsa de tomate que había dejado al fuego llenaba el ambiente de un aroma muy apetitoso. Cortó unas petunias y unos pensamientos de los que alegraban su jardín en invierno y los puso en el dormitorio junto a las velas que compró en el mercado.

Había cambiado las sábanas, y eso le había dado la idea de fingir una avería de la lavadora.

Faltaba la música. Era una parte demasiado importante de su vida como para no incluirla. Seleccionó sus discos favoritos y los metió en el reproductor inteligente que se había comprado unos meses antes. Los dejó sonando y bajó a la cocina para revisar todo lo demás.

Sacó el gato a la calle. Al parecer se había dado cuenta de que se estaba preparando algo importante y aprovechaba cualquier oportunidad para ponerse en medio.

No contaba con que apareciera antes de las seis, lo que le daba tiempo suficiente para preparar un plato con cosas para picar.

Sacó unas copas, las limpió y abrió la botella de vino tinto que se había llevado del pub para que se aireara.

Dio unas vueltas a la salsa de tomate, la probó, asintiendo satisfecho.

Todo estaba preparado. El reloj dio las seis menos diez cuando oyó la furgoneta que entraba en su calle.

—Muy puntual —murmuró para sí mientras notaba con sorpresa una punzada de nervios en el estómago—. Por amor de Dios, sólo es Brenna —se dijo a sí mismo—. La conoces de toda la vida.

También pensó que no la conocía en absoluto de la forma en que se proponía conocerla. Ni ella a él. Sintió ganas de ir corriendo hacia la lavadora, arrancar una pieza y olvidarse del resto.

¿Desde cuándo habían sido cobardes los Gallagher? Sobre todo tratándose de mujeres. Avanzó hacia la puerta repitiéndoselo para sus adentros.

Ella estaba entrando con la caja de herramientas en la mano. Los vaqueros tenían un desgarrón reciente debajo de la rodilla y ella una ligera mancha en la mejilla.

Brenna cerró la puerta, dio dos pasos y vio a Shawn. Dio un respingo.

—Caray, Shawn, también podías darme un porrazo en la cabeza y matarme del susto. ¿Qué haces aquí a estas horas?

—Tengo la tarde libre. Has aparcado detrás de mi coche, ¿no?

—Sí, pero supuse que habrías ido andando o que te habría llevado alguien —notó el olor mientras intentaba que el pulso recuperara su ritmo normal—. No huele como si hubieras aprovechado mucho la tarde libre... ¿Qué estás cocinando?

—Una salsa para espaguetis. He pensado que sería mejor probarla antes de hacerla en el pub. ¿Has comido? —preguntó aunque sabía la respuesta.

—No. Mamá me está esperando.

No era así, ya que él había llamado a Mollie para decirle que él le daría de cenar mientras estaba allí.

—Puedes quedarte aquí —la tomó de la mano y la llevó a la cocina—. Puedes juzgar la salsa.

—A lo mejor, pero antes vamos a ver qué le pasa a la lavadora.

—No le pasa nada —agarró la caja de herramientas y la quitó de en medio.

—¿Qué quieres decir con que no le pasa nada? ¿No has llamado al hotel para decirme que no funcionaba?

—Te mentí. Prueba esto.

Le metió una aceituna rellena en la boca.

—¿Me mentiste?

—Sí y espero que el pecado compense la penitencia.

—¿Por qué ibas a...? —fue comprendiéndolo todo y empezó a sentirse nerviosa y molesta—. Entiendo. Éste es el lugar y el momento que te parecen apropiados.

—¡Ajá! Le dije a tu madre que te quedarías un rato, así que no tienes que preocuparte por ella.

—Humm —Brenna echó un vistazo a la cocina para fijarse en los detalles. Una salsa deliciosa al fuego, un plato con aperitivos maravillosos y una botella de vino—. Podías haberme avisado para que fuese haciéndome a la idea.

—Ahora puedes hacerlo —sirvió el vino—. Sé que el vino te da dolor de cabeza al día siguiente, pero una copa o dos no te harán daño.

Se arriesgaría a tener resaca si el vino conseguía refrescarle la garganta.

—Sabes que no tenías que tomarte tantas molestias. Te dije desde el principio que no las necesitaba.

—Yo sí las necesito y tú tendrás que soportarlo —ya se había tranquilizado al ver que Brenna estaba nerviosa. Se acercó a ella—. Quítate... —estuvo a punto de soltar una carcajada al ver los ojos de Brenna—. La gorra —se la quitó él. Dejó el vino y la gorra y le pasó las manos por el cabello hasta que lo colocó como a él le gustaba—. Siéntate.

Él se sentó enfrente de ella.

—¿Por qué no te quitas las botas?

Brenna se inclinó, deshizo los lazos y volvió a erguirse.

—¿Tienes que mirarme? Haces que me sienta ridícula.

—Si te sientes ridícula porque te miro cuando te quitas las botas, no sé cómo vas a sentirte dentro de un rato. Quítate las botas, Brenna —dijo Shawn con un tono sereno que le provocó un escalofrío a ella—. A no ser que hayas cambiado de opinión al respecto.

—No he cambiado de opinión —molesta, volvió a agacharse y se quitó las botas—. He sido yo quien ha empezado y pienso terminarlo.

Pero las cosas no eran cómo se las había imaginado. Ella se había imaginado a los dos desnudos en la cama. No había pensado en todos los preparativos hasta ese momento.

—¿Tienes hambre?

—No —no podía pensar en comer en esas circunstancias—. Papá y yo hemos almorzado tarde.

—Mejor. Comeremos algo después. Nos llevaremos el vino a la habitación.

A la habitación. Perfecto, irían a la habitación. Después de todo, había sido idea de ella. Pero cuando la tomó de la mano, tuvo que hacer un esfuerzo para no salir corriendo.

—No es justo, Shawn. He pasado todo el día trabajando y no he tenido tiempo de lavarme un poco.

—¿Quieres darte una ducha? —le limpió la mejilla mientras subían las escaleras—. Me encantaría frotarte la espalda.

—Era un comentario, nada más.

No podía ducharse con él. No en ese estado. La música la envolvía, era el susurro de un arpa. Tenía los nervios a punto de saltar por los aires.

Entró en la habitación. Vio las flores y las velas y se bebió el vino como si fuese agua.

—Con calma —Shawn le quitó el vaso—. No quiero que estés borracha.

—Sé cómo beber —empezó a decir, pero se secó las palmas de las manos en los muslos y avanzó entre las velas encendidas—. No hace falta. No ha oscurecido todavía.

—Lo hará. Ya te había visto a la luz de las velas —dijo con calma, mientras acercaba la cerilla encendida a las velas que había sobre el estrecho manto de la chimenea donde brillaba el fuego que había encendido—. Pero no tuve tiempo de disfrutarlo. Hoy sí lo haré.

—No sé por qué tienes que convertirlo todo en una situación romántica en vez de dejarlo como es.

—No temerás un poco de romanticismo, ¿verdad, Brenna?

—No, pero...

Él se dio la vuelta y la tenue y ondulante luz de las velas le bañó el rostro, la espalda, lo envolvió por completo. Parecía como recién salido de uno de los cuadros de Jude. Un príncipe de las hadas, un caballero andante, un poeta.

—Hay algo en tu apariencia que hace que la boca se me haga agua —consiguió decir—. Y si te soy sincera, preferiría acabar con esto de una vez.

—Perfecto —la voz de él era tan tranquila como irritada la de Brenna—. ¿Por qué no vemos qué podemos hacer?

La miró a los ojos y se acercó a ella.

12

Brenna pensó que por muy extraña que fuese la situación, él seguía siendo Shawn, un hombre al que había conocido y querido toda su vida. Por muy ridículo que pareciese todo, seguía deseándolo.

Los nervios no cuadraban con el arpa y las velas.

Ella levantó la cabeza cuando él puso las manos en sus hombros y las deslizó lentamente por sus brazos hasta tomarla de las manos.

—Si me río —dijo ella—, no es nada personal. Es que todo este asunto me pone nerviosa.

—De acuerdo.

Él permanecía de pie mirándola, como esperando algo, y ella se puso de puntillas y apretó sus labios entre los suyos.

No tenía intención de meterle prisa y ya había comprendido que él no lo permitiría en ningún caso. Pero al notar el contacto, deseó más, lo deseaba todo. Inmediatamente. Le apretó las manos mientras le mordía el labio inferior.

—Te deseo con toda mi alma. No puedo evitarlo.

—¿Quién dice que lo hagas?

Él no iba a precipitarse, desde luego que no, pero era muy tentador acelerar un poco el ritmo. El pequeño y fascinante cuerpo de ella vibraba contra el suyo y tenía una boca que era enloquecedora. Pero decidió que sería mucho más agradable permitir que ella lo llevara hasta el límite.

—Ven —le soltó las manos y la elevó agarrada de la cintura para que ella le rodeara con las piernas como había hecho la vez anterior—. Vuelve a besarme. Me gusta.

Ella se rió y se disiparon los nervios que tanto le habían preocupado.

—¿Sabes? Que yo recuerde, la primera vez que lo hice... —puso la boca sobre la de él y repitió el movimiento una, dos veces—. Te había dado un martillazo en la cabeza.

—Eso fue porque me pillaste desprevenido y me dejaste fuera de combate —le acarició el trasero—, pero ahora no podrás hacerlo.

—¿Es una apuesta? —le agarró del pelo con una mirada divertida y excitada por el desafío—. Estás a punto de perder.

Brenna se había puesto manos a la obra, tuvo que reconocer Shawn. Él sólo notaba que perdía el sentido mientras ella le besaba con fiereza. Había ocasiones en las que la rendición no era humillante para él. La lengua conservaba algo del sabor a vino, cálido y sabroso. Al mezclarlo con el aroma de ella, le resultaba una combinación maravillosa y embriagadora.

Arpas y velas, y una mujer apasionada aferrada a él. Se vio invadido por el romanticismo y la pasión. El placer se hizo penetrante, seductor, excitante.

Brenna notó que él apretaba las manos alrededor de sus caderas, y oyó que Shawn respiraba entrecortadamente, como si hubiese subido la colina en una carrera frenética.

Tuvo una sensación de triunfo en todo el cuerpo cuando él se giró hacia la cama.

Por fin lo tendría, a su manera. Rápidamente, desenfrenadamente. Podría dar rienda suelta a esa terrible presión que le oprimía el pecho, la cabeza y las entrañas. Dejó escapar un breve y risueño jadeo y él la tumbó, hundiéndola bajo su peso en el colchón; era el encuentro de dos cuerpos en tensión.

—Vale —los ojos de Brenna tenían un brillo que se hizo más intenso cuando él le levantó las manos por encima de la cabeza sujetas por las muñecas—, pero ahora me toca a mí. Si no recuerdo mal, la primera vez que te besé se te nublaron los ojos —Shawn mordió levemente la barbilla de Brenna— y te echaste a temblar.

Ella arqueó las caderas apretándolas contra él a propósito.

—Te apuesto lo que quieras a que no vuelves a hacerlo.

Un hombre en ese estado de excitación no apostaría jamás. Estaba segura. Sin embargo, Brenna se aferró a él con todas su fuerzas. Tembló cuando posó delicada y atormentadoramente sus labios sobre los de ella. Los brazos se le quedaron flácidos y la mente en blanco. La presión, que había alcanzado su límite máximo, se transformó en un dolor glorioso.

El reflejo plateado de la luna bañó todo el cuarto y se fundió con el dorado de la luz de las velas.

Él tomó los pechos de Brenna entre sus manos y recorrió su contorno con los dedos sobre la camisa de trabajo. Empezó a desabrocharla. Debajo llevaba una camiseta de algodón blanca. Cuando le quitó la camisa, Shawn se quedó maravillado de lo excitantes y seductores que eran esos pequeños pechos cubiertos por la capa de algodón.

—Siempre me han gustado tus manos —ella tenía los ojos cerrados para percibir mejor todas las sensaciones—. Ahora me gustan más todavía —pero volvió a abrirlos de golpe cuando él se inclinó para mordisquear su cuerpo a través de la camiseta—. Dios mío...

Él podría haberse reído si hubiera podido tomar aire, pero tenía los pulmones bloqueados y la cabeza empezaba a darle vueltas. ¿A qué había estado esperando toda la vida? Ese sabor, esa textura, esas formas. ¿Qué más se habría perdido?

Ella le quitó el jersey mientras él la elevaba entre las manos. Se miraron el uno al otro entre jadeos. Los dos asintieron con la cabeza aunque quizá fuera por motivos distintos.

—Demasiado tarde —fue todo lo que dijo Shawn mientras se quitaba la camisa sin desabrochársela.

—Por fin.

Se abalanzaron el uno sobre el otro.

Las manos de él se movían con más rapidez y cierta brusquedad de vez en cuando. Su boca era más ardiente y ansiosa que antes. Pero seguía siendo meticuloso. Deseaba cada centímetro del cuerpo de Brenna y recordaría siempre el sabor de su piel, la pequeña mancha que tenía debajo del pecho, la curva que iba desde las costillas hasta la cintura y la sensación sedosa bajo la yema de los dedos.

No se podía desdeñar la fuerza de Brenna y resultaba extraordinariamente erótico sentir sus músculos en tensión. Un erotismo que no desaparecía cuando la fuerza se transformaba en laxitud y ella se estremecía cuando él acariciaba algún punto especialmente sensible.

Las arpas habían dejado paso a unas flautas cadenciosas con un fondo de gaitas. La luz de la luna era más intensa y teñía de color perla el ambiente que olía a cera y humo de turba.

Ella sumergió la cabeza en el cuello de Shawn e intentó recuperar la respiración.

—Por el amor de Dios, Shawn. Ahora.

—Todavía no, todavía no, todavía no.

Lo dijo como una letanía. Quería que las pequeñas y poderosas manos de Brenna siguieran recorriendo su cuerpo una y otra vez. Quería seguir descubriendo más rincones de ella. ¿Acaso no merecían más atención esas piernas maravillosas? Además, tenía una espalda en la que podría entretenerse toda la vida.

—Para ser tan pequeña, eres demasiado.

Ella, desesperada, le clavó los dientes.

—Voy a morirme dentro de un segundo.

—Ya, ahora. Ya.

Él tomó la boca de Brenna con la suya y deslizó la mano entre las piernas de ella para introducir los dedos en la cueva abrasadora.

Ella alcanzó un éxtasis húmedo y pleno y sacudió el cuerpo contra el de Shawn. Él recibió en la boca el grito de conmoción y liberación; lo absorbió y se deleitó con él, aunque la sangre le bullía y pedía más.

Ella se abandonó, como la cera derretida que se acumulaba en la base de las velas, y Shawn pudo gozar de su boca, su garganta y sus pechos.

—Permíteme que disfrute de ti un poco más.

La presión volvió a crecer, capa a capa, apremiantemente, hasta que ella volvió a alcanzar el límite. ¿Cómo podía soportarlo él? Tenía el cuerpo tan mojado como el de ella; el corazón le latía con la misma velocidad; tenía el cuerpo igual de tenso y dispuesto.

Ella volvió a arquearse y le rodeó la cintura con las piernas. Las miradas se encontraron en la penumbra.

—Ahora —susurró él, mientras se introducía en ella con toda suavidad, como si lo hubiera hecho mil veces.

Fácil y delicioso, como si fuera un baile que supieran de memoria. El placer llamaba al placer entre oscilaciones rítmicas. De repente, la cadencia se avivó como si la música lo exigiese. A él se le oscurecieron los ojos, el azul soñador se tornó opaco a medida que perdía el control. Ella se agarró con todas sus fuerzas, cerró los ojos e intentó retener un aullido en la garganta; él seguía sin parar.

Hasta que hundió la cabeza entre el pelo de Brenna y se dejó ir.

Brenna iba a necesitar un minuto, quizá una hora, aunque un día o dos sería mejor. No creía que pudiera moverse, y era lo último que se le pasaba por la cabeza. Por el momento, prefería quedarse donde estaba tumbada en la cama de Shawn con él encima. Sentía su cuerpo dorado, estaba convencida de que, si tuviese fuerza para abrir los ojos, lo vería resplandecer en la oscuridad.

Había sido como ya había dicho en una ocasión: cuando dejaba de pensar, ese hombre sabía hacer las cosas.

—¿Tienes frío? —la voz de Shawn sonó amortiguada y somnolienta.

—No creo que tuviese frío ni aunque estuviésemos desnudos en un iceberg.

—Perfecto —se acomodó un poco—. Vamos a quedarnos así un rato.

—Pero no te quedes dormido encima de mí.

Él hizo un ruido indescifrable.

—Me gusta el olor de tu pelo.

—¿A serrín?

—Un poco, sí. Es agradable. También huele algo a limón.

—Seguramente sea el champú que le quité a Patty.

Notó que el cuerpo empezaba a recuperar los sentidos y se dio cuenta de cómo encajaban el uno en el otro, de cómo tenían las piernas entrelazadas. También notó el peso de Shawn.

—Pesas más de lo que parece.

—Perdona —le pasó un brazo por debajo y se dio la vuelta—. ¿Mejor?

—Tampoco estaba mal antes.

Pero ya que lo mencionaba, era mejor poder cruzar los brazos sobre el pecho de Shawn y mirarle a la cara. Era tan hermosa que en ese momento no le importaba el aire vanidoso que se le reflejaba en los labios.

—Tengo que reconocer, Shawn, que lo haces mejor de lo que me imaginaba.

El abrió los ojos, que habían recuperado el brillo soñador.

—Tengo que reconocer que he practicado bastante.

—No voy a quejarme, pero hay un problema.

—No me digas... —tomó un rizo y lo enrolló en su dedo—. ¿Cuál?

—Bueno, mi idea inicial era tener una relación sexual.

—Lo recuerdo —soltó el rizo y buscó otro—. Y no puedo negar que fuese una buena idea.

—Ésa era la primera parte. También dije que quería hacerlo para acabar con ese deseo de ti que tenía.

—También lo recuerdo. Ganas, dijiste —le pasó las uñas por la espalda—. He hecho todo lo posible por quitártelas.

—Así es, no lo niego. Pero ahí empieza el problema.

Lo miró y le recorrió el cuello con la yema de un dedo. Los ojos de Shawn eran unas rendijas azules tras las pestañas.

—Bueno, ¿qué problema tienes, O'Toole?

—Verás, me parece que todavía no ha funcionado del todo. Creo que todavía tengo ganas. Así que tendremos que seguir intentándolo.

—Si hay que insistir, insistiremos —Shawn se sentó y levantó a Brenna—. Antes nos ducharemos y comeremos algo. Luego veremos lo que se puede hacer.

Brenna se rió y le tomó la cara con las manos.

—Seguimos siendo amigos, ¿verdad?

—Seguimos siendo amigos —la abrazó y le dio un beso, intentando que fuese leve y cariñoso. Pero se dejó arrastrar por la pasión.

Cuando Shawn volvió a tumbarla, Brenna notaba que empezaba a tener las ideas borrosas. Levantó las manos para atraerlo contra sí.

—¿Qué hay de la ducha y la comida? —preguntó ella.

—Más tarde.

Ya era más tarde, mucho más tarde, y los dos comían como lobos hambrientos. Les resultó fácil volver a ser amigos; ser dos personas que habían comido juntos cientos de veces.

—¿Sabías que todos los hijos de Betsy Clooney están en cama con varicela?

—¿Te has dado cuenta de cómo mira Jack Brennan a Theresa Fitzgerald ahora que ha roto con Colin Riley?

Brenna le contó la última llorera de Patty porque no sabía si llevar rosas amarillas o blancas en el ramo de novia. También brindaron por el trato con Magee.

—¿Crees que mandará a alguien para que estudie el terreno y haga el proyecto del hotel?

Brenna se levantó para dejar entrar a Bub que estaba arañando la puerta.

—Si piensa hacerlo, yo no sé nada todavía.

El gato se escabulló para frotarse contra la pierna de Brenna.

—Estoy segura. Es la única forma de hacerlo bien —pensó servirse algo más de comida, pero decidió que si se dejaba llevar por el ansia, lo pasaría mal. Apartó el plato con cierta pena—. No puede quedarse en su oficina en un ático de Nueva York y proyectar lo que quiere hacer en Ardmore.

—¿Cómo sabes que está en un ático?

—A los ricos les gustan los áticos —se repantigó en la silla con una sonrisa—. Pregúntale a Darcy si no. Ella quiere que ese hombre rico que está buscando le regale un ático. En cualquier caso, tienen que ver cómo somos y lo que tenemos antes de hacerse una idea sobre lo que seremos.

—Estoy de acuerdo —Shawn se levantó para recoger la mesa—. A mí me gustó tu idea. Quizá pudieras dibujar tu idea un poco más detalladamente. Podríamos enseñársela a Aidan. Si a él le gusta también, se la enviaríamos a Magee para que la estudiara.

Ella se quedó callada por un instante.

—¿Lo harías?

Él la miró por encima del hombro y llenó el fregadero con agua caliente y jabón.

—¿Por qué no iba a hacerlo?

—Significaría mucho para mí. Para mí sería importante, incluso si Magee se ríe de ella y la desprecia. No soy ni arquitecta ni ingeniera... ni me van los áticos —se levantó—, pero siempre he tenido el gusanillo de proyectar y construir algo desde el principio.

—Tienes una idea en la cabeza —dijo él—: lo que harías con un terreno o un solar vacío, hasta el trabajo más nimio.

—Exactamente. ¿Cómo lo has sabido?

—No es muy diferente de hacer una canción.

Brenna frunció el ceño a espaldas de Shawn. Nunca había pensado que tenían algo en común en ese aspecto.

—Creo que tienes razón. Te lo dibujaré lo mejor que pueda. Te agradezco que lo hayas pensado, lo vea Magee o no.

Ayudó a Shawn con la limpieza y como era cerca de medianoche, dijo que tenía que irse.

Shawn la acompañó hacia la puerta y no habían recorrido la mitad del camino cuando cambió de idea. La levantó, se la echó al hombro y la llevó otra vez a la cama.

Era casi la una y media cuando Brenna entró en su casa. Sería más exacto decir que se arrastró, sólo tenía fuerzas para hacer eso. ¿Quién habría pensado que ese hombre había estado a punto de agotarla?

Apagó la luz que su madre había dejado encendida para ella. Incluso en la oscuridad sabía que los tablones y los escalones crujirían al pisarlos. Entró en su dormitorio sin hacer ningún ruido.

Como no era madre, no sabía que la suya le había oído a pesar de todas las precauciones.

Una vez en la cama, suspiró profundamente y se quedó dormida al instante.

Soñó con un palacio de plata bajo una ladera verde. Estaba rodeado por flores y hermosos árboles que se erguían como pinturas bajo la luz dorada. Entre ellos corría un riachuelo que lanzaba cegadores destellos de diamantes. Lo cruzaba un puente hecho con mármol blanco. Mientras lo atravesaba podía oír el golpeteo de las botas, el murmullo del agua y el apresurado latir de su corazón; no por miedo sino por emoción.

Los árboles estaban repletos de manzanas doradas y peras plateadas. Por un momento, estuvo tentada de arrancar una para morder esa carne tan suntuosa y sabrosa. Pero incluso en sueños sabía que si visitaba el país de las hadas, no podía comer nada y sólo podía beber agua, o se quedaría allí durante cien años.

Se limitó a observar el brillo de la fruta.

El camino que discurría entre los árboles, desde el puente hasta la puerta de plata del palacio, era rojo como los rubíes.

La puerta se abrió cuando estuvo cerca y dejó escapar la música de gaitas y flautas.

Entró acompañada por la música; olía a perfume y a lo largo de los muros había antorchas de la altura de un hombre que lanzaban llamas como si fueran flechas. El vestíbulo era muy amplio y rebosaba de flores. Había butacas con brazos curvados y mullidos almohadones; todos ellos del color de piedras preciosas. Pero ella no vio a nadie.

Subió la escalera llevada por la música; el pasamanos era suave como la seda y tenía el brillo de un zafiro largo y esbelto.

No había otro sonido que no fuera el de la música ni otro movimiento que el suyo.

En lo alto de la escalera se encontró con otro pasillo muy largo y tan ancho que habrían cabido dos hombres tumbados uno al lado del otro. Al avanzar por el pasillo vio a su izquierda una puerta de topacio y otra de esmeralda a su derecha. Enfrente había una tercera que resplandecía blanca como las perlas.

La música procedía de esta última.

Abrió la puerta blanca y entró.

Las flores trepaban por las paredes en una maraña de mil colores. Había unas mesas inmensas que crujían bajo el peso de bandejas llenas de comida. El aroma era embriagador. El suelo era un mosaico, una sinfonía de joyas colocadas al azar.

Había butacas, almohadones y sofás, pero todos vacíos. Todos excepto el trono que había al fondo de la habitación. En él se sentaba con grandiosidad un hombre con un jubón plateado.

—No has dudado una sola vez —dijo él—. Hay que ser valiente. En ningún momento has pensado en darte la vuelta. Te has introducido en algo desconocido para ti. —El hombre sonrió y con un movimiento de la mano hizo que apareciera una manzana de oro en ella.

—Puedes probarla.

—Podría, pero no puedo regalarte un siglo.

Él se rió e hizo desaparecer la manzana con un chasquido de los dedos.

—No lo habría permitido. Te tengo reservada otra misión.

Ella miró alrededor con curiosidad.

—¿Está solo?

—No, pero a las hadas también les gusta dormir. La luz estaba para guiarte. Es de noche, como en tu mundo. Quería hablar contigo y prefería hacerlo a solas.

—Muy bien —Brenna levantó las manos y las dejó caer—. Aquí me tienes.

—Tengo una pregunta para ti, Mary Brenna O'Toole.

—Intentaré responderla, Carrick, príncipe de las hadas.

Hizo un gesto divertido con los labios que indicaba aprobación, pero al inclinarse hacia ella pudo comprobar que sus ojos estaban serios y la miraban con intensidad.

—¿Aceptarías una perla de tu amado?

Le pareció una pregunta curiosa, pero era un sueño y los había tenido más extraños.

—Lo haría si me la diera libremente.

Él suspiró y golpeó el brazo del trono. El anillo lanzó un destello azul y plateado.

—¿Por qué los mortales tienen que añadir algo siempre a las respuestas?

—¿Por qué los inmortales no quedan satisfechos nunca con una respuesta sincera?

Los ojos le brillaron burlonamente.

—Eres osada. Tienes suerte de que me gusten los mortales.

—Lo sé —se acercó al trono—. He visto a tu dama. Suspira por ti. No sé si eso alivia o apena tu corazón, pero es lo que sé.

Él se acurrucó y apoyó la barbilla sobre los pies.

—Conozco su corazón, pero es demasiado tarde y no puedo hacer otra cosa que esperar. ¿Debe haber dolor en el amor antes de que haya satisfacción?

—No conozco la respuesta.

—La tienes en parte —dijo mientras volvía a erguirse—. Tú eres parte de la respuesta. Dime, ¿qué sientes por Shawn Gallagher? —antes de que pudiera responder, él levantó una mano como advertencia. Había visto una sombra de ira en el rostro de Brenna—. Antes de hablar, escúchame. Estás en mi mundo y para mí es muy sencillo hacer que digas la verdad y sólo la verdad. Los dos deseamos que contestes lo que quieras.

—No sé lo que siento. Tendrás que tomarlo como la verdad porque no hay otra.

—Entonces, va siendo hora de que lo analices y lo sepas, ¿no te parece? —volvió a suspirar sin disimular su contrariedad—, pero no lo harás hasta que estés preparada. Vuelve a dormir.

Hizo un gesto con el brazo y se encontró solo y pensativo en medio del resplandor de las joyas. Brenna dormía en su cama y no soñaba nada.

No durmió más de cuatro horas, pero pasó el día muy animada y llena de energía. Generalmente, cuando se acostaba tarde y se levantaba temprano se sentía malhumorada e irascible, pero ese día estaba contenta y su padre le comentó varias veces el buen humor que tenía.

Le parecía que no podía decirle lo que se decía a sí misma: que silbaba mientras trabajaba gracias al efecto beneficioso del sexo. No creía que él quisiera saber dónde había pasado la noche anterior, por mucho que lo adorara y por mucha confianza que tuvieran el uno en el otro.

Recordó el sueño, lo recordaba con tanta claridad y precisión que se preguntó si no estaría rellenando algunas lagunas sin proponérselo. Pero era algo con lo que no iba a complicarse mucho la vida.

—Ya hemos tenido bastante por hoy, ¿no te parece?

Mick se levantó, estiró la espalda y miró hacia donde su hija pintaba el rodapié. Frunció los labios al comprobar que pintaba una y otra vez los mismos quince centímetros con pequeños brochazos.

—Brenna...

—Humm...

—¿No te parece que has dado suficiente pintura a ese trozo de madera?

—¿Cómo? ¡Ah! —volvió a mojar la brocha y pasó a otro trozo de madera—. Se me ha debido de ir el santo al cielo.

—Es hora de darlo por terminado.

—¿Ya?

Mick sacudió la cabeza y recogió las brochas, los rodillos y los cubos.

—¿Qué te ha dado tu madre de desayuno para que tengas esta energía? ¿Por qué no me lo da a mí?

—Se me ha pasado el día a toda velocidad, eso es todo.

Se levantó y miró alrededor. Se sorprendió de ver cuánto habían avanzado. Se le habían pasado las horas volando.

—Casi hemos terminado aquí.

—Mañana. Y empezaremos con la siguiente. Nos merecemos unos buenos trozos del asado que prometió tu madre para esta noche.

—Estás cansado, yo limpiaré.

Así por lo menos suavizaría el remordimiento que iba a sentir.

—Por cierto, estaba pensando que voy a pasar por el pub para ver un rato a Darcy. Dile a mamá que tomaré un emparedado.

Él parecía apesadumbrado cuando le dio las brochas a su hija.

—Me abandonas cuando estás segura de que tu madre y Patty me volverán loco con los planes de boda.

Brenna le sonrió. Se había olvidado, como se había olvidado de la mejor excusa para no ir directamente a casa.

—¿Quieres ir al pub conmigo?

—Sabes que iría, pero tu madre serviría mi cabeza en su mejor fuente de porcelana. Por lo menos prométeme que cuando te toque a ti no me preguntarás si prefiero el encaje o la seda y luego romperás a llorar si elijo lo que tú no quieres.

—Te lo prometo solemnemente —le dio un beso en la mejilla.

—Te tomo la palabra —se puso la chaqueta—. Y si las cosas se ponen difíciles en casa, a lo mejor me ves por Gallagher's.

—Te invitaré a una pinta.

Cuando se fue, Brenna dedicó un tiempo y un esfuerzo innecesarios a la limpieza. Hacía que se sintiera un poco menos culpable. Era verdad que vería a Darcy, pero si también estaba Shawn, ella no podía evitarlo. Él trabajaba allí, ¿no?

A pesar de su intento de racionalizar el asunto, Brenna hizo hincapié en buscar a Darcy en cuanto entró en el pub. Estaba en el extremo de la barra fingiendo coquetear con el anciano señor Riley. Brenna se sentó en el taburete que había junto a él y le dio un beso en la apergaminada mejilla.

—Vaya, mirando a otra mujer cuando me has dicho cientos de veces que sólo tienes ojos para mí.

—Vamos, querida, un hombre tiene que mirar en la dirección que apunta su cabeza. Pero estaba esperándote para que te sentaras en mis rodillas.

El hombre era tan delgado y sus huesos tan frágiles que si intentaba sentarse en sus rodillas seguramente se las haría añicos.

—Las mujeres O'Toole somos muy celosas, querido señor Riley. Voy a hablar con Darcy y a decirle cuatro cositas por intentar robármelo.

Él soltó una carcajada y Brenna se fue hacia una mesa e hizo un gesto a Darcy para que la siguiera.

Darcy entrecerró los brillantes ojos azules, levantó una ceja y se puso en jarras.

—Muy bien, te has acostado con él, ¿verdad?

—¿De qué hablas?

El tono de Darcy había sido sereno, pero Brenna giró la cabeza aterrada y abochornada hasta que comprobó que no había nadie que pudiera oírlas.

—¿Crees que no puedo mirar a una mujer a la que conozco desde que nací y adivinar si la noche anterior se dio un revolcón? Con Shawn lo notas a la primera. Lleva todo el día con la mirada perdida. Pero tú eres distinta.

—Y si lo he hecho, ¿qué pasa? —Brenna soltó un bufido mientras se sentaba—. Dije que iba a hacerlo. Y no —dijo en cuanto vio la mirada de Darcy—, no pienso contártelo.

—¿Quién ha dicho que me interesa? —naturalmente, le interesaba. Se sentó y se inclinó hacia Brenna—. Sólo una cosa.

—Ni una.

—Una cosa; toda la vida hemos sido incondicionales.

—Maldita sea —era verdad y sería como romper un vínculo—. Cuatro veces.

—¿Cuatro? —los ojos se le pusieron como platos. Darcy miró hacia la cocina como si pudiera atravesar la pared con la mirada—. Vaya, tendré que elevar mi concepto de él. No es de extrañar que parezcas tan descansada.

—Me siento maravillosamente bien. ¿De verdad se nota?

—Tendrías que verte la cara. Tengo clientes —Darcy se levantó a regañadientes—. Te traeré una pinta de cerveza. Esta noche tomaría el pollo estofado. Ha gustado mucho a la gente.

—De acuerdo, pero veré si puedo tomarlo en la cocina.

—Muy bien. Ponte la pinta de camino. ¿Quieres quedarte conmigo esta noche? Seguro que puedo sonsacarte más.

—Seguro que lo harías porque eres machacona y rastrera, pero tengo que volver pronto a casa. Anoche dormí muy poco.

—Fanfarrona —dijo Darcy entre risas mientras iba a tomar un pedido.

—¿Qué tal estás, Brenna? —preguntó Aidan al pasar ella detrás de la barra.

—¿Por qué? ¿A ti qué te parece?

Él la miró. La respuesta le había parecido algo cortante.

—Bueno, me parece que estás bien.

—Estoy bien —Brenna se maldijo para sus adentros y se sirvió una pinta de Harp—. Un poco cansada. He pensado tomarme esto y algo de comer en la cocina antes de irme a casa, si no os importa.

—Siempre eres bien recibida.

—¡Ah!, ¿necesitarás que os eche una mano esta semana?

—Nos vendrías bien las noches del viernes y el sábado, si puedes.

—Claro. Pasaré por aquí —con toda naturalidad, o eso intentó que pareciera, abrió la puerta de la cocina—. ¿Puedes dar de comer a una mujer hambrienta?

Él se dio la vuelta. Estaba en el fregadero con el grifo completamente abierto y echando humo. La miró con cariño mientras ella se llevaba el vaso a la boca.

—Creo que tengo algo que puede gustarte. Me preguntaba si vendrías a verme esta noche.

—Quería ver a Darcy —se rió y se sentó—. Aunque tampoco me molestaba mucho verte a ti.

Shawn cerró el grifo y se secó las manos en el paño que llevaba en la cintura.

—¿Cómo tienes el cuerpo?

—Perfectamente, gracias. Aunque siente ciertas ganas todavía.

—¿Puedo hacer algo?

—No me importaría.

Se acercó a ella por detrás, se inclinó e hizo que todo su cuerpo se derritiera con un ligero mordisco en la oreja.

—Ven conmigo esta noche.

Ella no pudo evitar un escalofrío. Había algo indescriptiblemente erótico en la voz, sugerente por el mismo hecho de no poder mirar su cara.

—No puedo. Sabes que no puedo. Me resultaría muy difícil explicárselo a mi familia.

—No sé cuándo tendré otra noche libre.

A ella se le nubló la vista al sentir la lengua de él recorrer diestramente su oreja.

—¿Y las mañanas?

—Que yo sepa, tengo libres todas las mañanas en el futuro inmediato.

—Iré en cuanto tenga una ocasión.

Él se irguió, le quitó la gorra y le pasó las manos por el pelo de tal forma que ella quiso ronronear como un gato.

—La puerta está siempre abierta.

13

Era una mañana tibia. Lloviznaba mansamente sobre las flores que empezaban a despertarse para la primavera. La neblina, muy leve y casi blanca, se deslizaba a ras de suelo y desaparecería cuando los primeros rayos de sol atravesaran las nubes.

La casa de Shawn estaba silenciosa cuando Brenna entró. A las hadas también les gusta dormir, recordó las palabras de Carrick. Quizá los fantasmas también lo hicieran y elegían los amaneceres grises y lluviosos para soñar.

Ella estaba llena de energía y sabía perfectamente cómo pensaba utilizarla.

Se sentó a los pies de la escalera para quitarse las botas y decidió que era un sitio tan bueno como cualquier otro para quitarse la gorra y la chaqueta. Pasó un dedo por el hada que llevaba clavada en la gorra. Había sobrevivido a muchas gorras.

Se preguntó si alguien que no hubiese sido Shawn se la habría regalado, como hizo él hacía bastantes años.

Siempre le regalaban cosas prácticas. Una herramienta, un libro, unos calcetines especialmente cálidos o una camisa de trabajo resistente.

En realidad, casi todo el mundo tenía esa idea de Brenna. Y ella coincidía. Era una persona práctica que tenía poco tiempo para las tonterías o la frivolidad.

Pero Shawn le había regalado una pequeña hada de plata que miraba de reojo y tenía las alas puntiagudas.

Y también se preguntaba si la habría llevado puesta desde ese día, sin darse cuenta, si se la hubiese regalado alguien que no fuese Shawn.

No sabía la respuesta ni el significado y se encogió de hombros. Pensó que era algo que había entre ellos.

Fuera lo que fuese, notó que se le aceleraba el pulso mientras subía las escaleras.

Él estaba dormido; cubierto por las sábanas y la colcha; inmóvil en medio de la cama, como un hombre acostumbrado a disfrutar del espacio para él solo. El gato estaba acurrucado al pie de la colcha, pero cuando Brenna entró, la miró con unos ojos fríos y resplandecientes.

—Vigilándolo, ¿no? No se lo contaré nunca. Yo que tú me iría, a no ser que quieras morirte de envidia o de vergüenza dentro de unos minutos.

Bub arqueó la espalda, saltó como si repentinamente se hubiera dado cuenta de algo y se restregó contra las piernas de Brenna. Ella le hizo una caricia.

—Lo siento, cariño, pero esta mañana tenía pensado mimar a otro.

Shawn ocupaba toda la cama. Mientras se desabrochaba la camisa, Brenna pensó que estaba a punto de compartirla.

El fuego se había apagado, en caso de que él se hubiera molestado en encenderlo la noche anterior. Shawn se despertaría si ella intentaba encenderlo para calentarse un poco. Y ya tenía pensado cómo entrar en calor.

Dormía tranquilamente, pensó mientras se desnudaba. Era de los que se quedaban dormidos sin dar vueltas. Además, debía de dormir profundamente, porque recordaba haber oído a la señora Gallagher gritarle docenas de veces para que se despertara cuando ella se había quedado a dormir con Darcy.

Enseguida comprobaría si era tan difícil despertarle por otros medios.

Era apasionante mirarlo sin que él lo supiera, cuando estaba indefenso y no sabía lo que le tenía preparado. En su rostro se reflejaban fuerza, belleza, y cierta inocencia. En realidad, siempre había pensado que Shawn era mucho más inocente que ella.

Él creía que las cosas ocurrían cuando tenían que ocurrir, sin ocuparse de ellas, sin hacer nada. Era lo que más le molestaba de él en lo referente a la música. ¿Creía que alguien entraría en su casa para comprarle una canción que había garabateado en un papel?

No bastaba con escribirla. ¿Por qué no se daba cuenta? Decidió que era un gandul y sacudió la cabeza. Si seguía pensando en eso se le quitarían las ganas de todo. Y eso sería desperdiciar una mañana.

Desnuda, se metió en la cama y se puso a horcajadas sobre él. Lo besó en los labios. Pretendía hacer una versión del despertar de la bella durmiente al revés. Pero no tenía intención de quedarse en el beso.

Él estaba sumergido en un sueño con colores y formas borrosas. Un lugar muy agradable. Notó una sensación que le invadía lentamente. El cálido sabor a mujer que le alteraba la sangre y le excitaba la mente. El aroma, sutil, conocido, le aceleró el pulso al respirarlo. Las formas de ella y el roce de su piel contra la suya.

Él levantó una mano que quedó inmersa en esa maraña de cabello absolutamente maravillosa. Susurró su nombre, pero ella se movía sobre él, se aferraba a él, lo tomaba. Sintió la primera explosión de lujuria mientras todavía estaba medio dormido.

Intentó quitársela de encima, aunque no sirvió de nada, estaba atrapado en una tela de araña tejida con hilos de deseo mientras él dormía. Era la primera vez que no conseguía mantener el control de su propio cuerpo. Sólo podía dejarse tomar.

Cuando abrió los ojos, la vio sobre él iluminada por la tenue luz del amanecer, con el pelo brillante como una llamarada y los ojos verdes y penetrantes. Ella se arqueó hacia atrás, se agarró el pelo con las manos mientras cabalgaban hacia el final.

—¡Madre de Dios! —fue todo lo que pudo decir Shawn.

Nada pudo complacerle más a ella.

—Buenos días —Brenna se sentía como con un resplandor dorado—. No puedo dedicarte más tiempo. Tengo que irme a trabajar.

—¿Cómo? ¿Qué? —intentó agarrarle una mano, pero ella se escabulló fuera de su alcance.

—Ya he terminado contigo y tengo que trabajar.

—Vuelve —pensó sentarse, pero se dio la vuelta en la cama—. Lo haré mejor ahora que estoy despierto.

—Ya me he ocupado yo por los dos —se puso la camiseta y la camisa de franela—. Y me esperan en el hotel. Además, tengo que echarle una ojeada a tu coche. Le dije a papá que vendría antes aquí para eso.

—Entonces ven esta noche —soltó un gruñido cuando el gato saltó y le clavó las uñas en el trasero—. Busca una forma de quedarte aquí esta noche.

—Quedarme —la palabra le había inquietado, pero lo miró mientras se ponía los pantalones. Él tenía los ojos medio cerrados—. Mañana por la noche voy a trabajar en el pub. Puedo decir que me quedaré a dormir con Darcy.

—¿Por qué tienes que mentir?

—Sabes lo que diría la gente si supiera que nos vemos de esta forma.

—¿Qué importa?

—Claro que importa.

Cuando lo miró se dio cuenta de que no la miraba adormilado sino con toda atención.

—Entonces... es algo que te avergüenza.

—No, pero es íntimo. Echaré un vistazo a tu coche y le daré un buen repaso cuando tenga un rato —le dio un beso y se colocó el pelo—. Volveré en cuanto pueda.

Él se tumbó de espaldas y Bub volvió a saltar de la cama. Se quedó solo, mirando el techo, y oyó la puerta de la calle que se cerraba.

¿Cuándo había empezado a querer más?, se preguntó. ¿Por qué querría más precisamente de ella? ¿Qué significaba ese deseo que se apoderaba de él? ¿Había estado siempre allí?

Preguntas y más preguntas, se dijo molesto. Al parecer tenía muchas y no sabía por dónde empezar a responderlas.

Se levantó dispuesto a meterse en la ducha, pero el ruido de su coche le llevó a la ventana.

Brenna abrió el capó y metió la cabeza. Se imaginó que estaría maldiciéndole porque no se había preocupado por esto o porque aquello estaba sucio. No le había venido muy bien decirle que, por lo que a él respectaba, ahí dentro todo estaba sucio, era un misterio y no le interesaba lo más mínimo. Mientras arrancara al girar la llave, le importaba un comino cómo funcionara.

A ella le pasaba lo contrario. Brenna era una manitas. Nada le hacía tan feliz como cuando tenía algo desmontado y podía examinar todas las piezas. Eso le hizo acordarse de que tenía que pedirle que viera qué le pasaba a la tostadora, porque quemaba uno de los lados de lo que metieras dentro.

Ella sacó la cabeza y cerró el capó con un golpe. Miró hacia la ventana donde estaba él y le lanzó una mirada llena de cólera justificada. Él sonrió con descaro antes de que ella se dirigiera hacia la furgoneta. A juzgar por los movimientos de su boca, Shawn pudo suponer que estaba acordándose de algunos antepasados suyos.

La lluvia caía suavemente sobre ella. Se montó en la furgoneta, condujo marcha atrás hasta la carretera y salió disparada rebotando en todos los baches.

Shawn ya no sonreía. La diversión había dado paso a la perplejidad absoluta. Tenía una de las respuestas.

Estaba enamorado.

—Maldita sea. ¿Qué puedo hacer?

Intentó meterse las manos en los bolsillos, pero no lo consiguió; estaba desnudo. Se dio la vuelta con la idea de meterse en la ducha para ver si se le pasaba ese sentimiento.

Lady Gwen lo observaba desde la puerta con las manos cruzadas a la altura del vientre.

—Dios mío —aunque resultaba ridículo, agarró la sábana y se tapó con ella—. Un hombre tiene derecho a la intimidad en su propia casa.

La miró nervioso y aturdido. Parecía completamente real y era tan encantadora como afirmaban las leyendas. Lo miraba con una compasión y compresión tales que se le hizo un nudo en el estómago.

Estaba allí, eso era indudable, y el gato había vuelto para frotarse contra sus piernas y ronronear con todas sus fuerzas.

—Así que estabas esperando esto antes de mostrarte a mí. Querías que me diera cuenta de algo doloroso. Dicen que las desgracias se pasan mejor en compañía, pero prefiero curar solo mis heridas.

Ella se acercó a él elegantemente, con dignidad y los ojos bañados de emoción. Levantó una mano y él notó que le acariciaba la mejilla con un gesto de consuelo, aunque no sintió presión ninguna ni el roce de la piel.

Luego, desapareció.

Shawn hizo lo que solía hacer cuando se encontraba con algo que no quería afrontar. Lo apartó en un rincón de la cabeza, con la confianza de que acabaría ocurriéndosele algo, y se sumergió en la música.

Le daba equilibrio y cierto vigor. Si bien tenía mucha confianza con su familia, nunca había conseguido explicarles lo que significaba para él poder oír la música dentro de la cabeza, sentirla en su interior, ser capaz de hacer que sonara en el aire.

Era lo único que había tenido siempre y por tenerlo lo necesitaba y por necesitarlo temía perderlo.

Hasta que llegó Brenna.

La había tenido siempre también, y la había necesitado sin darse cuenta de lo arraigada que estaba esa necesidad. En ese momento lo sabía y temía perderla, y con ella lo que acababa de descubrir.

Abrió pensativamente la cajita que había puesto sobre el piano. Había metido dentro la perla que recibió junto a la tumba de Maude. Y entendió lo que Carrick había querido que hiciese con ella. Pero todavía no estaba preparado para entregar la perla ni para entregarse él.

Haría las cosas cuando le pareciera oportuno y a su manera, por mucho que alguien hubiera planeado otra cosa. Había prometido amistad a Brenna y mantendría la palabra, pero empezaba a comprender lo que podría costarle si no conseguía conquistar todo su corazón.

La mujer que había estado en su cama esa mañana no buscaba amor y una promesa de futuro. Sólo pensaba en el momento y en el placer que podía proporcionarle.

Él no había sido muy distinto en otros tiempos y con otras mujeres. No le resultaba agradable ser el único que sufría. Y como para él era muy importante sentirse bien, estaba dispuesto a no sufrir mucho tiempo.

Sólo debía tener claro los pasos que tenía que dar; en qué orden y en qué dirección.

Conocía a Brenna y sabía que lograría su objetivo más fácilmente y más rápidamente si se le ocurría una forma de hacerle creer que había sido idea de ella.

Los dedos se movieron con toda ligereza sobre las teclas. Tenía que hacerlo de tal forma que pareciera que él era el cortejado por Brenna O'Toole.

Le divertía tanto la idea, que los dedos empezaron a moverse cada vez con más rapidez y a crear una melodía más animada.

Vuelve pronto junto a mí. Bailaremos y cantaremos día y noche sin fin. Vuelve mi amor de cabellos cobrizos, pues no puedo estar sin ti. Bésame y júrame que siempre lo querrás así. Estoy esperando que me convenzas para que te dé el sí.

Comprobó que todo tenía su parte divertida y se le alivió la tensión que sentía en la nuca. En realidad, cualquiera que les conociera se daría cuenta de lo absurdo que era todo.

Ella tenía los pies en el suelo y él la cabeza en las nubes. La esencia de sus personalidades chocaba tan a menudo como coincidía. ¿Qué sabía el corazón de la lógica de las cosas? Además, por un lado era lo suficientemente inteligente como para saber que si hubiera ido a dar con una mujer como él, se habrían pasado la vida sin conseguir hacer nada. Por otro lado, no conocía a ningún hombre que se pareciera a Brenna, pero si ella lo hubiera encontrado, se habrían partido la cabeza antes de una semana.

De modo que, en términos generales, al enamorarse de Brenna y al ocuparse de que ella decidiera que deberían convertir en permanente lo que había entre ellos, sólo estaba librándola de una vida breve y, sin lugar a dudas, violenta.

Pensó que lo mejor sería no comentar con nadie esa conclusión.

Satisfecho, volvió a guardar la perla en la caja, dejó las partituras desperdigadas por todos lados y se preparó para empezar la jornada laboral.

• • • •

Hizo unas tartas de manzana pensando en el apetito de Brenna. Si pensaba plantear todo el asunto desde una especie de perspectiva inversa, le pareció bastante astuto preparar una de las debilidades de Brenna.

Se entretuvo con la idea de convencerse de que no estaba enamorado de ella, como se imaginaba que hacía la gente cuando algo no le convenía.

Incluso pensó que podría hacerlo francamente bien. Podía empezar enumerando los motivos por los que todo aquello no era una idea sensata. El primero sería algo tan sencillo como que no tenía pensado enamorarse, seriamente, hasta dentro de algunos años. Además, siempre se había imaginado al objeto de su amor como una mujer delicada, femenina y afable. Una mujer *cómoda*, pensó mientras recortaba la masa. La O'Toole no tenía nada de cómoda, aunque fuese una bendición en la cama. Después de todo, por muy apetecible que pudiese parecer, un hombre no podía pasarse la vida en la cama con una mujer desnuda y ardiente.

Aquello hizo que se acordara de esa mañana y de cómo lo había llevado hasta un final cegador y sudoroso antes de que hubiera conseguido espabilarse. Se sintió mucho menos incómodo. Intentó alejar ese pensamiento, por el momento.

No se había enamorado del sexo. Sólo había sido la clave que le había hecho ver algo que estaba en su interior. Ella jamás había sido una mujer fácil de tratar. Dios era testigo de que lo había picado y provocado hasta haber estado a punto de estrangularla. Ella buscaba pelea y siempre encontraba la forma de sacarle de sus casillas.

Pero también le hacía reír. Y sabía lo que él estaba pensando antes de que pudiera decirlo. Eso era un tesoro. Conocía todos su defectos y no se los echaba en cara demasiado.

A ella no le interesaba mucho su música y era algo que le ofendía un poco. Pero prefirió pensar que era porque no la entendía. Como a él no le interesaba ni entendía los misterios que se ocultaban debajo del capó de un coche.

Daba igual el balance final, su corazón le pertenecía a ella. Todo lo que tenía que hacer era que se diese cuenta de que quería conservarlo para sí.

Adornó la masa con dibujos que había visto en algún lado y después de pincelarla bien con huevo, la metió en el horno.

Cuando Darcy entró, él estaba silbando y observando el estofado irlandés que tenía reposando en una cazuela.

—Tengo la despensa tan vacía como la cabeza de Rory O'Hara. Necesito un emparedado antes de que empiece el turno.

—Yo lo haré —Shawn la detuvo antes de que pudiera llegar a la nevera—. Si no, me dejarás un desorden espantoso que tendré que ordenar luego.

—Tomaré un poco de carne asada, si queda algo.

—Hay suficiente.

—Entonces no seas roñoso —se sentó y estiró las piernas sobre la silla de al lado. Tanto para admirar sus zapatos nuevos como para descansar los pies antes del largo turno que le esperaba. Vio los cuencos sucios y notó el olor—. ¿Tienes tartas de manzana en el horno?

—Es posible. Y a lo mejor queda algo para ti si no me incordias.

Ella pasó un dedo por el interior del cuenco donde había mezclado los ingredientes y se lo metió en la boca.

—Me parece recordar que a Brenna le gusta especialmente la tarta de manzana.

Shawn cortó limpiamente el emparedado en dos mitades; sabía que Darcy se quejaría si no lo hacía.

—Yo también lo recuerdo.

Le dio el emparedado con una expresión amable.

—Vais a... —Darcy se calló y tomó la primera mitad de su almuerzo—. No, prefiero no saberlo. Mi mejor amiga y mi hermano —dijo mientras daba un mordisco—. Nunca pude imaginarme que tendría que hacer el esfuerzo de apartar esa imagen de mi cabeza.

—Bueno, sigue intentándolo —se sentó enfrente de ella lleno de curiosidad—. También eres amiga de Jude y no parece que te importe que ella y Aidan...

—Mi amistad con Jude es reciente —Darcy lo miró por encima del emparedado con unos ojos azules y malhumorados—. Es completamente distinto. Tiene que ser por tu cara —decidió—. Porque te conoce de arriba abajo y no puede ser por tu personalidad arrebatadora. Está obnubilada por tu físico. No se puede negar que eres guapo y fuerte.

—Dices eso porque nos parecemos demasiado.

Los dientes de Darcy lanzaron un destello antes de clavarse en el pan.

—Es verdad, y no podemos evitar ser hermosos, ¿verdad, cariño?

—Sólo podemos hacer todo lo posible para soportar la terrible carga que supone serlo. Y luego ofrecernos a los demás.

Lo dijo con un tono muy serio y Darcy tuvo que reírse.

—Bueno, es una carga que yo llevo con placer. Y si un hombre no quiere mirar más allá de mi cara, yo no me quejo. Basta con que yo sepa que detrás hay un cerebro.

—¿Quieres decir que el tipo ese de Dublín está tratándote como a un perrito faldero?

Ella se encogió de hombros. Estaba molesta consigo misma por estar insatisfecha de una relación que ofrecía tantas posibilidades.

—Lo pasa bien conmigo y me lleva a sitios muy bonitos y elegantes —como era Shawn podía desahogarse— donde se pasa todo el rato alardeando de sí mismo y de su trabajo. Encima, espera que me quede muda de la impresión. Y el caso es que no es ni la mitad de listo de lo que cree. Debe todos sus logros, si hay alguno, a las relaciones de su familia y no al trabajo o al talento.

—Estás harta de él.

Abrió la boca y volvió a cerrarla.

—Sí, lo estoy. ¿Qué me pasa?

—Si te lo digo me tirarás la bandeja a la cabeza.

—No lo haré —la apartó como señal de buena voluntad—. Por esta vez.

—De acuerdo, te diré lo que te pasa. Te subestimas, Darcy, y te molestas cuando otros hacen lo mismo. No sientes ningún respeto por los hombres que caen rendidos ante ti y te ofrecen el mundo en una bandeja de plata. Tienes tu propia bandeja llena y la has llevado entre tus manos toda la vida. Y sabes que puedes seguir haciéndolo.

—Quiero más —dijo con furia y al borde del llanto—. ¿Qué tiene de malo querer más?

—Nada. Nada en absoluto —alargó el brazo y le tomó la mano.

—Quiero ir a sitios, ver cosas. Tener cosas —se levantó y deambuló por la cocina como si estuviese enjaulada—. No puedo evitarlo. Todo sería mucho más fácil si pudiera enamorarme un poco de él. Con un poco bastaría. Pero no lo estoy y no puedo convencerme de estarlo. Esta mañana he decidido romper y premiarme con un maravillosos viaje a París.

—Es lo mejor que puedes hacer.

—No lo hago porque sea lo correcto —levantó las manos con impotencia—. Lo hago porque no pienso fastidiarme mi primer viaje a París con un hombre que me mata de aburrimiento, Shawn —volvió a la mesa, se sentó y se inclinó hacia delante—. No soy una buena chica.

Él le dio una palmadita en la mano.

—Seas lo que seas, te quiero.

Tardó un minuto, pero los ojos le brillaron de agradecimiento.

—Debería haber supuesto que no conocerías mis virtudes, pero, en cualquier caso, me siento mejor —volvió a rebañar el cuenco con el dedo y a metérselo en la boca—. Me gustaría encontrar a alguien con quien poder juguetear y divertirme, como tú y Brenna.

Ella podría no haberse dado cuenta del cambio repentino que se produjo en los ojos de Shawn antes de que se levantara para recoger la mesa. Pero lo conocía tan bien como a sí misma, a veces mejor.

—Maldita sea. Me lo temía. Has perdido la cabeza por ella, ¿verdad?

—Es algo que no tiene por qué preocuparte.

—Claro que lo es porque os quiero a los dos. Eres un majadero. ¿No puedes limitarte a pasar un buen rato como cualquier otro hombre?

Se acordó de esa mañana y lamió un poco de manzana.

—Estoy pasando un buen rato.

—¿Y cuánto durará ahora que estás enamorado?

Él la miró con interés.

—¿Cuando entra el amor desaparece la diversión?

—Desaparece si sólo entra por una puerta y la otra sigue cerrada.

—No tienes mucha confianza en que sea capaz de abrir la puerta que me he propuesto.

—Shawn, no quiero ofenderte ni Brenna tampoco, pero ella me ha dicho muy claramente que sólo quiere acostarse contigo.

—Ella dejó muy claro lo que quería —Shawn sonrió—. Yo quiero más. ¿Qué tiene de malo querer más?

—No es el momento de arrojarme mis palabras a la cara. Estoy preocupada por ti.

—No lo estés —lavó a mano el cuenco más grande en vez de meterlo en el lavaplatos—. Sé lo que tengo entre manos. No puedo evitar sentir lo que siento. Y antes de que lo digas tú, ya sé que ella tampoco puede evitar lo que siente. Pero no hay nada de malo en que intente que la cosa cambie.

—En cuanto piense que la estás cortejando...

—No lo haré. Será ella la que me corteje a mí.

La primera reacción de Darcy fue una carcajada, pero luego lo pensó.

—Muy listo —murmuró.

—Lo suficiente como para saber que Brenna prefiere conquistar a que la conquisten —comprobó las tartas y corrigió la temperatura—. Espero que lo que hemos hablado no salga de aquí.

—Como si fuera corriendo a contarle a Brenna todo lo que sueltas por tu bocaza —ofendida agarró una bandeja. La mirada de Shawn la paró en seco—. De acuerdo, en general es lo que ocurre, pero esto es diferente, puedes confiar en mí.

Sabía que podía. Darcy era capaz de arrancarle la cabeza de cuajo con un cuchillo, pero también se arrancaría la lengua antes de traicionar la confianza de alguien.

—Supongo que eso significa que tampoco me contarás lo que ella dice de... ciertas cosas.

—Naturalmente. Busca tus espías en otro lado, amiguito —levantó la nariz dispuesta a marcharse, pero se detuvo con un suspiro—. No cree que su cuerpo sea muy atractivo.

Era lo último que Shawn esperaba oír y se quedó sin decir nada mientras Darcy se maldecía entre dientes.

—Te lo digo porque ella nunca me lo ha dicho a mí con esas palabras. Encuentra su cuerpo como algo útil y no todo lo femenino que podría ser. Cree que los hombres no la encuentran especialmente atractiva como mujer. Y por eso para ella el sexo es simplemente sexo. No cree que un hombre vaya a mirarla de forma romántica y cariñosa.

Se calló un momento e intentó no preguntarse si su amiga le perdonaría que estuviese contando esas cosas.

—A una mujer le gusta que le digan... bueno, si tienes dos dedos de frente sabrás lo que le gusta a las mujeres que les digan. No se trata de que os agarréis a lo que es diferente, sino decirlo. Ahora cierra la boca porque pareces tonto.

Empujó la puerta batiente y salió de la cocina.

14

—Os acordaréis de Dennis Magee, que se fue a Estados Unidos; bueno ninguno de nosotros podemos acordarnos con claridad, porque fue hace unos cincuenta años. Vosotros no habíais nacido y yo era muy pequeña. Pero os acordaréis que se contaba que se había hecho rico con la construcción y esas cosas.

Kathy Duffy se sentía muy cómoda en la cocina de los O'Toole. Daba sorbos de su té y mordisqueaba galletas glaseadas, que, para su gusto, podían haber llevado un poco más de vainilla en la masa, mientras comentaba las últimas noticias y cotilleaba un poco.

Estaba acostumbrada a hablar por los codos y no se dio cuenta de que sus amigos estaban distraídos, simplemente siguió poniéndolos al día de lo que había pasado en Old Parish.

—Dennis siempre fue muy listo. Lo decía todo el mundo que lo conoció. Se casó con Deborah Casey, una prima de mi madre que también tenía fama de tener la cabeza en su sitio. Cruzaron el charco cuando su primer hijo iba todavía en pantalón corto. Le fue muy bien en Estados Unidos y crearon una empresa próspera. Ya sabéis que la pobre Maude estuvo prometida a John Magee, que murió en la guerra y era hermano de Dennis. Al parecer —continuó Kathy, que estaba lamiéndose un poco de azúcar del dedo—, durante todos estos años Dennis no volvió a acordarse de Irlanda ni del sitio donde había nacido. Pero tuvo un hijo y éste, a su vez, otro hijo que sí se ha acordado.

Esperó alguna reacción.

—¿Tu crees? —dijo Mollie con la ceja arqueada.

—Sí. Le ha echado el ojo a Ardmore para construir un teatro.

—Tienes razón —Mollie revolvió el té que no había probado—. Le he oído decir algo a Brenna —estaba distraída, pero notó la expresión alicaída de Kathy—, aunque no conozco los detalles —dijo para animar a su amiga.

—¿No? —Kathy, encantada, se inclinó hacia delante—. Los Magee de Nueva York y los Gallagher han hecho un trato. Se cuenta que harán el teatro pegado al pub. Será una especie de sala de conciertos si no me equivoco. Imagínatelo, Mollie, una sala de conciertos en Ardmore en la que participan los Gallagher.

—Me alegro de que algunos de los de aquí participen. ¿Sabes si Dennis Magee, el joven, va a venir?

—Si no, no sé cómo va a hacerlo —Kathy volvió a apoyarse en el respaldo y se colocó el pelo. Su sobrina le había hecho la permanente la semana anterior y todavía estaba muy satisfecha. Tenía cada rizo colocado perfectamente en su sitio.

—Dennis y yo coqueteamos un poco cuando éramos jóvenes e inexpertos y hace unos años vino de visita —Kathy miró al techo con ojos soñadores—. Estaba viajando por toda Europa y quería conocer el lugar donde habían nacido sus padres y él había pasado los primeros años de vida. Que yo recuerde, ese Dennis Magee era un hombre muy atractivo.

—Que yo recuerde, coqueteaste un poco con todos lo hombres guapos antes de echarle el guante al que estabas persiguiendo.

Los ojos de Kathy brillaron burlonamente.

—¿De qué te sirve ser joven si no lo haces?

Mollie sonrió con tristeza porque ésa era una de las cosas que le preocupaba y dejó que su amiga siguiera con la charla.

Mollie estaba segura de que su hija mayor estaba metida en algo más que un coqueteo con Shawn Gallagher. No le impresionaba en absoluto, lo que le preocupaba era que Brenna no se lo hubiese comentado. Había educado a sus hijas para que pudieran confiarle cualquier cosa.

Cuando Maureen se enamoró, ella se enteró esa misma noche porque la chica había llegado congestionada, maravillada y sin parar de reír. Cuando Kevin le pidió a Patty que se casara con él, lo supo en cuanto la chica entró en la casa y se arrojó en sus brazos entre gimoteos. Sus hijas eran así, Maureen se reía de felicidad y Patty lloraba.

Sin embargo, Brenna, la más práctica de todas, no había hecho ni una cosa ni la otra; tampoco se había sentado con ella para contarle lo que había cambiado con Shawn, como había esperado que hiciera.

¿Acaso esa mañana no le dijo que se quedaría a dormir con Darcy sin mirarla a los ojos? Era doloroso darse cuenta de que tu hija te miente.

—¿En qué estabas pensando?

—¿Humm? —Mollie miró a Kathy y sacudió la cabeza—. Perdona, pero llevo unos días que no me concentro en nada.

—No me extraña. Una de tus hijas se casó hace unos meses y otra está preparando la boda. ¿Te entristece?

—Un poco —el té se había quedado frío y Kathy había terminado el suyo, de modo que se levantó para vaciar su taza en el fregadero y volvió a llenar las dos tazas—. Estoy orgullosa de las dos y muy contenta, pero...

—Crecen más rápidamente de lo que te imaginas.

—Desde luego. Pasas de limpiarles la cara a comprarles los vestidos de novia sin darte cuenta —no pudo evitar que se le llenaran los ojos de lágrimas—. Kathy...

—Vamos, querida —tomó las manos de Mollie entre las suyas—. Me pasó lo mismo cuando las mías abandonaron el nido.

—Es por Patty —Mollie sacó un pañuelo del bolsillo—. Con Maureen no lloré hasta el día de la boda. Aunque de vez en cuando me atacara los nervios porque todo tenía que ser perfecto y su idea de la perfección cambiaba todos los días. Pero Patty se pone a llorar sólo por hablar de las flores que llevará. Te lo juro, Kathy, me da miedo que recorra el pasillo de la iglesia entre llantos. La gente pensará que la hemos obligado a que se case con Kevin a la fuerza.

—Vamos, no digas cosas raras. Patty es muy sentimental. Será una novia maravillosa, con llanto y todo.

—Ya lo sé —Mollie se permitió soltar un par de lágrimas—. Luego está Mary Kate. Ella está en la luna; por algún chico, estoy segura. Se encierra para escribir en su diario y no deja que Alice Mae entre en la habitación.

—Me lo imagino. Seguro que hay alguien en el hotel que le gusta. ¿Te preocupa?

—No demasiado. A Mary Kate siempre le ha gustado encerrarse y está en una edad en la que se propone tener dominada a su hermana.

—Son los problemas de hacerse mayor. Has criado unas hijas estupendas, Mollie. Puedes estar satisfecha de todas ellas. Aunque no por eso vas a dejar de preocuparte. Por lo menos Brenna no te da problemas, por el momento.

Mollie levantó la taza con cuidado y dio un sorbo.

—Brenna es firme como una roca.

Hay cosas que no puedes compartir ni con una amiga.

El pub estaba cerrado una hora entre los turnos y Aidan se asomó por la cocina.

—¿Puedes dejar eso un minuto?

Shawn echó una ojeada al desorden que había en la cocina después de una tarde bastante atareada.

—Sin dudarlo un segundo. ¿Por qué?

—Tenemos que hablar de algo y me apetece dar un paseo.

Shawn dejó la bayeta.

—¿Dónde vamos?

—Podemos ir a la playa.

Aidan cruzó la cocina y abrió la puerta trasera. Se detuvo para observar la pulcritud de la elevación del terreno que ocultaba ligeramente unos árboles inclinados por el viento en dirección al mar.

—¿Te lo estás pensando?

—No, eso no —pero siguió mirando: las tiendas y las casas que había al lado del pub; los jardines, el viejo perro que buscaba una sombra para sestear, el rincón donde besó a una chica por primera vez—. Todo va a cambiar bastante.

—Lo hará. Ya cambió cuando Shamus Gallagher levantó las paredes del pub. Y todos lo hemos cambiado de una forma u otra. Éste es tu cambio.

—Nuestro —replicó inmediatamente Aidan como si estuviera abrumado por los pensamientos—. Es una de las cosas que quería comentar contigo. No he podido decírselo a Darcy. Ha salido disparada como la bala de un cañón. ¿Te acuerdas de cuando jugábamos aquí?

—Me acuerdo —Shawn se frotó la nariz—. Claro que me acuerdo.

Aidan soltó una risotada y salió.

—Me había olvidado. De vez en cuando jugábamos a la pelota y Brenna te dio en toda la cara. Sangrabas como un cerdo.

—El bate era casi tan grande como ella.

—Es verdad, pero esa chica siempre ha tenido un buen brazo. Me acuerdo de que te quedaste tumbado entre sangre y juramentos y que cuando ella se dio cuenta de que sólo te había roto la nariz te dijo que dejaras de gritar y la ofrecieras en sacrificio. Nos reímos bastante de ti cuando volvimos al pub.

—La proximidad de tu paternidad te está volviendo un sentimental.

—Quizá sea eso —cruzaron la calle que estaba muy tranquila en ese momento del día, en ese momento del año—. Se acerca la primavera —añadió Aidan mientras bajaban por la curva de la playa—, y empezarán a llegar los turistas y veraneantes. El invierno es muy corto en Ardmore.

Shawn se metió las manos en los bolsillos. El viento era frío todavía.

—Yo no me quejo.

La arena de la playa cedía bajo las botas con un crujido. El agua era de un azul soñador cuando se encontraba con el cielo. En la orilla, al romper sobre la arena, unas pequeñas y desordenadas olas elevaban una espuma verde y blanca. Las gotas eran como destellos iluminados por la abundante luz del sol.

Caminaron en silencio, apartados de los botes que habían terminado la faena del día y de las redes puestas a secar. Se dirigieron hacia los acantilados que se erguían hacia el cielo.

—Esta mañana hablé con papá.

—¿Está bien? ¿Y mamá?

—Están muy bien. Espera quedar con los abogados la semana que viene. Ya se podrán firmar varios documentos. Él va a preparar algunos borradores. Documentos que pondrán el pub a mi nombre.

—Es el momento; ahora que ellos están situados en Boston.

—Le he dicho lo que pienso y te lo digo a ti. Creo que sería mejor y más justo que el pub estuviera a nombre de los tres.

Shawn vio una concha, se agachó, la tomó entre los dedos y la observó.

—Nosotros hacemos las cosas así.

Era exactamente lo que le había dicho su padre.

Aidan resopló, se apartó y volvió a acercarse.

—¡Por Dios!, te pareces a él más que cualquiera de nosotros.

—En este momento, no parece una halago ni para él ni para mí —Shawn, divertido, se quedó un poco rezagado.

—No pretendía serlo. Los dos tenéis la cabeza muy dura para ciertas cosas. ¿No fuiste tú el que dijo que el cambio era muy positivo? Si podemos cambiar el pub, ¿por qué no podemos cambiar la forma de heredarlo?

Shawn se guardó la concha en el bolsillo distraídamente.

—Porque hay cosas que se cambian y otras que no.

—¿Y quién lo decide?

Shawn inclinó la cabeza.

—Nosotros. En este caso estás en minoría, Aidan, así que déjalo. Gallagher's es tuyo y se lo dejarás al hijo que está esperando Jude. Darcy y yo seguiremos considerándolo nuestro en nuestros corazones.

—Yo hablo de cuestiones legales.

—Exactamente Va a ser una tarde bastante fresca —dijo Shawn dando por zanjado el asunto—. Vamos a tener trabajo.

—¿Qué pasará con tus hijos? —preguntó Aidan—. ¿No quieres que tengan algún derecho?

—¿Por qué, de repente, todo tiene que expresarse de forma legal?

—Porque está cambiando, Shawn —levantó las manos con un gesto de exasperación—. El teatro va a cambiar Ardmore, va a cambiar Gallagher's y nos va a cambiar a nosotros.

—No lo hará; no de la forma que te preocupa. Vendrá más gente por distintos motivos; abrirán alguna posada más; a lo mejor alguien pone una tienda junto al mar. Pero Gallagher's seguirá sirviendo comida y bebida, y seguirá ofreciendo música como lo ha hecho siempre. Unos de nosotros se ocupará de la barra y mientras tanto los pescadores seguirán saliendo al mar para arrojar sus redes. La vida sigue su curso, hagas lo que hagas.

—¿Aunque no hagas nada?

—Bueno, habrá quien no esté de acuerdo. Lo que vas a tener que llevar es el negocio, Aidan. Y, sinceramente, prefiero que lo hagas tú. Yo me conformo con llevar el nombre Gallagher, sea legalmente o como sea.

Shawn se volvió para mirar hacia el pub. La madera oscura, la piedra vista, los cristales que reflejaban los rayos del sol.

—Hasta ahora, todo ha funcionado perfectamente, ¿no? Cuando llegue el momento, tus hijos, los de Darcy y los míos lo resolverán como quieran.

—A lo mejor te casas con una mujer que no piensa igual.

Shawn pensó en Brenna y sacudió la cabeza.

—No tendría sentido que me casara con ella si no confiara en mí o en mi familia lo suficiente como para creer en esto.

—No sabes lo que es estar enamorado sin atender a razones. Si ella me lo hubiera pedido o hubiera querido, yo habría dejado todo esto.

—Ella ni te lo ha pedido ni lo ha querido. Podrías haber deseado a una mujer que lo hubiese hecho, Aidan, pero no habrías perdido la cabeza por ella.

Aidan resopló.

—Siempre tienes una respuesta, y lo malo es que suele ser la acertada.

—He pensado en el asunto. Ahora te toca responderme a una pregunta que tengo yo. ¿Cuándo amas a una mujer sin atender a razones, es doloroso o placentero?

—Las dos cosas; muchas veces al mismo tiempo.

Shawn asintió con la cabeza y se puso en marcha para volver.

La noche era fresca y agradable y el pub estaba muy animado, como la brisa que llegaba del mar.

La música atrajo a los clientes; a unos para escucharla mientras bebían sus pintas de cerveza, a otros para cantar, y a bastantes para bailar alegremente.

A pesar del trabajo, Shawn pudo asomarse de vez en cuando. Una de esas veces vio a Brenna bailando un vals con el señor Riley entre las mesas. Tuvo una idea.

—Se me ha ocurrido una cosa, Aidan.

Shawn sirvió dos pedidos de pescado con patatas y se puso una pinta de cerveza para calmar la sed.

—¿Ves a Brenna bailando?

—Sí —Aidan terminó de tirar dos Guinness—, pero no creo que vaya a fugarse a Sligo con él, por mucho que se lo prometa.

—Las mujeres están hechas para defraudar a los hombres —Shawn dio un sorbo mientras disfrutaba mirando a Brenna en los huesudos brazos del hombrecillo—. Pero al mirarlos a ellos y a todos los que se han levantado para bailar a lo largo de la noche, me preguntaba si no sería buena idea buscar un sitio para el baile cuando pensemos en el teatro.

—Para eso está el escenario, ¿no?

—No me refería al baile profesional, sino a este tipo de baile. Una forma de bailar espontánea, pero algo más íntima.

—Bueno, tú lo das todo por seguro —Aidan se quedó observando fijamente las caras y meditándolo—. Es algo que tendremos que comentar con Magee cuando pensemos en el proyecto.

—¡Ah!, Brenna ha dibujado una especie de proyecto. Lo tengo en la cocina. Puedes echarle una ojeada y si te gusta podrías estar interesado en el proyecto más detallado que le he pedido.

Aidan, intrigado, apartó la mirada de los bailes y miró a su hermano a los ojos.

—¿Que le has pedido?

—Sí, porque creo que sabe lo que queremos y lo que debería construir Magee. ¿Te importa?

—No, en absoluto. Me hace pensar, Shawn, que tenías razón cuando decías que las cuestiones legales no cambian el corazón. Me encantaría saber lo que tiene Brenna en su cabeza.

—Perfecto, y si te gusta podrías mandárselo a Magee para que lo estudie.

—Lo haré, pero puedes estar seguro de que él tendrá sus proyectistas.

—Entonces tendremos que encontrar la forma de convencerle, si es lo que queremos. No nos va a hacer ningún daño ponernos a ello lo antes posible —continuó Shawn mientras miraba a Brenna.

—Desde luego que no —concedió Aidan.

Por muy bien que bailase Brenna, Aidan la necesitaba detrás de la barra lo antes posible. Captó su atención y le hizo un gesto. Brenna se dio cuenta, pero Aidan vio que la mirada era para Shawn. Aunque fuese un mero observador, Aidan también notó la calidez que había en esa mirada.

—Te agradecería que no distrajeras a mi camarera cuando estamos trabajando.

—Sólo estoy tomando una cerveza.

—Pues tómatela en la cocina, a no ser que quieras que los clientes os miren atónitos.

—No me importaría —sostuvo la mirada de Brenna unos segundos más, fue como una especie de prueba—. Pero a ella sí —Shawn entró en la cocina antes de que su hermano se molestara.

No iba a tener problemas para estar ocupado hasta la hora de cerrar y calculaba que luego necesitaría otra hora para ordenarlo todo antes de dar el día por terminado.

Estaba fregando una cazuela cuando entró una chica del grupo de músicos. Era una rubia muy guapa que se llamaba Eileen. Tenía las facciones muy marcadas y el pelo corto para realzarlas. Tenía una voz muy clara y delicada y una actitud cariñosa. Shawn había admirado lo primero y sacado partido de lo segundo, de forma amigable, en otra ocasión que habían tocado en Gallagher's.

—Nos ha ido bastante bien a todos esta noche.

—Desde luego —secó la cazuela y se acercó a ella para agarrar otra—. Me ha gustado el arreglo que habéis hecho para *Foggy Dew*.

—Es la primera vez que lo tocamos aparte de los ensayos —ella se acercó un poco más y se apoyó en el fregadero mientras él trabajaba—. He estado trabajando en un par de canciones más, no me importaría enseñártelas —le pasó un dedo por el brazo—. No tengo que volver esta noche. ¿Podrías alojarme como la otra vez?

La otra vez disfrutaron de la música y uno del otro casi toda la noche. Shawn recordaba que ella no era nada tímida mostrando sus talentos. El recuerdo hizo que sonriera mientras pensaba una forma educada de desembarazarse de ella.

Lo único que vio Brenna cuando entró con la última bandeja, aparte del rojo que lo teñía todo, fue a Shawn con la cabeza gacha y a la rubia con la mano sobre ella. Se acercó en dos zancadas y dejó caer la bandeja junto al fregadero.

—¿Me estoy perdiendo algo?

Eileen captó inmediatamente la amenaza que había en la mirada de Brenna y su significado.

—Ya no —le dio una palmada a Shawn en el brazo—. Creo que después de todo me volveré. Hasta otra vez, Shawn.

—Ah... Mmm... —apenas pudo ordenar las ideas y de forma instintiva puso una expresión dócil y culpable—. Muy bien.

—Siempre es un placer venir a Gallagher's —añadió Eileen mientras empujaba la puerta. Contuvo una risa y se dijo lo que esa pelirroja del tamaño de una pinta de cerveza iba a hacer sufrir a Shawn.

—¿Ésta es la última? —Shawn volvió a fregar la cazuela como si le fuera la vida en ello.

—Sí, y me gustaría saber qué estabais haciendo.

—¿Cómo?

—Tú y la cantante con grandes pechos y pelo de niño.

—¡Ah!, Eileen —se aclaró la garganta mientras dejaba la cazuela para empezar con los vasos—. Me daba las buenas noches.

—¡Ya! —le metió un dedo en el costado y él dio un brinco—. Si llega a estar un poco más cerca se te habría subido a la chepa.

—Venga, hombre, todo era amistoso.

—Métete esto en la cabeza: mientras tú y yo sigamos deshaciendo camas, olvídate de las amistades.

Él se puso rígido aunque estaba encantado.

—¿Me estás acusando de algo, Brenna? —se quedó muy satisfecho de la mezcla de ofensa e insulto que había en el tono—. ¿De acercarme a otra mujer mientras estoy contigo? No me había dado cuenta del mal concepto que tienes de mí.

—Sólo vi lo que vi.

La observó un instante y se puso a secar las encimeras con aire ofendido. Sería interesante, pensó, comprobar cuánto estaba dispuesta a hacer para convencerlo.

—Tenía la mano sobre tu cabeza.

—¿Tenía yo la mía sobre la suya?

—No es... maldita sea —Brenna cruzó los brazos, los descruzó y se metió las manos en los bolsillos.

Le habría arrancado todos sus rubios pelos. Y se los arrancaría todavía. No iba con ella. No era de las que rehuían la pelea, pero tampoco las empezaba. Y menos por un hombre.

—Le sonreías.

—Tendré cuidado de no sonreír a nadie que tú no apruebes.

—Todo parecía muy íntimo —tenía el puño cerrado dentro del bolsillo y se lo habría estampado contra la cara si no fuese porque se sentía ridícula—. Te pido disculpas si lo he interpretado mal.

—De acuerdo —lo dejó como estaba y fue a la puerta para dar las buenas noches. Cuando se dio la vuelta ella parecía tan contrariada y triste que él

281

estuvo a punto de ceder. Pero un hombre tiene que terminar lo que ha empezado—. ¿Prefieres quedarte a dormir con Darcy? —lo dijo con un tono frío y con suficiente mala idea como para que ella comprendiera que tenía que hacer mucho más.

—No, no.

—Muy bien —él se dirigió a la puerta trasera, la abrió y esperó.

Ella descolgó la gorra y la chaqueta, se las puso debajo del brazo y salió.

No se dirigieron la palabra y se metieron cada uno en un lado del coche. Ella miraba por la ventanilla mientras Shawn salía de su pueblo en dirección a casa.

Brenna estaba convencida de que había tenido una reacción normal. Y se lo dijo. Él no respondió y ella tuvo que hacer un esfuerzo para no retorcerse.

—¿Podemos convenir en que es un territorio nuevo para los dos?

Bien, pensó él, justo en la dirección que él esperaba. La miró rápidamente y asintió con la cabeza.

—Y nunca —continuó Brenna— habíamos marcado los límites, por así decirlo.

—Querías acostarte conmigo y lo estás consiguiendo —vio por el rabillo del ojo que hacía una mueca. Perfecto.

—Es verdad. Es verdad —repitió mientras él aparcaba frente a su casa. Empezaba a sentir que se le revolvía el estómago—. Pero yo... lo único que pasa... —lanzó un juramento y salió del coche para seguirlo—. Maldita sea, por lo menos podías escucharme.

—Estoy escuchándote. ¿Quieres un té? —preguntó con un tono exageradamente educado mientras entraba.

—No, no quiero un té. Y deja de hacerte el estirado. Si no eres capaz de ver que esa mujer estaba a punto de abalanzarse sobre ti es que estás más ciego que seis murciélagos.

—Sería más apropiado hablar de lo que yo quería y pretendía.

—Era hermosa.

—Tú también lo eres. ¿Qué tiene que ver con todo esto?

Ella se quedó boquiabierta y tardó unos segundos en conseguir moverse. Jamás le había dicho que fuera hermosa. La había dejado muda. Podía notar que la cabeza no le respondía bien mientras intentaba seguirle.

—No piensas eso de mí y no me importa. Además, no es donde quiero llegar.

Más tarde volvería a ese punto, pero, por el momento, se vació los bolsillos en la mesilla.

—¿Adónde quieres llegar, Brenna?

—Sé que cuando empezamos la discusión, cuando la empecé, no dije lo que esperaba —se pasó la mano por el pelo desesperada de que le hubiera abandonado su habilidad con las palabras—. Lo que quiero decir es que mientras sigamos así, hasta que uno de los dos decida que ya no da más de sí, a mí no se me ocurriría estar con otro hombre.

Él se sentó en el banco que había al pie de la cama para quitarse las botas.

—¿Quieres decir que ese aspecto de nuestra relación debe ser exclusivo? ¿Que ninguno de los dos verá a otra persona? ¿Es eso?

—¡Sí! Así lo veo yo.

Serían el uno del otro y había sido idea suya; casi una exigencia. Shawn pensó que había sido un primer paso muy firme para alcanzar el objetivo que se había marcado con ella. Se calló un rato para que ella pensara que lo estaba meditando.

—Yo también lo veo así, pero...

—¿Pero?

—¿Quién decidirá cuando cambiarán las cosas? ¿Cómo lo sabremos?

—No tengo una respuesta. No había pensado que se fuera a complicar tanto. No lo supe hasta que vi a esa cantante colgada de ti. No me gustó.

—Mientras te acaricie, no acariciaré a nadie más. Deberás confiar en mí.

—Confío en ti, Shawn —más tranquila, se acercó a él—. Sólo me preocupan las rubias de pecho grande.

—Últimamente mi gusto está cambiando hacia las pelirrojas bien proporcionadas.

Ella se rió al comprobar que ya no había frialdad en los ojos de Shawn.

—Ya, bien proporcionadas... ¿Nos hemos reconciliado?

—Es el principio —dio una palmada en el banco—. Quítate las botas y nos reconciliaremos un poco más.

Feliz de complacerle, se sentó y empezó a soltarse los cordones.

—He herido tus sentimientos. Lo siento mucho.

—No me importa discutir contigo, Mary Brenna —le acarició el pelo—. Pero no me gusta que creas que podría pensar en otra mujer de esa forma mientras estoy contigo.

—No lo pensaré —se quitó las botas y se levantó, pero lo miró con cautela al ver la forma en que él la miraba a ella—. ¿Qué pasa?

—Me gusta mirarte.

—No hay nada nuevo que ver.

—Quizá eso influya —le tomó la cara entre las manos y le pasó los dedos por el pelo—. Conozco esta cara —dijo serenamente— tan bien como la mía. Puedo repetirla mentalmente: la curva que va de la mejilla a la mandíbula —la recorrió con los labios—; la forma y el color de los ojos y el humor que reflejan —en ese momento comprobó que reflejaban sorpresa y cierta intranquilidad—; la boca —la rozó y se retiró cuando notó que la de ella se suavizaba—; los entrantes y salientes. Es una cara tan bella que me gusta verla cuando tú no estás.

—Es algo muy raro... —él posó su boca sobre la de ella para callarla.

—Además, está el resto —Shawn fue bajando las manos con un diestro movimiento de los dedos y tomó las de ella antes de que pudiera quitarse el jersey—. No, déjame a mí —levantó el jersey poco a poco—. Me gusta abrirme camino entre las capas de ropa que te pones encima hasta llegar a ese cuerpo maravilloso. Me enloquece la forma en que te lo cubres.

Ella habría suspirado si hubiese podido respirar.

—¿De verdad?

—Sigo maravillado de saber qué hay debajo de todo eso —le soltó el botón de los pantalones—. Lo he tenido debajo de mí —dejó que cayeran los pantalones—. Quítatelos, querida —susurró él mientras jugaba con el borde de la camiseta.

—Tengo el cuerpo de un chico de doce años.

—Yo he tenido doce años... —le quitó la camiseta y la miró de arriba abajo— y puedo asegurarte que te equivocas. Piel blanca como la leche y hombros anchos —inclinó la cabeza y rozó primero uno y luego el otro con los labios—. Además, esto —llevó lentamente las manos desde la cintura hasta los pechos. Ella primero se quedó sin respiración, luego suspiró y sintió un escalofrío—. Suaves, firmes y sensibles.

Ella se sentía a la deriva, arrastrada por el maravilloso movimiento de las manos de Shawn. Dejó escapar un grito, mitad de asombro y mitad de diversión, cuando él la elevó sujeta del pecho.

Pero el humor que brillaba en sus ojos se oscureció cuando él cerró la boca sobre su pecho y mordió delicadamente un pezón.

—Dios mío.

—Quiero que alcances el éxtasis —él pasó un dedo por la tirilla de algodón que todavía llevaba puesta y fue bajando la boca—. Y que cuando lo alcances digas mi nombre.

Metió un dedo por debajo del algodón dentro de la humedad ardiente.

Brenna se balanceó hacia él con una sacudida y le clavó los dedos en la espalda. El placer se apoderó de ella tan rápida, tan poderosa, tan abrumadoramente que se preguntó si podría resistirlo.

Dijo su nombre.

¿Volaba o caía en picado? Sintió que las piernas se le derretían, intentó situarse cuando él la llevó al borde de la cama.

—La luz.

La tumbó en la cama. Él se arrodilló y se inclinó sobre ella.

—Esta vez nos veremos claramente —se quitó la camisa mientras la miraba—. ¿Sabes lo excitante que es saber que puedo tomarte una y otra vez? ¿Que tienes tanto dentro de ti para ofrecerme?

Ella lo alcanzó y lo atrajo hacia sí.

—Te quiero dentro de mí.

—Primero quiero ablandarte —empezó a acariciarla con la boca y las manos—. Y que implores mi nombre.

—Cabrón —lo dijo con un gemido que a él le encantó—. Inténtalo.

Le pareció un reto maravilloso, y se dispuso a afrontarlo.

Sus manos podían ser delicadas como las alas de un hada o duras como el acero. Cada vez que la rozaban notaba una sensación nueva. Tenía una forma de hacer las cosas que ella no se había imaginado cuando quería que fuera su amante. Los hombres que había conocido antes no le habían dado tanto ni le habían llevado a ella a dar tanto. Con él sentía libertad. Una extraña mezcla de sorpresa perversa y reconocimiento inmediato.

Y confianza. Confianza absoluta.

Se abrió a él anhelantemente. Quizá no hubiera sido capaz de hacerlo de otra forma dada la destreza de él, pero deseaba tomar todo lo que él le ofrecía y corresponderle.

Se entregó aunque se sentía atravesada por descargas de sensaciones. Fue una rendición que no había concedido a nadie más.

Como si lo hubiera notado, él volvió a tomarla lentamente, casi como una tortura, y el cuerpo de ella se convirtió en una masa de nervios doloridos y a flor de piel.

Ella tenía la piel mojada y resbaladiza y el ardor que transmitía sólo alimentaba el deseo que albergaba el corazón de Shawn. Ella se movía contra él, bajo él, con un ritmo sinuoso y femenino que él intentaba seguir. Shawn tenía los ojos entrecerrados y fijos en su cara, mientras se esforzaba por contener su deseo y hacía que ella se estremeciera en el borde del abismo.

Ella dejó escapar el nombre de Shawn con un jadeo.

Él aumentó el ritmo casi con violencia, pero ella se arqueó para recibirlo, para aceptarlo, para seguirlo y sentir el choque de la carne contra la carne, de los corazones desbocados entre sí. Brenna levantó las caderas para que Shawn entrara más profundamente y ambos alcanzaron el delirio.

—No hay nadie como tú, Brenna —notaba el pulso como un tambor primitivo y constante—. Dímelo a mí, dímelo a mí.

—Nadie como tú.

Al decirlo, ella se desbordó de amor y él se vació dentro de ella.

15

Brenna tenía por costumbre levantarse temprano y ponerse con los asuntos del día. Las pocas veces que dormía hasta tarde, solía ser porque la noche anterior había bebido más de lo habitual.

Sin embargo, esa vez sólo había tomado agua
con gas y se quedó sorprendida al ver que el sol estaba en lo alto cuando abrió los ojos. La segunda
sorpresa no tardó en llegar, al darse cuenta de que
lo único que impedía que se cayera de la cama era
el brazo de Shawn que la tenía rodeada.

Él se había extendido por el centro de la cama
y la había empujado hasta el borde. Brenna pensó
que por lo menos había sido lo suficientemente considerado como para darse cuenta de que ella estaba
allí y no tumbarse encima.

Intentó darse la vuelta y lo empujó un poco para poder salir de la cama, pero él la sujetó con más
fuerza y la atrajo hacia sí hasta que se adaptó a su
cuerpo como dos cucharas en un cajón.

—A lo mejor tú eres un gandul que se pasa media mañana en la cama, pero yo no —empezó a moverse para soltarse y al hacerlo comprobó que no

todas las partes del cuerpo de Shawn estaban dormidas—. Te despiertas preparado, ¿no? —dijo entre risas mientras le apartaba los brazos—. Pues yo no. Quiero darme una ducha y tomar café.

Shawn respondió con un gruñido, pero le puso una mano en los pechos.

—Y las manitas quietas. No quiero saber nada hasta que haya tomado café.

Él le separó las piernas y comprobó que era una mentirosa.

—Muy bien —tenía la voz espesa por el sueño, pero el brazo que deslizó por debajo de ella tenía fuerza suficiente como para inmovilizarla—. Puedes quedarte quieta mientras te uso.

Más tarde, cuando Brenna se dirigió tambaleándose hacia la ducha, pensó que tampoco sería un sacrificio excesivo que la utilizara por las mañanas de vez en cuando.

Abrió el grifo de agua fría porque sentía que la piel le ardía todavía. Se metió en la vieja bañera con patas como garras, cerró la cortina e inclinó hacia atrás la cabeza debajo del raquítico chorro para mojarse el pelo.

La tarea no era fácil dada la escasez de agua y la abundancia de pelo, pero casi lo había conseguido cuando las cortinas se abrieron de par en par y se encontró con Shawn.

—No creo que vayas a darme mucha guerra aquí dentro cuando ha pasado tan poco tiempo.

—¿Apuestas algo? —preguntó mientras entraba en la bañera.

Habría perdido.

Las piernas de Brenna apenas la sujetaban cuando descolgó la toalla.

—Ahora mantén las distancias —dijo ella mientras se cubría con la toalla y el pelo goteaba por todos lados—. No puedo dedicarte más tiempo. Tengo que ir a casa.

—Entonces tampoco tendrás tiempo para unos crepes.

Se apartó el pelo empapado de delante de los ojos.

—¿Vas a hacer crepes?

—Es lo que había pensado, pero si tienes tanta prisa, me haré unos huevos revueltos.

Él ya estaba seco y cepillándose los dientes; un acto de auténtica intimidad.

—La verdad es que tampoco tengo tanta prisa. ¿Tienes un cepillo de sobra?

—No, pero dadas las circunstancias, puedes usar el mío.

Ella tenía uno en casa de Darcy, así como otras cosas esenciales, pero no se acordó de recogerlas la noche anterior.

—¿Te importaría que dejara algunas cosas aquí por comodidad?

Shawn se inclinó sobre el lavabo para enjuagarse e impidió que ella viera el brillo de triunfo en sus ojos. Un paso más, pensó.

—Hay sitio —le pasó el cepillo de dientes—. Utiliza lo que quieras. Voy a preparar café.

—Gracias.

Shawn salió y se puso los vaqueros y un jersey. Si no tuviera que ir al pub encontraría la forma de convencerla para que pasara el día con él. Pero sólo les quedaba una hora, más o menos.

Había comprobado claramente lo que sería estar juntos. Mañanas como esa que empezaban con el amor, seguían con la rutina de un desayuno y luego cada uno se iba a hacer su trabajo. Por la noche, Brenna se sentaría un rato en la cocina del pub mientras él trabajaba y luego se iría a casa para esperarle.

Mientras bajaba la escalera, recordó que todavía tenía que dar una serie de pasos antes de llegar a ese punto. Pero no podía concebir, ni quería, estar tan enamorado de una persona y no encontrar la forma de pasar la vida con ella.

Necesitarían una casa propia, una que les perteneciera. Con una cocina grande y suficientes habitaciones para la familia que formarían. Tenía ahorrado lo suficiente como para pensar en comprar un terreno. Calentó agua para el café y también sacó la tetera y el té, ya que él lo prefería para empezar el día.

Mezcló huevos, harina y leche y casi se le derrama todo al oír el golpe en la puerta trasera.

—Perdona —Mary Kate entró entre risas—. No quería asustarte —tenía las mejillas sonrosadas por el paseo y los ojos le brillaban de felicidad—. Es mi día libre y he pensado que podía hacerte una visita.

Empezó a pensar a toda velocidad en la forma de deshacerse de ella sin ofenderla. Pero sólo se le ocurría gritar «¡fuego!», y ya era demasiado tarde.

—¿Por qué no huelo a café? —preguntó Brenna—. Te agotas antes de las diez de la mañana y luego no eres capaz...

Se quedó muda al entrar en la cocina y ver a Mary Kate.

Mary Kate perdió todo el color de las mejillas y los ojos, abiertos de par en par, se tornaron sombríos. Nadie se movió durante unos instantes. Eran como los actores de una mala obra de teatro que sabían que, en cuanto se levantara el telón, se desencadenaría un desastre.

Shawn tomó a Mary Kate del brazo.

—Mary Kate —dijo amablemente. El tono compasivo hizo que Mary Kate reaccionara. Le apartó la mano y se dirigió hacia la puerta.

—¡Mary Kate, espera!

Brenna salió disparada hacia ella y se paró en seco en cuanto su hermana se dio la vuelta. El color había vuelto a sus mejillas; era un color profundo y cercano a la congestión fruto de la vergüenza y la ira.

—Te acuestas con él. Eres una mentirosa y una hipócrita —le soltó un tortazo que Brenna no intentó detener y que la tumbó—. También eres una puta.

—¡Ya está bien! —Shawn, con gesto severo, agarró el brazo de Mary Kate—. No tienes derecho ni a golpearla ni a hablarle de esa manera.

—No importa —Brenna se arrodilló; era todo lo que podía hacer con el terrible peso que notaba en el pecho.

—Importa mucho. Puedes enfurecerte lo que quieras conmigo —dijo Shawn a Mary Kate—. Y lo siento más de lo que te puedes imaginar si te he hecho daño de alguna manera, pero esto es algo entre Brenna y yo y no tiene nada que ver contigo.

Brenna quería llorar y también quería gritar, pero le daba miedo hacer las dos cosas a la vez. Mary Kate levantó la cabeza en un intento desesperado de mostrar algo de dignidad y se apartó de Shawn y Brenna.

—No teníais necesidad de dejarme en ridículo. Sabíais que tengo sentimientos. Los sigo teniendo, pero de odio hacia los dos.

Abrió la puerta y salió corriendo.

—¡Caray! —Shawn se agachó para ayudar a Brenna y le acarició la mejilla enrojecida—. Lo siento, lo siento. Ella no quería decir lo que ha dicho.

—Sí quería. En estos momentos, eso es exactamente lo que quería decir. Sé cómo van estas cosas. Tengo que ir detrás de ella.

—Iré contigo.

—No —se le desgarró una parte del corazón cuando se apartó de él—. Tengo que hacerlo sola. Le dolería más si nos viera juntos. ¿En qué estaría yo pensado? —se tapó los ojos con las manos—. ¿En qué estaría yo pensando?

—Estarías pensando en mí. Estaríamos pensando el uno en el otro. Tenemos derecho a hacerlo.

Se quitó las manos y abrió los ojos.

—Ella cree que te quiere. Tendría que haber pensado en eso también. Tengo que ir a ver qué puedo hacer.

—¿Y yo me voy a quedar aquí sin hacer nada?

—Es mi hermana —dijo Brenna mientras se marchaba.

Salió corriendo, pero Mary Kate llevaba bastante ventaja y tenía unas piernas más largas. Cuando Brenna la divisó, Mary Kate ya bajaba la ladera que llevaba al jardín de su casa con el enorme perro amarillo detrás como escolta.

—¡Mary Kate, espera! —Brenna aceleró la carrera y la alcanzó cuando estaba a punto de entrar en el jardín—. Para un segundo. Tienes que dejarme que te lo explique.

—¿Explicarme qué? ¿Que has estado echando un polvo con Shawn Gallagher? Eso quedó muy claro cuando entraste bailando en la cocina con el pelo mojado.

—No es exactamente así.

¿Pero no era así como había empezado todo?, pensó Brenna. ¿No había sido así en un principio?

—Los dos debéis haberos reído a gusto a mi costa.

—No es verdad. No se me habría ocurrido...

—¿Pensar en mí? —dijo Mary Kate con un grito mientras se giraba y el perro salía corriendo para esconderse—. Perfecto, eso lo arregla todo. Te acuestas con un hombre al que sabes que quiero y ni siquiera piensas en mí. Eres una puta.

Los ojos de Brenna resplandecieron en señal de advertencia.

—Me has llamado eso una vez y me lo he tragado. Me has tumbado de un tortazo y me he aguantado. Ya has dicho lo que tenías que decir, ahora me toca a mí.

—Puedes irte a la mierda —dijo Mary Kate empujando a su hermana, luego se giró sobre los tacones y se dirigió hacia la puerta.

Resopló cuando Brenna le puso una mano en el hombro.

—Si quieres resolver esto a base de tortazos y empujones, yo no tengo inconveniente.

Agarró un buen mechón del pelo de Mary Kate y dio un tirón con toda su fuerza. En ese momento, su madre se asomó a la puerta.

—¿Qué demonios está pasando? Mary Brenna, suelta a tu hermana en este instante.

—Cuando ella me pida disculpas por haberme llamado puta dos veces esta mañana.

—¡Puta! —Mary Kate tenía la vista nublada por las lágrimas y la ira, pero consiguió gritarlo—. Ya son tres.

Cayeron rodando en una maraña de brazos y piernas. Mollie se metió entre ellas sin dudarlo y las separó agarrándolas de lo que pudo. Era parecido a intentar separar a dos gatas furiosas y tuvo que darles una bofetada a cada una.

—Estoy avergonzada, completamente avergonzada de las dos. Ahora adentro, y la primera que diga una palabra sin mi permiso se llevará un buen tortazo.

Mary Kate se levantó, se limpió la ropa y bajó la cabeza. Cuando captó la mirada de Brenna deletreó la palabra puta con los labios. Tuvo la satisfacción de ver que Brenna intentaba ir hacia ella y que se llevaba una bofetada.

—Una mujer adulta —decía Mollie mientras las arrastraba hacia la casa, donde Mick las esperaba intentando parecer enfadado; Alice Mae las miraba con los ojos como platos y la cara de Patty aparecía por encima del hombro de su padre con expresión de estar por encima de esas cosas.

—¡Sentaos! —señaló la mesa con el dedo y lanzó una mirada gélida a sus otras hijas—. Patty, Alice Mae, espero que tengáis algo que hacer, porque si no yo os puedo dar algunas tareas.

—Te ha atizado una buena, Brenna —Alice Mae chasqueó la lengua mientras miraba la mejilla de Brenna.

—No tendrá una segunda ocasión.

—Silencio —Mollie, a punto de perder la paciencia, señaló la puerta—. Largo de aquí.

—Vámonos, Alice. No tiene ningún sentido mirar a estas salvajes —dijo Patty.

En cuanto salieron se pusieron de cuclillas para intentar escuchar algo.

Mick también hizo ademán de marcharse, pero Mollie lo detuvo con una mirada implacable.

—Ah, no. Tú, no, Michael O'Toole, esto te incumbe a ti tanto como a mí. Veamos —se puso en jarras—. ¿Cómo ha empezado todo, Brenna?

—Es un problema personal entre Mary Kate y yo —primero miró a su madre y luego a su padre que había ido a servirse una taza de té.

—Deja de ser un problema personal cuando una llama cosas espantosas a la otra y las dos os enzarzáis a arañazos como si fueseis gatas callejeras. Tendrás veinticuatro años, Mary Brenna Catherine O'Toole, pero vives bajo este techo y no voy a tolerar ese comportamiento.

—Lo siento —Brenna cruzó las manos encima de la mesa y se preparó para mantener su postura.

—Mary Kate, ¿qué dices tú?

—Que si ella va a vivir bajo este techo, yo no.

—Eso lo decides tú cuando quieras —dijo Mollie sin alterarse—. Todas mis hijas sois bien recibidas en esta casa mientras queráis.

—¿Las putas también?

—Cuidado con lo que dices, niña —Mick dio un paso—. Si queréis pelearos y arrancaros el pelo allá vosotras, pero a tu madre le hablas con respeto y no vas a decir eso de tu hermana.

—¿Por qué no lo niega?

—Mary Kate —la voz de Brenna sonó como un susurro y era más una súplica que una advertencia.

Los labios de Brenna temblaban, pero Mary Kate se sentía ciega de ira.

—A ver si es capaz de negar que ha pasado la noche en la cama de Shawn Gallagher.

Mick rompió la taza de té al golpearla contra la encimera. Brenna sólo pudo cerrar los ojos invadida por la vergüenza y la tristeza.

—No voy a negarlo. No voy a negar que he estado más veces y que siempre lo he hecho libremente. Siento hacerte daño —se levantó temblando—. Pero no soy una puta por quererlo. Y sabes que si me obligas a elegir entre él y tú, te elegiría a ti.

Necesitó reunir todo el valor que tenía para mirar a sus padres. La comprensión que había en los ojos de su madre habría sido un bálsamo de no ser por la sorpresa infinita que se leía en los de su padre.

—Lo siento mucho. Siento no haber sido sincera con vosotros, pero no puedo seguir hablando de esto. No puedo.

Salió corriendo y habría pasado por encima de sus hermanas si Patty no llega a sujetarla.

—No pasa nada, cariño —murmuró mientras abrazaba a su hermana.

Eso la derrumbó. Rompió a llorar y las lágrimas le abrasaban la garganta. Subió corriendo las escaleras sin ver por dónde iba.

En la cocina, Mollie no apartaba los ojos de su hija pequeña. Le dolía el corazón por sus dos hijas, pero tenía que aplicar la disciplina y ofrecer consuelo de forma separada.

Sólo se oía la respiración entrecortada de Mary Kate. Mollie respetó el silencio un rato y se sentó en la silla que había dejado libre Brenna.

Nadie se dio cuenta cuando Mick salió por la puerta trasera.

—Sé lo que significa que sientas algo por alguien —empezó a decir tranquilamente Mollie—. Lo que es pensar que él es la luz más resplandeciente y que contestará todas las respuestas y llenará todos los huecos, tengas veinte años o cuarenta. No pongo en duda lo que sientes en tu corazón, Katie.

—Le amo —elevó la voz desafiantemente, como si fuese su única defensa, pero una lágrima rodó por su mejilla—. Y ella lo sabía.

—Es muy penoso sentir eso por alguien que no lo siente por ti.

—Pudo haberlo sentido, pero ella se arrojó en sus brazos.

—Katie, querida.

Pudo haber dicho muchas cosas: que era un hombre demasiado mayor para ella; que era un capricho pasajero; que te enamoras una docena de veces antes de que sea algo importante que se afianza dentro de uno. Pero tomó la mano de Kate.

—Shawn se ha fijado en Brenna —lo dijo con toda serenidad—. Y lo hizo hace mucho tiempo. Y ella en él. Ninguno de los dos son de los que hacen las cosas despreocupadamente para herir a otro. Lo sabes.

—No se preocuparon por mí.

—Tenían los ojos puestos el uno en el otro y no se fijaron en ti por un momento.

Era peor, cien veces peor, que la trataran con compasión y que además hicieran que se sintiese ridícula.

—Lo dices como si estuviera bien que hayan hecho eso.

Mollie pensó que era un argumento débil e inestable.

—No hablo de eso, es algo que sólo incumbe al corazón y la conciencia de Brenna. No eres quién para juzgarla, ni lo soy yo. No podemos arrojar la primera piedra.

Las lágrimas empezaron a rodar libremente y con ellas el resentimiento.

—Te pones de su lado.

—Te equivocas, ya que tengo dos hijas dolidas y quiero a las dos en la misma medida. Si hay alguien que se ha puesto del lado de otra ha sido Brenna. No sabes lo que ella siente por Shawn ni la profundidad de ese sentimiento, pero ella lo dejaría por ti. ¿Es lo que quieres, Kate? ¿Aliviaría eso tu dolor y tu orgullo?

Se sintió arrastrada por un torbellino interior y rompió a llorar como una niña con la cabeza sobre la mesa.

Un hombre, un padre, no tenía más remedio que afrontar esas situaciones. Mick habría preferido que le hubieran cortado todos los dedos de las manos antes de usarlos para golpear en la puerta de la casa de Shawn.

Pero no podía hacer otra cosa.

Su hija se había entregado a un hombre y él la había tomado. Lo cual había hecho añicos las ilusiones que tenía puestas en su primogénita. No era tonto y sabía que las mujeres jóvenes, las viejas y las que no eran ni una cosa ni la otra, tenían ciertas necesidades. Pero cuando se trataba de su orgullo y su felicidad, no le importaba hacer frente a esas necesidades.

También conocía, como cualquier otro, las necesidades de los hombres. Apreciaba mucho a Shawn Gallagher, pero eso no alteraba el hecho de que el canalla le había puesto las manos encima a su hija.

Llamó a la puerta dispuesto a tratar el asunto de forma franca y civilizada.

Cuando se abrió la puerta, Mick lanzó un puñetazo a la cara de Shawn.

La cabeza de Shawn voló hacia atrás y tuvo que dar dos pasos para no perder el equilibrio. Mick pensó que era más duro de lo que parecía. Había sido un buen golpe.

—Defiéndete, hijo de perra. He venido a romperte todos los huesos —Mick seguía con los puños cerrados y en guardia.

—No voy a hacerlo, señor —la cabeza de Shawn daba vueltas y sólo quería mover la mandíbula para ver si se la había roto. Pero se mantuvo de pie con los brazos en los costados. El hombre tenía la mitad de su tamaño y el doble de edad—. Puede darme otro puñetazo si cree que debe hacerlo, pero yo no voy a pelearme con usted.

—Entonces eres un cobarde —Mick entró con un par de movimientos ágiles, como un boxeador que se prepara para el asalto siguiente. Dio un golpecito en el pecho de Shawn y amagó otro en el rostro. A su pesar, sintió cierta admiración. El muchacho ni siquiera pestañeó.

—Está defendiendo a su hija. No puedo luchar contra lo que yo haría si estuviera en su lugar —sin embargo, de repente, se le pasó una cosa espantosa por la cabeza y cerró los puños—. ¿Le ha levantado la mano por esto?

Era un insulto mezclado con impotencia.

—Por Dios Bendito, muchacho, jamás le he levantado la mano a ninguna de mis hijas. Su madre se ocupa de eso si cree que lo necesitan.

—Entonces, ¿está bien? ¿Puede asegurarme que está bien?

—No, se la ha cargado y algún golpe se ha llevado —Mick suspiró profundamente y bajó los puños. No tenía fuerza moral para volver a usarlos. Pero tampoco había terminado—. Tienes que responder a algunas preguntas, joven Gallagher.

Shawn asintió con la cabeza.

—Muy bien. ¿Quiere que lo haga aquí o en la cocina con un whisky?

Mick se frotó la barbilla pensativamente.

—Tomaré un whisky.

Todavía sentía que la furia le revolvía las tripas, pero siguió a Shawn hasta la cocina y esperó a que sirviera dos vasos.

—¿Quiere sentarse, señor O'Toole?

—Vaya, a estas alturas te pones educado.

Se sentó con el ceño fruncido y miró a Shawn por encima del vaso.

—¿Has puesto tus manos encima de mi hija?

—Sí.

Mick apretó los dientes y volvió a cerrar los puños.

—¿Cuáles son tus intenciones para con Mary Brenna?

—La amo y quiero casarme con ella.

Mick se atragantó. Se pasó una mano por el pelo, se bebió de un trago el whisky y alargó el brazo para que le sirviera más.

—¿Y por qué no lo has dicho antes?

—Ah... —Shawn, cautelosamente, se pasó una mano por la mandíbula y la movió de lado a lado. Decidió que no estaba rota—. Es un secreto.

—¿Por qué?

—Brenna no lo sabe todavía. Si se lo digo, ella se opondrá, por llevar la contraria. Estoy intentando que sea ella quien lo proponga como si fuese idea suya. Así podrá amargarme la existencia hasta que yo acepte.

Mick lo miraba atónito. Sacudió la cabeza y dejó el vaso.

—Vaya, sí que la conoces bien...

303

—Desde luego. Y la amo con todo mi corazón. Quiero pasar el resto de mi vida con ella. No hay nada que quiera tanto. Así que... —Shawn se bebió el whisky—. Eso es todo.

—Sabes cómo aplacar el ánimo de un hombre —Mick volvió a beber—. Adoro a mis hijas, Shawn, a todas ellas. Cada una es como una alhaja para mí. Cuando llevé al altar a Maureen, me sentí orgulloso, pero mi corazón estaba roto. Algún día sabrás lo que es eso. Pronto tendré que hacer lo mismo con Patty. Ambas han elegido hombres a los que me complazco en llamar hijos.

Acercó el vaso y esperó a que Shawn lo llenara.

—Brenna tiene tan buen gusto y sentido común como sus hermanas, si no mejor.

—Gracias —Shawn, aliviado, se sirvió otro vaso—. Estoy deseando que llegue a esa conclusión enseguida, pero es dura de pelar, si no le importa que se lo diga.

—No me importa, estoy orgulloso de ello —Mick se calló y frunció el ceño—. No apruebo el asunto que os traéis entre manos —comprobó que Shawn era lo suficientemente hombre como para aguantarle la mirada y lo suficientemente inteligente como para no dar su opinión. ¿Quién habría pensado que Brenna iba a encontrarse con la horma de su zapato en él?—. Pero es mayor de edad, y tú también. Que yo lo apruebe o no no va a cambiar las cosas..., bueno, no quiero seguir hablando de esto.

Bebieron en un prudente silencio.

—Señor O'Toole...

—Creo que tal y como van las cosas puedes llamarme Mick.

—Mick, siento mucho lo de Mary Kate. Te lo juro. Yo nunca...

Mick agitó una mano antes de que terminara.

—No puedo culparte de eso. Nuestra querida Katie tiene fantasías y un corazón joven y tierno. No me gusta saber que se lo han herido, pero no tienes la culpa.

—Brenna se culpará a sí misma y se apartará de mí. Si no la amara, dejaría que se fuera.

—Tiempo —Mick terminó el vaso y decidió que era una mañana excelente para emborracharse un poco—. Cuando te haces viejo, empiezas a confiar en el tiempo. Aunque no quiero decir con esto que te sientes de brazos cruzados a esperar.

—Estoy buscando un terreno —dijo Shawn de repente. El whisky empezaba a hacerle efecto y no le importaba lo más mínimo.

—¿Qué estás diciendo?

—Comprar un terreno. Para Brenna. Seguro que quiere hacerse una casa, ¿no te parece?

Los ojos de Mick se llenaron de lágrimas.

—Toda su vida ha soñado con eso.

—Ya sé que siempre ha soñado con construir algo desde el principio, y espero que pueda hacerlo con el teatro.

—¡Ajá! Voy a echarle una mano con los dibujos del proyecto.

—¿Te ocuparás de que me lleguen para que pueda pasarlos? A lo mejor se siente incómoda si tiene que dármelos ella.

—Los tendrás mañana.

—Perfecto. El teatro es importante para Brenna, para nosotros y para Ardmore. Pero una casa... es más importante que cualquier negocio.

—Lo es, y lo será para ti y para Brenna.

—¿Si oyes algo que pueda interesarme me lo dirás?

Mick sacó un pañuelo y se sonó la nariz. Se alegró de que Shawn volviera a llenar el vaso sin que se lo pidiera.

—Lo haré.

Mick miró la mandíbula de Shawn con los ojos entrecerrados y algo brillantes por la bebida.

—¿Qué tal la cara?

—Me duele como si una mula me hubiera dado una coz.

Mick soltó una carcajada y chocó su vaso con el de Shawn.

—Bueno, algo es algo.

Mientras Mick y Shawn daban cuenta de la botella, Mollie tenía una tarea bastante ardua. Necesitó más de una hora de caricias y consuelo hasta que pudo arropar a Mary Kate para que se echara una cabezada. A ella le dolía la cabeza, pero se presionó los ojos para aliviar la tensión antes de entrar en la habitación de Brenna.

Se recordó a sí misma que había querido tener bastantes hijos. Se lo habían concedido y estaba agradecida.

También estaba cansada.

Brenna estaba acurrucada en la cama con los ojos cerrados. A su lado estaba sentada Alice Mae que le acariciaba el pelo. A los pies de la cama, Patty se daba golpecitos en los párpados.

Era una escena enternecedora. Patty era una romántica que daría su vida por Brenna en este asunto. Alice Mae, bendita fuera, no podía soportar que alguien sufriera.

Bastó un gesto de Mollie para que Patty y Alice Mae se levantaran y se fueran.

—Quiero hablar con Brenna a solas.

Hizo que salieran antes de que pudieran hacer preguntas y cerró la puerta.

Mollie vio que Brenna estaba tensa.

—Lo siento —Brenna mantuvo los ojos cerrados. Tenía la voz áspera—. No puedo decir otra cosa. No me odies.

—¡Qué tontería —utilizó un tono más animado que con Mary Kate. Mollie se sentó y agitó ligeramente a Brenna por los hombros—. ¿Por qué iba a hacerlo? ¿Crees que soy tan vieja como para no conocer los sentimientos que se agitan en una mujer?

—No, no —Brenna se sentía desgraciada y se movió para apoyar la cabeza en el regazo de su madre—. Mamá, todo ha sido culpa mía. Yo empecé. Yo quería a Shawn y fui a por él. Insistí hasta que... bueno, es un hombre...

—¿Eso es todo lo que hay entre vosotros, Brenna? La necesidad y el acto...

—Sí. No —apretó la cabeza para recibir consuelo—. No lo sé. Ya no importa.

—Es lo más importante.

—Ya no puedo estar con él. Nunca volveré a verle de la misma manera. Si supieras cómo nos miró Mary Kate, cómo me miró. Todo el dolor que reflejaba su cara antes de que se pusiese furiosa. No pensé en ella en ningún momento —se tumbó de espaldas mirando al techo—. Sólo pensé en mí y en lo que sentía cuando estaba con él. Por ello os mentí a ti y a papá. ¿Cómo podríais volver a confiar en mí?

—No te voy a decir que estuviera bien mentir, pero sabía que era mentira cuando me lo dijiste —hizo un gesto burlón cuando Brenna la miró—. ¿Crees que yo le contaba a mi madre que me escabullía de casa en las cálidas noches de verano para que Michael O'Toole me volviera loca con sus besos? —sonrió al recordarlo—. Llevamos veintiséis años casados y tenemos cinco hijas, y mi madre sigue convencida de que me fui casta a la cama todas las noches antes de la boda.

Brenna dio un largo suspiro, se sentó, rodeó a Mollie con los brazos y apoyó la cabeza en su hombro.

—Lo necesito, mamá, lo necesito mucho. Pensé que me calmaría después de probarlo, que todo volvería a ser como había sido siempre. Pero no me calmó. Lo he estropeado todo por no decirle a Katie que ese hombre era mío y que se buscara otro. Ahora ya no puedo volver con él.

—Contéstame una cosa con toda la sinceridad que puedas —Mollie se separó un poco y la miró a la cara—. ¿Habría mirado Shawn a Mary Kate si no llegas a estar tú?

—Pero eso no es...

—Contesta, Brenna.

—No —resopló con pena—. Pero no le habría hecho daño si no llega a ser por mí.

—No se puede negar que habéis hecho mal algunas cosas, pero Mary Kate también es responsable de su corazón y del daño que pueda sufrir. Torturarte no va a cambiar ni lo que ha pasado ni lo que pasa. Descansa un poco —la besó en la frente—. Lo verás todo más claro cuando no te duela la cabeza. ¿Quieres un té y tostadas?

—No, pero gracias. Te quiero mucho.

—Bueno, pero no quiero ver más lágrimas. Si cae una lágrima más tendremos que salir remando. Quítate las botas y acuéstate.

Arropó a Brenna como había hecho con Mary Kate. Se quedó sentada un rato y cuando notó que Brenna estaba tranquila se levantó para que el sueño cumpliera su labor curativa.

Al pasar por la ventana, se detuvo, dio un paso atrás y se quedó petrificada al ver a su marido haciendo eses y tropezándose camino de casa.

—¡Por todos los santos! Ese hombre está borracho y no es mediodía —se echó las manos a la cabeza—. ¡Que familia...!

16

Vestirse para ir a trabajar era una empresa nada desdeñable. Afortunadamente, ya estaba vestido. Ni se planteó afeitarse. Aunque hubiera querido pasarse una hoja por la delicada mandíbula, no estaba tan sobrio como para estar seguro de no cortarse el cuello en el intento.

Dejó las cosas como estaban y, tambaleándose, pensó que a lo mejor era una buena idea ponerse los zapatos.

Bub, que era una criatura perversa, aprovechó la ocasión para meterse entre sus piernas y para darle un arañazo cuando intentó apartarlo con la mano.

—Maldito canalla —se miraron con profundo desprecio y a una distancia prudencial—. Puedo aceptar un tortazo de Mick O'Toole, pero no tengo por qué soportarlo de ti engendro satánico —se abalanzó sobre él, pero el gato lo esquivó y acabó golpeándose la dolorida mandíbula en el suelo—. ¡Joder, ya está bien!

Consiguió ponerse a cuatro patas. Ese diablo las pagaría. Más tarde. Dejaría que se pensara que había ganado la batalla y se vengaría en el momento más inesperado.

Shawn se curó la mano mientras seguía dándole vueltas al asunto y salió de la casa. Se dirigió hacia el coche por costumbre, pero se detuvo, para agarrarse a la verja del jardín.

Estaba seguro de que podía conducir. Podía aguantar la bebida, ¿no? ¡Por amor de Dios!, era un Gallagher. Pero a juzgar por cómo estaban las cosas, lo más probable era que se saliera de la carretera y que se dejara los dientes en el volante.

Decidió que era mucho mejor caminar. Le aclararía la cabeza y las ideas. Se puso en marcha carretera abajo, prestando mucha atención a los baches y los surcos y silbando para entretenerse un poco.

Tropezó un par de veces, pero sólo se cayó una. Naturalmente, en la caída se golpeó la rodilla contra la única piedra que había en el camino. Estaba intentando recuperarse, ya cerca del pueblo, cuando el coche de Betsy Clooney, con todos sus hijos, se paró junto a él.

—Shawn, ¿te pasa algo? ¿Has tenido un accidente?

Él sonrió. Betsy tenía una buena prole de niños rubios de ojos azules. Los dos del asiento trasero estaban jugando, pero la más pequeña lo miraba con ojos asombrados desde su silla mientras chupaba una piruleta roja.

—¡Hola, Betsy! ¿Qué tal va todo?

—¿Has tenido un accidente de coche? —Betsy abrió la puerta y salió rápidamente, mientras él son-

311

reía a su hija y se tambaleaba como si le hubiesen dado una paliza.

—No, estoy dando un paseo.

—Sangras por la mano, tienes un moratón en la cara y el pantalón rasgado en la rodilla.

—¿De verdad? —bajó la mirada al pantalón y vio el barro y el agujero—. ¡Mierda! Perdón —dijo inmediatamente al acordarse de los niños.

Pero ella estaba lo suficientemente cerca como para notar y oler la realidad.

—Shawn Gallagher, estás borracho.

—Un poco, me temo —habían ido juntos al colegio y le dio una palmada amistosa en el hombro—. Tienes unos hijos encantadores, Betsy, pero tu hija mayor está intentando estrangular a su hermano y está a punto de conseguirlo.

Betsy miró a sus hijos, dio un grito de advertencia y los dos niños se separaron.

—Mi madre hacía lo mismo —Shawn la miró con admiración—. La mitad de las veces bastaba con una mirada para que se te helara la sangre. Bueno, tengo que seguir.

—Déjate de tonterías. Móntate en el coche y te llevaré a casa.

—Gracias, pero voy a trabajar.

Ella puso los ojos en blanco y abrió la puerta del coche.

—Da igual. Móntate y te llevaré —y que los Gallagher se ocupen de los suyos, pensó.

—Eres muy amable. Gracias, Betsy.

Los niños estaban tan divertidos con el borracho señor Gallagher que se portaron perfectamente hasta que su madre lo dejó detrás del pub.

Él se despidió alegremente con la mano, abrió la puerta, dio un traspié con el escalón y estuvo a punto de caerse de bruces por segunda vez esa mañana. Se agarró del borde de la encimera y esperó a que la cocina dejase de dar vueltas.

Con los pasos cautelosos propios de los borrachos, se acercó al armario y sacó una sartén y un cazo.

Se tambaleaba delante de la nevera preguntándose qué demonios debía hacer con todo lo que había dentro, cuando Darcy entró echando fuego por los ojos.

—Llegas casi una hora tarde y mientras tú ganduleabas en la cama, han avisado que llegan un par de autobuses de turistas a los que sólo podremos darles unos cacahuetes y unas patatas para que llenen el estómago.

—Me ocuparé de eso inmediatamente.

—¿Puedo saber qué ponemos de plato del día? —se detuvo y lo miró de arriba abajo. Notó que le daban vueltas los ojos—. ¿Has visto que aspecto tienes? Estás sucio, sangras y tienes el pantalón roto. Has estado bebiendo.

—Sí —se dio la vuelta y le sonrío con la sonrisa inofensiva y amable de los borrachos—. Abundantemente.

—Muy bien, mamarracho, siéntate antes de que te caigas.

—Puedo mantenerme de pie. Voy a hacer pasteles de pescado, creo.

—Seguro —divertida, Darcy lo llevó a la mesa y lo sentó. Le miró la mano y decidió que tampoco era tan grave—. Quédate donde estás.

Salió en busca de Aidan.

—¿Cómo que está borracho? —dijo Aidan después de que Darcy le hablara al oído.

—Creo que sabes lo que quiere decir esa palabra, pero si no te acuerdas, puedes ir a la cocina y echar una ojeada a tu hermano.

—¡No puede ser! No tengo tiempo.

En ese momento sólo había unos cuantos clientes, porque acababan de abrir, pero antes de media hora esperaban a unos sesenta turistas hambrientos después de una excursión a Waterford.

—Entonces, quédate en la barra.

—Ni hablar, no me lo pierdo ni por un millón de libras.

Siguió a Darcy a la cocina.

Shawn cantaba sobre la naturaleza distante de Peggy Gordon con su voz de rompecorazones. A la vez, vertía zumo de limón en un cuenco con un ojo cerrado y tambaleándose ligeramente.

—¡Coño, Shawn! Estás medio cocido.

—Más de tres cuartos, la verdad sea dicha —perdió la cuenta del limón y echó un poco más por si acaso—. ¿Tú qué tal estás, Aidan?

—Apártate de ahí antes de que envenenes a alguien.

Shawn, ofendido, se dio la vuelta y tuvo que apoyarse en la encimera para no caerse.

—Estaré borracho, pero no soy un asesino. Puedo hacer pastel de pescado con los ojos cerrados.

Además, te recuerdo que ésta es mi cocina y que yo doy las órdenes aquí.

Se dio un golpe en el pecho con el pulgar para reforzar la afirmación y casi se cae sentado.

Levantó la barbilla para intentar recuperar algo de dignidad.

—Así que vosotros a lo vuestro que yo tengo que trabajar.

—¿Qué te has hecho?

—El demonio del gato me ha arañado —Shawn levantó la mano y miró las gasas rojas con el ceño fruncido—. Pero me las va a pagar, podéis estar seguros.

—Por el momento, yo apostaría por el gato. ¿Sabes hacer pastel de pescado, Darcy? —preguntó Aidan.

—Ni la más remota idea —contestó ella jocosamente.

—Entonces ve a buscar a Kathy Duffy, por favor, pregúntale si nos puede conceder una hora, que tenemos una emergencia.

—¿Una emergencia? —Shawn miró alrededor con los ojos vidriosos—. ¿Dónde?

—Acompáñame, majete.

—¿Dónde? —volvió a decir Shawn.

Aidan lo agarró de la cintura.

—A pagar tus culpas.

—Si lo llevas arriba —gritó Darcy mientras descolgaba el teléfono—. Te agradecería que limpiaras todo lo que se pueda manchar.

—Llama a Kathy Duffy y ocúpate de la barra —Aidan arrastró a Shawn escaleras arriba.

—Puedo cocinar sobrio o borracho —insistía Shawn—. No sé por qué te pones así. Sólo son unos malditos pasteles de pescado —dio un sonoro beso a Aidan en la mejilla.

—Siempre has sido un borracho simpático.

—¿Por qué no iba a serlo? —Shawn pasó un brazo por el hombro de su hermano y se tropezó—. Mi vida se ha ido a la mierda y es mejor verla a través del whisky.

Aidan lo llevó hasta el inmaculado cuarto de baño de Darcy entre gruñidos de comprensión.

—Te has peleado con Brenna, ¿verdad?

—No, pero sí con todo bicho viviente. He pasado la noche haciendo el amor con la mujer con la que quiero casarme. Que lo sepas, Aidan, es completamente distinto estar dentro de una mujer a la que amas. Quién iba a decirlo...

Aidan pensaba en la dificultad de desnudar a Shawn y en el desastre que se podía organizar si no lo hacía. Dejó a su hermano contra la pared.

—Mantente un rato en pie.

—De acuerdo —obedientemente apoyó todo su peso en la pared—. Ella piensa que sólo es sexo, ¿sabes?

—Ya, bueno... —Aidan se agachó para quitarle las botas todo lo rápidamente que pudo, aunque estaban atadas a conciencia—. Las mujeres son unas criaturas muy extrañas.

—A mí siempre me han gustado. Las hay de todos los tipos. Pero ésta es como si me hubiera clavado un rayo en el corazón. Todo es ardiente, brillante e inestable. No pienso dejar que se escape. He dicho.

—Así se habla.

Le quitó las botas y los vaqueros, y como si no hubiese hecho otra cosa en su vida, consiguió dejar a su hermano como vino al mundo. Sabía lo que venía después, así que él también se quitó los pantalones y la camisa.

—Adelante.

—No puedo ir a ninguna parte. Estoy desnudo. Van a detenerme.

—Yo pagaré la multa, no te preocupes.

No sin cierta compasión, Aidan abrió el grifo de agua fría de la ducha y metió a su hermano debajo del chorro.

El alarido estuvo a punto de dejarle sordo y los insultos retumbaron en sus oídos. Pero Aidan se mantuvo firme, esquivó algún puñetazo y sujetó a Shawn con una llave de lucha libre para mantenerlo debajo del agua.

—Me vas a ahogar, cabrón.

—Todavía no —con un movimiento brusco, Aidan utilizó la mano libre para tirarle del pelo y que el agua le cayera por la cara—. Si cierras la boca y tomas aire, saldrás de esta.

—Pienso despellejarte vivo.

—¿Crees que me divierte? —tuvo que contener la risa mientras volvía a echar la cabeza de Shawn hacia atrás—. ¿Estás mejor?

Shawn contestó con un borboteo. Aidan lo mantuvo un rato más debajo del chorro y cerró el grifo. Estuvo lo suficientemente rápido como para apartarse antes de dar a su hermano una de las maravillosas toallas de Darcy.

—Bueno, tu aspecto es lamentable, pero ya no tienes los ojos inyectados de sangre. ¿Vas a vomitarme encima?

Shawn se ató la toalla a la cintura e intentó adoptar un aire digno.

—Una cosa es ahogarme, pero otra es insultarme. Te partiré la cara por ello.

Aidan comprendió que lo peor había pasado y arqueó una ceja.

—Al parecer, alguien ha intentado partirte la tuya. ¿Ha sido Brenna?

—No, su padre.

—¿Mick O'Toole? —Aidan se secó el pecho—. ¿Mick O'Toole te ha atizado?

—Sí, pero ya hemos aclarado las cosas.

Shawn salió de la bañera molesto porque había desaparecido la deliciosa neblina del whisky y llegaría el turno del dolor de cabeza, de piernas, de manos. De corazón.

—¿Os habéis emborrachado juntos?

—Fue parte del tratamiento.

Se sentó en el retrete para vestirse y le contó a Aidan lo que había pasado esa mañana.

—Has tenido un día bastante movido —Aidan le puso una mano en el hombro—. Puedo pedirle a Kathy Duffy que haga todo el turno.

—No, puedo trabajar. Me mantendrá ocupado mientras pienso lo que tengo que hacer —se levantó—. No pienso perderla, Aidan, haga lo que tenga que hacer.

—Una vez me diste un consejo en asuntos del corazón. Ahora te devuelvo el favor. Encuentra las palabras correctas y díselas. Me imagino que cada mujer necesita unas palabras distintas, pero cuando las cosas se han aclarado, todas quieren decir lo mismo.

• • • •

Antes de volver a bajar, Shawn se arregló y ordenó el cuarto de baño de Darcy. No merecía la pena exponerse a una bronca de su hermana si lo dejaba como estaba. Como empezaba a notar la amenaza de un espantoso dolor de cabeza, buscó los ingredientes del remedio familiar para la resaca y los mezcló en un vaso.

No podía asegurar que se encontrara perfectamente, pero sí podría pasar el día sin terminar de estropearlo del todo.

A juzgar por la mirada de compasión que le lanzó Kathy Duffy cuando entró en la cocina, tampoco debía tener un aspecto muy presentable.

—Toma, muchacho —le acercó una taza de té bien cargado—. Tómate esto y aclárate las ideas. Por el momento, lo tengo todo controlado.

—Se lo agradezco. Ya sé que lo dejé todo manga por hombro.

—¿Acaso no puede uno hacer lo que le dé la gana de vez en cuando? —iba y venía mientras hablaba y vigilaba la sartén y la cazuela que tenía en el fuego—. Estoy haciendo pasteles de pescado que se están vendiendo muy bien. Tenías berberechos y he hecho una sopa que ya se puede servir si alguien quiere probarla. Por ahora casi todo el mundo quiere patatas fritas, pero también he frito unas cebollas.

—Es usted una joya, señora Duffy.

Ella se sonrojó.

—Vamos, déjate de tonterías. Tu madre no habría hecho menos por uno de mis hijos.

Sirvió unos trozos de pescado en unos platos y añadió patatas, un poco de perejil y remolacha picada.

Darcy entró a por los pedidos como si estuvieran sincronizadas.

—Vaya, el muerto ha resucitado —dijo mientras miraba a su hermano de arriba abajo—. Aunque a juzgar por tu aspecto habría que enterrarte.

—Bueno, sólo está un poco perjudicado. Sé una buena chica y no te metas con él.

Shawn sonrió amplia y amargamente a su hermana por encima del hombro de Kathy mientras ella llenaba la bandeja.

—Vamos a necesitar dos platos de tu sopa, uno de pastel de pescado con cebollas fritas y otro más de pescado con patatas. Además, todos querrán un poco de esa ensalada que has preparado mientras mi hermano se encontraba perjudicado.

—Oído, querida.

Darcy levantó la bandeja, lanzó una mirada asesina a su hermano y salió cantando: «Whisky de desayuno...».

—Yo me encargo de los fritos si no le importa ocuparse de las ensaladas, señora Duffy.

—¿Puedes hacerlo, muchacho?

—Sí, no se preocupe.

—Es mejor estar ocupado, pero ten cuidado con la mano. Esos arañazos son muy malos —le dio una palmadita cuando se cruzaron—. Y cuando Brenna venga a trabajar esta tarde, haréis las paces, hazme caso.

Si le hubiera golpeado en la cabeza con el rodillo de amasar, le habría impresionado menos.

—¿Brenna?

—Creo que los dos tenéis que aclarar un par de cosas —Kathy siguió mezclando la ensalada tan contenta—. A veces los enamorados no se entienden.

Shawn se recuperó y entrecerró los ojos.

—Darcy —dijo sombríamente, con rencor, y con una cierta violencia premeditada.

—¿Darcy? —Kathy se rió ruidosamente y alineó los cuencos—. No necesito que Darcy me diga lo que puedo ver con mis propios ojos. ¿Acaso no estaba yo en el pub anoche?

—Anoche apenas hablé con Brenna —puso a calentar los pasteles con cara de pocos amigos—. Los dos estábamos muy atareados.

—Podía esperar esa respuesta de casi todos los hombres, pero tú eres poeta y sabes muy bien lo que se puede decir con una mirada. Los dos os mirabais cada vez que salías de la cocina. Algo que llevaba esperando años, por otra parte.

—Maldita sea —lo dijo entre dientes pero ella tenía un oído finísimo.

—¿Qué pasa? Es maravilloso que los dos empecéis a bailar al mismo son.

Es una mujer incapaz de callarse ni debajo del agua, pensó Shawn.

—Escuche, señora Duffy, y espero que le dé la importancia que yo le doy, si, tal y como van las cosas, Brenna oye algo de... bailar al mismo son, como usted ha dicho, ella cambiará el paso inmediatamente.

Kathy echó una ojeada a los fritos y volvió a la sopa.

—¿Desde cuándo Mary Brenna ha escuchado algo que no quiera oír? El oído de esa muchacha es tan terco como el resto de su cuerpo. Te deseo buena suerte.

Sacó las patatas para escurrirlas.

—Tiene razón, bien visto.

—Os conozco a los dos desde que erais unos mocosos que os escondíais debajo del delantal de vuestras madres —sirvió unos cucharones generosos de sopa—. Y hace diez años, ¡diez años!, lo recuerdo porque fue el verano que mi hijo Patrick se rompió el brazo al caerse del tejado de la cabaña, donde no pintaba nada, todo hay que decirlo; este verano hará diez años, el señor Duffy y yo estábamos sentados una noche en este mismo pub; Brenna estaba con su familia en una mesa cercana y tú tocabas una de tus melodías al violín mientras tu padre atendía la barra... —se detuvo un instante para apartar los cuencos de Darcy—. Ese día le dije a mi querido marido que cuando llegara el momento habría algo entre tú y ella; había notado claramente que ella te miraba y que tú también la mirabas de vez en cuando.

—En ese momento no pensaba en ella como ahora.

—Claro que lo hacías —dijo Kathy tranquilamente—. Lo que pasa es que no lo sabías.

Cuando llegó la hora del turno de tarde, Darcy se sentó a esperar a Brenna. Y casi no se enteró de su llegada porque entró por la puerta delantera en vez de por la trasera.

—Te has perdido un gentío esta mañana —Darcy deambuló un poco y arrinconó a Brenna con un hábil movimiento—. Shawn ha llegado tarde —lo dijo en un susurro—, y borracho. ¿Qué pasa?

—No puedo hablar de eso ahora. He organizado un buen follón; es lo único que puedo decir.

Darcy puso una mano en el hombro de Brenna y la observó detenidamente.

—Tienes un aspecto espantoso. ¿Ha sido una buena pelea o sólo ligera?

—No me he peleado con Shawn —miró a la puerta de la cocina y se preguntó cómo se las iban a apañar—. ¿Se ha emborrachado? Vaya, debería haberlo imaginado. Voy a trabajar, Darcy; cuanto antes empiece, antes terminaré.

Si alguien creía que la cosa iba a quedar así es que no conocía a Darcy Gallagher. Entró en la cocina en cuanto tuvo la más mínima oportunidad y echó una ojeada a su hermano mientras le cantaba el pedido. Tenía un aspecto sobrio y tranquilo aunque conservaba signos de los excesos.

—Brenna ha llegado —Darcy observó con interés que Shawn dejó de amasar con el rodillo—. Parece triste y tú también.

Volvió a pasar el rodillo sobre la masa del pastel de carne.

—Nos apañaremos.

—Os ayudaré.

Él levantó la mirada.

—¿Por qué?

—Porque ella es la amiga más antigua que tengo sobre la faz de la tierra y tu eres mi hermano, aunque fuese por un accidente del destino.

El rostro de Shawn se iluminó con un aire burlón.

—Nos apañaremos, Darcy —repitió Shawn—. Tenemos que arreglarlo nosotros.

—Estás renunciando a la ayuda de una experta en ese tipo de batallas.

Él empezó a dividir la masa en cuadrados idénticos.

—Te mantendré en la reserva, si no te importa.

—Bueno, tú sabrás —se iba a marchar, pero se detuvo y se dio la vuelta—. ¿Te importa Brenna?

Shawn sabía perfectamente que Darcy era capaz de interpretar un rostro a simple vista y bajó la cabeza.

—¿Crees que no sé que lo que sale de mi boca entra en tus oídos y vuelve a salir de tu boca para entrar en los oídos de Brenna?

—No lo hará; si te interesa saberlo.

Él volvió a levantar la cabeza. Ella siempre le había sido leal y sabía que se cortaría un brazo antes de traicionarle.

—Me interesa. Tengo la sensación de que mi vida pende de un hilo fino y resbaladizo. A un lado el terreno es firme, al otro está el abismo.

—Entonces tendrás que tener cuidado con dónde pisas —le aconsejó Darcy. Se dio la vuelta y salió de la cocina.

El volumen del ruido iba subiendo. Llegaría a ser un estrépito, luego bajaría mientras tocaba el grupo y volvería a subir cada vez que cesara la música. Brenna manejaba los grifos con las dos manos mientras escuchaba a Jack Brennan intentar contar un chiste sobre una princesa y una rana. Acabó riéndose aunque no había prestado mucha atención.

Cuando el grupo empezó a tocar, se ordenó a sí misma no prestarle ninguna atención. Pero acabó clavando la mirada en la cantante rubia.

Justo el tipo de mujer al que acudiría Shawn. Era un frívolo y un canalla. ¿Cuánto tardaría en acostarse con otra? ¿Un mes?, ¿una semana?, ¿una noche?

—Casi me da miedo pedirlo —dijo Jude mientras se sentaba en una banqueta—. Pero, ¿podría tomar un agua mineral?

—Claro —sacó un vaso y se acordó de que a Jude le gustaba el hielo, como a todos los estadounidenses—. ¿Por qué iba a darte miedo pedirlo?

—Porque tienes aspecto de querer partirle la cara a alguien. Y preferiría que no fuese a mí.

—Lo más probable es que sea a mí misma o a esa rubia.

—¿A Eileen? ¿Por qué?

—Para empezar porque tiene tetas —Brenna dejó el vaso y se obligó a no decir el resto—. Tú, en cambio, tienes muy buen aspecto, Jude Frances. Sana y feliz.

—Las dos cosas. He ganado casi un kilo y ya no puedo abrocharme los pantalones.

Brenna cobraba, tomaba pedidos y tiraba cerveza.

—Así que vas a comprarte la ropa de embarazada que te dijo Darcy. ¿No quieres sentarte en una mesa?

—No. Por el momento estoy bien aquí. Sólo me quedaré lo justo para tomar una sopa y oír un poco de música.

—¿Vas a comer? —lo dijo como una acusación y Jude la miró sorprendida.

—Bueno, lo estaba pensando.

—Necesitarás una mesa —Brenna lo dijo sin dar lugar a la réplica.

Si pedía la comida en una mesa, Darcy sería la encargada de ir a la cocina.

—No. Tengo que atar algunos cabos sueltos sobre el problema que habéis tenido Shawn y tú. Está claro que no puedes sobrellevarlo, Brenna, si no eres capaz de entrar en la cocina a pedir un plato de sopa.

—Quizá no quiera sobrellevarlo —Brenna resopló al ver que Jude se limitaba a cruzar las manos sobre la barra—. Sabes... empiezo a pensar que las mujeres casadas sois una pesadilla —terminó de tirar una Guinness, preparó una pinta y un vaso de cerveza rubia y cobró todo—. Tenéis la cabeza llena de cuentos de hadas —continuó—. No tenéis los pies en la tierra.

—Estaría de acuerdo si no fuera por una cosa, bueno, por dos: Carrick y Lady Gwen.

Brenna gruñó y empezó a tirar otras dos cervezas.

—Ellos no tienen nada que ver conmigo. Yo te diré como termina un cuento de hadas —dijo Brenna acordándose del chiste de Jack Brennan—. En el mío, la princesa no besa a la rana, sino que se come sus ancas de cena. Te traeré tu maldita sopa.

Se dirigió hacia la puerta como si fuese a un campo de batalla y la abrió de golpe.

Shawn estaba en los fogones, con una cuchara de madera en una mano y una espátula en la otra. El calor le ondulaba un poco el pelo que empezaba a necesitar un corte. No se había afeitado, algo muy extraño en él, pero podía verse un moratón en la mandíbula.

Antes de que ella pudiera hablar, se escuchó la voz cálida y melodiosa de la cantante rubia. Le daba igual que no tuviera motivos; le daba igual que no viniera a cuento; sencillamente le tocó las narices.

—Necesito una sopa.

—Está caliente y preparada —dijo él tranquilamente al notar su humor—. Tengo las manos un poco ocupadas, si no te importa servirla tú misma...

—Todo el mundo tiene las manos ocupadas —sacó un cuenco—. ¿Qué te ha pasado en la cara?

Shawn se tocó la mandíbula.

—Me tropecé.

—Ya, he oído que te has agarrado una buena tajada. Pero eso no es una respuesta.

Shawn pensó que ya que tenía ganas de pelea, él no iba a quedarse de brazos cruzados.

—En su momento sirvió.

Ella sirvió el cuenco y lo puso en un plato.

—¿Y ahora?

Él habría querido inclinarse mientras los dos tenían las manos ocupadas y besarla. Pero se encogió de hombros.

—Ahora tendré que tener más cuidado con dónde piso.

El muy desgraciado empezó a tararear haciendo coro a la preciosa voz de Eileen.

—Te parece que es tan sencillo como eso, ¿no? Pues no lo es. Hablaremos cuando cerremos.

Shawn permitió que dijera la última palabra porque eso era exactamente lo que él quería decir. Cuando ella salió hecha una furia, él volvió al trabajo mucho más animado.

Un par de turistas de Cleveland bebieron más de la cuenta y Brenna ayudó a Aidan a encaminarlos hacia la posada andando, porque era muy probable que se rompieran el cuello si se montaban en las bicicletas, aunque la distancia fuese muy corta.

Shawn calculó el tiempo y salió fuera.

—Vaya, los habéis sacado. Pensaba que a lo mejor necesitabais ayuda.

—No, creo que serán capaces de arrastrarse hasta la cama —Aidan los miró haciendo eses calle abajo y sacudió la cabeza—. Una pareja de yanquis recién salidos del instituto. ¿Pero qué es un viaje por Europa sin una noche de borrachera en un pub irlandés? —captó la mirada de Shawn y se imaginó el significado—. Ha sido un día muy largo, así que podemos darlo por terminado. Gracias por ayudarnos, Brenna.

—De nada. Buenas noches, Aidan.

—Ha sido más largo para ti y para mí —dijo Shawn cuando se quedó solo con Brenna.

—Lo ha sido, pero no ha terminado. Me gustaría dar un paseo por la playa. Si no te importa.

—De acuerdo —no la tomó de la mano, pero caminó al lado de ella; con las manos en los bolsillos—. Hace fresco y hay luna llena.

—Es una suerte. No nos congelaremos ni nos caeremos de bruces.

Él se rió.

—Eres una tonta romántica, Mary Brenna.

—De vez en cuando soy tonta. Lo fui contigo; yo sabía lo que Mary Kate sentía.

—Contigo o sin ti, no habría podido darle lo que ella creía que quería de mí. Eso está claro. Siento que le doliera tanto y siento más todavía que tú pagaras los platos rotos. Pero si lo piensas, no creo que hubiese habido ninguna forma de evitarlo.

—Podría haber esperado a que se le pasase, algo que habría sucedido.

—De modo que es fácil olvidarse de mí.

Brenna lo miró y luego apartó la mirada.

—Quizá hiera tu orgullo, pero así es. Tiene veinte años recién cumplidos y no puede ver a través de las estrellas que tiene en los ojos.

—Pero tú no tienes estrellas.

—Yo puedo ver con claridad. Yo empecé esto y yo lo terminaré. Estaba dispuesta a terminar, pero no es la forma de resolver este asunto. Mary Kate

no va a perdonarme ni a olvidar porque yo me aparte de ti. Tiene que madurar y aprender a afrontar
los problemas.

—Quieres decir que has decidido por todos.

Él se paró y ella se volvió hacia él. La luna ba-
ñaba la espalda de Shawn y se derramaba sobre la
arena y el mar como perlas líquidas. Bajo esa luz,
ella pudo distinguir que su mirada no era serena, sino que parecía bastante furiosa.

—Alguien tenía que hacerlo.

—¿Siempre tienes que ser tú? A lo mejor ya he
tenido bastante de vosotras. A lo mejor prefiero llevar una vida equilibrada en vez de estar en medio
de dos mujeres que quieren morder y arañar.

Brenna le dio una bofetada. Se sentía casi tan
sorprendida como ofendida.

—Ni muerdo ni araño y no pensaba pelearme
ni con Mary Kate ni con nadie por alguien como
tú. Simplemente ha pasado y ya está. Y sobre lo de
haber tenido bastante de mí, eso no es lo que he oído esta mañana, sin ir más lejos.

—He dicho muchas cosas, pero ya que tienes
un concepto tan elevado de mí, me imagino que te
sentirás aliviada de separarnos en este terreno. Los
dos podemos encontrar alguien con quien acostarnos cuando nos apetezca.

—No es sólo sexo.

—¿Ah, no? —se acercó y ella retrocedió hacia el
mar—. ¿No decías que era eso lo que querías de mí?

—Sí —¿qué pasaba por esos ojos?, se preguntó
Brenna. Estaban negros como la noche y contenían
pensamientos y sensaciones que ella no podía leer

en ellos—. Pero nos tenemos cariño. No voy a permitir que degrades de esa forma lo que hay entre nosotros.

—Sin embargo, tú dirás lo que puedo tener y lo que no, lo que puedo hacer y lo que no —la agarró antes de que siguiera retrocediendo—. ¿Por qué ibas a querer que te acariciara un hombre al que te resulta tan fácil dar órdenes?

—Shawn —él la había levantado en vilo y ella notaba que el corazón se le desbocaba—. Suéltame.

—Quieres que te acaricie, incluso ahora que crees que puedes indicarme dónde ir y qué hacer. Quieres sentir mis manos.

—No es algo de lo que sentirse orgulloso.

Él la levantó un poco más.

—A la mierda con el orgullo.

La besó brusca y despiadadamente. Ella podía haberse resistido, haberle empujado o haber pataleado, pero no hizo nada de eso.

Ella se entregó porque él se lo exigía pocas veces. Se entregó porque ella lo necesitaba. Dijo su nombre a la vez que empezaba a temblar febrilmente.

—Podría tenerte aquí y ahora —él la soltó abruptamente—. Piensa por qué. Yo lo he pensado.

Ella no podía pensar nada; no mientras ardiera por dentro y la sangre le golpeara contra la cabeza como el mar que tenía a sus espaldas.

—Me voy a casa.

—Vete, no voy a impedírtelo —se metió las manos en los bolsillos—. No voy a ir por ti. Recuérdalo, Brenna. Cuando hayas resuelto todo lo que hay en tu cabeza, ya sabes dónde encontrarme.

Brenna se alejó. Shawn podría decir lo que quisiera sobre el orgullo, pero ella necesitaba estar sola. No echó a correr hasta que llegó a la calle.

—¿Ésa es la forma que tienes de conquistar a las mujeres? —Carrick estaba en la orilla y tocó una alegre melodía con una gaita de plata—. Qué estilo tan raro tenéis los mortales.

—Sé lo que me hago.

—Estoy seguro de que lo crees, cabeza de chorlito. Si amas a una mujer, ¿por qué permites que se vaya de esa manera?

—Porque la quiero —la furia que apenas había podido contener explotó mientras se daba la vuelta—. Tú tampoco te luciste cuando tuviste la ocasión, ¿no?

Los ojos de Carrick lanzaron un destello azul como el rayo que partió el cielo plagado de estrellas.

—¿Quieres vértelas con alguien como yo, joven Gallagher? —salió de la orilla con las botas secas—. ¿No te ha avisado tu querida madre de lo que ocurre si desafías a la Buena Gente?

—No me preocupas, Carrick. Me necesitas. Has caído tan bajo, con todo tu poder y tus trucos, que necesitas a un mortal. Así que ahórrate todas tus amenazas y tus espectáculos luminosos. No me impresionan.

Se calmó.

—¡Ja! Esa mujer cree que te conoce, pero tiene que profundizar un poco. Ten cuidado con no mostrarle demasiadas cosas en poco tiempo, no vaya a ser que se asuste.

—Vete al infierno.

Los dientes de Carrick resplandecieron.

—No me admiten —dijo mientras se desvanecía entre el sonido de su gaita.

17

Brenna fue a misa a primera hora. La pequeña iglesia estaba iluminada por la gélida luz de la mañana, que entraba por las cristaleras, y olía a cera y agua bendita. Siempre había pensado que el agua bendita tenía un olor ligeramente metálico. Cuando era pequeña, Mollie le decía que era por la bendición. Ella lo recordaba a menudo y le daba consuelo mojarse los dedos en la pila de la iglesia o en el pozo de San Declan.

Un bebé lloraba en el banco de atrás, su madre intentaba calmarlo con susurros y palmadas. A Brenna no le importaba. Lo raro era ir a misa y que no hubiera un bebé gimoteando o gritando o niños retorciéndose en los gastados bancos.

A ella le gustaba ese aire familiar tanto como el rito. Era un momento y un lugar perfecto para pensar, lo cual, para ella, equivalía a rezar.

Tenía que tomar decisiones y si quería reparar el daño que había hecho, debía tomarlas enseguida. Cuando se abría una grieta, se hacía más grande si no la cuidabas. Si la dejabas crecer, la grieta se convertía en agujero y te encontrabas con un buen problema.

En ese momento, su relación con Mary Kate estaba dañada y esa ruptura podía socavar los cimientos del amor fraternal. Ella tenía parte de culpa y si lo dejaba como estaba el daño podía acabar fracturando todo el vínculo familiar. De la forma de repararlo dependería que el vínculo se mantuviese firme o que quedaran cicatrices.

Lo mismo ocurría con Shawn. También había unos cimientos construidos durante toda una vida de cariño, amistad y recuerdos compartidos. No iba a quedarse de brazos cruzados para ver cómo se desmoronaba todo.

Pensó que tenía que decidir por dónde empezar las reparaciones y cómo plantearlas. Cada decisión exigía un paso y sólo ella podía darlo. Sería mejor que empezara ya.

Salió unos minutos antes de que terminara el servicio religioso. De esa forma esquivaba a quienes quisieran charlar un rato, cotillear o preguntarle por la familia. Fue a casa en coche. Estaba un poco nerviosa, pero tenía claro cuál era el primer paso que tenía que dar.

—Has llegado —se encontró con Mollie en la puerta; iba vestida para ir a la iglesia—. Te he oído salir temprano.

—He ido a misa.

—Vaya, nosotros vamos ahora.

—Mary Kate tendrá que ir más tarde —Brenna entró y fue hacia las escaleras—, puede usar mi furgoneta.

—Brenna, no quiero peleas en casa el día del Señor.

—No las habrá —prometió Brenna. Tenía intención de pelear en otro sitio, si fuera necesario.

Llegó a lo alto de la escalera en el momento en que su padre salía de su habitación. Tenía la cara colorada y brillante por el afeitado y en el pelo se podían distinguir los surcos que había dejado el peine como si fuera un campo arado. Sintió un amor profundo en su corazón.

—Papá.

Era incómodo y él se imaginaba que lo sería durante una temporada. Pero Brenna tenía los ojos inundados de lágrimas y era más de lo que podía soportar.

—Tu madre nos espera para ir a misa.

—Yo ya he ido.

—Ah, vaya —dio un paso—. Se han acabado cayendo los escalones traseros de O'Leary, como le habíamos avisado. Naturalmente, O'Leary se ha caído, que es lo que se merece por dejar que se pudrieran de esa manera. Empezaremos por ahí.

Ella entendió que ninguno de los dos habría podido hacerlo solo. Que trabajar juntos le curaría cualquier herida de su corazón.

—Estaré preparada, papá...

—Llegaremos tarde si no os dais un poco de prisa —dijo Mollie.

—Puede esperar hasta mañana —dijo Mick mientras pasaba junto a su hija y le acariciaba ligeramente el brazo.

Ella tomó aire.

—No todo puede esperar —murmuró.

Abrió la puerta del dormitorio de su hermana. Alice Mae estaba sentada en el borde de la cama con los zapatos buenos y el pelo cepillado hasta tener un brillo rosa dorado. Mary Kate se acicalaba enfrente del espejo. Tenía los ojos un poco irritados de llorar, pero apretó los labios cuando vio a Brenna.

—Alice, cariño, mamá está llamando.

Mary Kate se dio otra pasada al pelo.

—Voy contigo Alice Mae.

—No, tú no vas —Brenna se puso en la puerta—. Tendrás que ir a misa más tarde.

—No tengo que hacer nada de lo que dices.

—Puedes acompañarme fuera de casa, porque le he prometido a mamá que no habría peleas dentro, o puedes estar de morros todo el día. Si quieres ser una mujer, Mary Kate, estaré esperándote en mi furgoneta.

Mary Kate no tardó ni cinco minutos en salir de la casa y montarse en la furgoneta. Brenna se dio cuenta de que se había pintado los labios. No entendía por qué muchas mujeres consideraban la pintura como una especie de escudo o arma. Puso el motor en marcha y salió hacia la carretera.

También era verdad que muchos de sus antepasados se habían pintado la cara de azul antes de entrar en batalla.

Se dirigió al hotel del acantilado y aparcó. Le parecía un terreno neutral o, si acaso, algo favorable a Mary Kate. Se bajó y se puso a caminar, segura de que su hermana la seguiría.

—¿Dónde vas? —preguntó Mary Kate—. ¿A algún sitio desde el que puedas tirarme al mar?

—A algún sitio que las dos respetemos lo suficiente como para no tirarnos de los pelos ni arañarnos.

Siguieron el camino y cruzaron los acantilados. El aire era frío todavía. Parecía como si el invierno no estuviera dispuesto a ceder el paso a la primavera. Pero las flores silvestres empezaban a mostrar sus caras y el canto de los pájaros era tan alto como los graznidos de las gaviotas.

Pasaron de largo junto a las ruinas de la catedral que se había construido en nombre de San Declan, dejaron atrás el pozo y las tres cruces de piedra y fueron hacia las tumbas.

—Ésta es tierra bendita —dijo Brenna—. Y sobre ella te digo que he sido injusta contigo. Eres mi hermana y llevamos la misma sangre, y no tuve en cuenta tus sentimientos; no tanto como debería haberlo hecho. Lo siento.

Mary Kate se sintió despistada y eso era suficiente para irritarla.

—¿Crees que con eso lo solucionas todo?

—Creo que es todo lo que puedo decir.

—¿Vas a dejarle?

—Pensé hacerlo —dijo lentamente Brenna—. En parte era por orgullo. «Le dejaré por Mary Kate», pensé, «de esa forma verá el sacrificio que estoy dispuesta a hacer para que sea feliz.» La otra parte era sentimiento de culpa y dejar a Shawn sería la penitencia por haberte hecho daño.

—Creo que en tu comportamiento hay más sentimiento de culpa que orgullo.

Brenna sintió una punzada de ira, pero se contuvo. Conocía a su hermana y sabía lo hábil que era para sacar a su oponente de las casillas y que de esa forma perdiera la razón.

—No tengo motivo para sentirme culpable por lo que ha habido entre Shawn y yo, sólo siento que te haya hecho daño —la frialdad con que lo dijo añadió fuerza a sus palabras—. Por eso estaba dispuesta a renunciar a él como amante, y quizá como amigo. Luego lo he pensado y si lo hiciera, sería como ceder al capricho de un niño y eso no es respetarte ni a ti ni a tus sentimientos.

—Sólo intentas darle la vuelta para poder quedarte con lo que quieres.

De repente, los cuatro años de diferencia entre las dos parecieron cuarenta. La voz de Mary Kate estaba entrecortada por unas lágrimas llenas de rencor que le hicieron recordar a Brenna cuando discutían por un juguete nuevo o por la última galleta.

—¿Quieres saber si quiero a Shawn? Sí, le quiero. No sé cuánto todavía, pero le quiero, no puedo negarlo. Estoy hablando contigo de mujer a mujer y puedo decirte que él también me quiere. Lo siento Mary Kate, por lo infeliz que te hace, pero él no te mira de esa manera.

Mary Kate levantó la barbilla y Brenna pensó que ella habría hecho lo mismo en su situación.

—Quizá lo hiciera si tú no calentaras su cama.

Fue como un puñetazo en el estómago, pero Brenna asintió con la cabeza.

—La realidad es que yo estoy en su cama y que no voy a salir para dejarte sitio. Ayer quizá lo hubiera hecho porque no podía soportar ver tu dolor y saber que en parte era por mi culpa, pero ahora te veo con la cabeza despejada y creo que no estás dolida, sino que estás loca.

—¿Cómo sabes lo que siento por él?

—No lo sé, dímelo tú.

Mary Kate levantó la cabeza de forma que el viento agitó su cabellera.

—Le amo.

Fue una declaración apasionada y con un leve toque dramático. Brenna no pudo por menos que admirarlo; sabía que ella nunca lo habría expresado de forma tan impresionante.

—¿Por qué?

—Porque es atractivo, sensible y amable.

—Ya, eso es verdad, pero también el perro de los Clooney es todas esas cosas. ¿Qué me dices de sus defectos?

—No tiene.

—Claro que tiene —pensar en ellos hizo que Brenna se tranquilizara y que se sintiera extrañamente sentimental—. Es terco, lento para actuar y despistado. Hay veces que estás hablando con él como si hablaras con una pared; tiene la cabeza en otra parte. No tiene ambición y hay que empujarle constantemente para que no se quede en el mismo punto.

—Así le ves tú.

—Yo le veo como es, no como la estampa de un libro, Mary Kate —se acercó un poco porque sabía que era pronto para defenderse—. Seamos sinceras. Tiene algo especial que lo hace deseable para las mujeres. Sé cómo hace que te sientas en ese sentido. Yo misma lo he deseado desde que era un poco mayor que Alice Mae.

Una sombra cruzó los ojos de Mary Kate.

—No te creo. Tú nunca esperas a nada.

—Primero pensé que lo superaría. Luego pensé que haría el ridículo —Brenna se apartó el pelo y deseó habérselo atado antes de ir al acantilado—. Al final fue algo más que un deseo, fue una necesidad.

—Tú no le amas.

—Creo que podría hacerlo —en el momento en que pronunció las palabras, Brenna se llevó una mano al corazón, como si algo lo hubiera rozado—. Creo que podría hacerlo —repitió mientras caía de rodillas—. Dios Todopoderoso, ¿qué puedo hacer?

Mary Kate la miraba atónita. Su hermana estaba pálida como la cera y arrodillada y se agarraba el pecho como si le hubiese dado un ataque.

—Estás actuando, puedes dejarlo.

—No. Tengo la sensación de no poder respirar bien.

Mary Kate, recelosa, se acercó y le dio una palmada con toda su fuerza en la espalda.

—Toma.

Brenna soltó el aire y volvió a respirar.

—Gracias —se sentó abatida sobre los talones—. No puedo soportar esto ahora. No puedo. No tendría por qué. Ya estaban bastante complicadas las cosas, pero esto no funcionará. No funcionará en absoluto. No resuelve nada, sólo es un apaño. Maldita sea.

Mary Kate se sentó al ver que su hermana no hacía nada por levantarse.

—Creo que podría perdonarte si estuvieras enamorada de él. ¿Dices que lo estás para que te perdone?

—No, y no he dicho que lo estuviera. He dicho que podría estarlo —Brenna, desesperada, agarró las manos de su hermana—. No se lo digas a nadie. Quiero tu palabra de que no se lo vas a decir a nadie o te asfixiaré mientras duermes. Júramelo.

—¡Por el amor de Dios! ¿Por qué iba a ir por ahí diciéndolo? ¿Para parecer más imbécil todavía?

—Seguramente no pase nada.

—¿Por qué ibas a desearlo?

—Enamorada de Shawn Gallagher... —Brenna se pasó las manos por la cara y luego por el pelo—. Sería un desastre. Nos volveríamos locos antes de un año. Yo me pasaría el día apremiándole para que hiciera las cosas y él estaría todo el día en las nubes. Ese tío ni siquiera se acuerda de enchufar las cosas, y, desde luego, no tiene ni idea de arreglar un enchufe.

—¿Qué más te da? Tú sí puedes arreglarlo y él se dedica a soñar. Si no, ¿cómo iba a componer música?

—¿Qué sentido tiene componerla si luego no haces nada con ella? —Brenna hizo un gesto con la mano—. Da igual. No es lo que ninguno de los dos buscábamos cuando empezó todo. Estoy comportándome como la típica mujer y me fastidia. ¿Por qué las mujeres convierten la atracción en amor?

—Quizá siempre haya habido amor debajo de esa atracción.

Brenna levantó la cabeza.

—¿Por qué de repente te has vuelto sabia?

—Quizá porque no me estás tratando como a una niña tonta. Y quizá porque al verte ahora pienso que lo que yo sentía a lo mejor no era amor. No me ha hecho palidecer ni temblar. Y... —la miró con un gesto ligeramente burlón—. Quizá porque dadas las circunstancias, es gratificante verte débil y aterrada. Ayer casi me arrancas el pelo de cuajo.

—Tú tampoco te quedaste manca.

—Bueno, tú me enseñaste a pelear —los ojos de Mary Kate se llenaron de lágrimas al recordarlo—. Siento mucho haberte llamado puta. La primera vez lo hice por ira y las demás por rencor —se frotó los ojos—. Siento las cosas que escribí de ti en mi diario; bueno, siento algunas.

—No permitiremos que tenga importancia —se tomaron de la mano—. No quiero que él, ni nadie, se interponga entre nosotras. Te pido que no me obligues a abandonarlo.

—¿Para que tú quedes como la buena y yo como la mala? Ni lo sueñes —sonrió enigmáticamente—. Puedo conseguir un hombre cuando quiera. Pero... —inclinó la cabeza—. Hay una cosa que me gustaría saber.

—¿Qué?

—¿Besa tan bien como parece?

—Cuando se concentra, puede derretirte cada hueso del cuerpo.

Mary Kate suspiró.

—Estaba segura.

Fue andando a casa de Shawn, pero cuando llegó seguía con la cabeza tan confusa como cuando salió. Se aproximaba lluvia, pensó Brenna, una lluvia suave a juzgar por los rayos de sol que se colaban entre las nubes.

Un día perfecto para encender un fuego. Pero, naturalmente, no salía ni un hilo de humo por la chimenea de la casa de Shawn. Él solía olvidarse de esas cosas casi siempre.

No estaba el coche y Brenna pensó que lo habría llevado a la iglesia. Esperaría. Cruzó la verja del jardín y pensó que podría ver los ojos verdes de Lady Gwen observándola, pero no había movimiento, ni de mortales ni de nadie.

Entró y estuvo a punto de tropezarse con sus botas de trabajo, que había dejado tiradas la noche anterior, con una buena capa de barro. Las apartó con el pie y fue a la sala a preparar un fuego.

Las partituras estaban diseminadas por encima del piano y había una taza, que seguramente contuvo té, abandonada en una mesa. También había una botella verde con un ramo de flores del jardín.

Le sorprendió que tuviera esos detalles. No se preocuparía por limpiar las botas, tampoco ella lo hacía con mucha frecuencia, pero sí pensaba en poner flores y dedicaba algo de tiempo a cortarlas y meterlas en una botella.

¿Por qué ella no pensaba en esas cosas? Le gustaban las casas con flores y velas. Y le gustaba el olor de ambas mezcladas. Ella pensaría en limpiar la chimenea y en tener leña, pero nunca pensaría en los pequeños detalles que convierten una casa en hogar.

Una cosa era colgar cortinas, decidió, pero pensar en el encaje era otra muy distinta.

Una vez encendido el fuego, se acercó al piano. ¿Habría trabajado la noche anterior? Estaría enfadado con ella. Además de soñar, ¿se habría quitado el enfado trabajando?

En esa canción está su corazón. Frunció el ceño mientras hojeaba las hojas garabateadas con notas y palabras. Si fuera verdad, ¿por qué dejaba su música tirada por todos lados de esa forma? ¿Por qué no hacía algo con ella?

¿Cómo podía querer tanto a un hombre que carecía del empuje más elemental? Seguramente, no era suficiente que un hombre tuviera esa inspiración si no la empleaba para algo.

Las perlas que arrojo en tu presencia —murmuró ella leyendo una canción de Shawn— *sólo son lágrimas derramadas por la luna. Cada vez que late mi corazón, llora por tu ausencia. Noche tras noche, la maldición pierde su esencia, hasta que el amor se imponga y nada lo detenga.*

Así que canta las leyendas, pensó Brenna, ¿y a qué está esperando?

Oyó el coche y apartó la hoja a un lado.

Él había visto el humo y pensó que sería Brenna. Lo que no tenía tan claro era qué iba a hacer. Esperaba que le llegara alguna idea, como le sucedía con la música.

Entró en la casa y se volvió al verla en la puerta de la sala.

—Todavía hace frío por la mañana. Te he encendido la chimenea.

Él asintió con la cabeza.

—¿Quieres un té?

—No.

Ella no podía interpretar la cara de Shawn y le preocupaba.

—Anoche estabas muy enfadado conmigo. ¿Sigues enfadado?

—No tanto.

—Bueno... —se sentía incómoda y eso era nuevo para ella, y no le gustaba—. He pensado que debía decirte que esta mañana he hablado con Mary Kate. Una conversación privada.

—Entonces os habéis reconciliado.

—Sí, claro.

—Me alegro. Espero que con el tiempo podamos tratarnos normalmente.

—Se sentirá incómoda una temporada, pero por lo demás... después de que le he señalado todos tus defectos, cree que a lo mejor no está enamorada de ti.

Él arqueó las cejas.

—Muy lista.

—Shawn —le agarró del brazo cuando iba a entrar y se quedaron bajo el umbral de la puerta—. Te pido disculpas por dejar las cosas como las dejé anoche.

«Te pido disculpas» eran palabras que no salían de su boca con facilidad y él lo sabía. Por lo que tuvieron un valor especial.

—Entonces, yo también te las pido a ti.

—A mí no me importan mucho tus defectos, o la mayoría de ellos.

Ella olía a domingo, a champú y jabón, y tenía los ojos llenos de arrepentimiento.

—Entonces, nos reconciliamos.

—Me encantaría.

Él entró en la habitación y se sentó en la única butaca que no estaba llena de partituras.

—¿Por qué no te sientas conmigo un rato, Mary Brenna?

A ella le brillaron los ojos y sintió un alivio enorme. Brenna creía saber qué se proponía y no se le ocurría una manera mejor de reconciliarse. Se acercó, se sentó en su regazo y apoyó la cabeza cerca de la de él.

—¿Amigos?

—Siempre lo hemos sido.

—Casi no he dormido pensando que no volveríamos a estar cómodos, aunque sé que hemos prometido conservar la amistad.

—Y lo haremos. ¿Quieres que en este momento seamos sólo amigos?

Ella respondió acercando más la cabeza y besándolo en los labios. Él aspiró el leve suspiro de Brenna; era cálido y conocido. La estrechó contra sí y prolongó el beso con delicadeza y dulzura antes de llevar sus labios a las cejas de ella.

Luego apoyó la cabeza de Brenna sobre su hombro y la rodeó con el brazo. Ella, perpleja, se mantuvo quieta esperando que las manos de Shawn se movieran en la dirección y de la forma que ella esperaba. Pero él simplemente la abrazó mientras el fuego crepitaba y la lluvia golpeaba contra los cristales.

Ella fue tranquilizándose y se acomodó contra él mecida por la intimidad del silencio.

Jamás había tenido un amante como Shawn, que la comprendiera y que se conformara con acurrucarse con ella en una mañana lluviosa. ¿Sería por eso que se había enamorado de él? ¿Habría sentido siempre lo mismo sin saberlo? Fuera cual fuese la respuesta, tenía que analizarlo hasta que las piezas encajaran.

—Me estaba preguntando —dijo ella—, si la próxima noche que tengas libre vendrías conmigo a Waterford. Te invito a cenar.

Él sonrió tapado por el pelo de ella. Le había costado decidirse a conquistarlo, pero era un buen principio.

—¿Te pondrías el vestido que llevabas cuando fuiste con el tío ese de Dublín?

—Es posible.

—Me gusta cómo te queda.

—Si voy a ir con vestido tendremos que ir en tu coche. Hoy le daré un buen repaso. Te falla el motor y el aceite está asqueroso. Según lo que vi el otro día, no has vuelto a limpiar la conexión de la batería desde que yo lo hice.

—Prefiero dejar esas cosas para los especialistas.

—Lo que pasa es que esas cosas te dan pereza.

—Eso también es verdad. ¿Es uno de los defectos que han echado atrás a Mary Kate?

—Lo es. Eres un inútil, Shawn Gallagher.

—Bueno, no te pases, inútil es una palabra un poco fuerte.

—Perdona si te ofende —ella se movió y su cara no mostraba ningún arrepentimiento—, pero tendrás que reconocer que la ambición no es uno de tus puntos fuertes.

—Tengo suficiente ambición cuando se trata de algo importante.

—¿Tu música no es importante?

Él se inclinó para morderle la oreja, pero ella lo eludió.

—¿Qué tiene que ver la música?

Brenna pensó que debía tener cuidado. Debía desmontar las piezas sin dañarlas.

—Te sientas ahí y la compones, pero luego la dejas tirada por todos lados.

—Sé dónde está todo.

—Lo que quiero decir es que no haces nada con ella.

—Disfruto.

Brenna lo miró a la cara y pensó que Shawn tenía una cabeza dura como una piedra. Se necesitarían unas manos muy diestras para trabajarlo, pero estaba decidida a hacerlo. Era uno de los pasos que había que dar.

—Eso está muy bien, pero ¿te conformas con eso? ¿No quieres que otras personas disfruten con ella también?

—A ti ni siquiera te gusta mi música.

—¿Cuándo he dicho eso? —ella se encogió de hombros al ver la expresión amable de Shawn—. Bueno, si lo he dicho sería para molestarte. Me gusta mucho. Y cuando la has tocado en público también le ha gustado a la gente.

—Son amigos y familiares.

—Perfecto, yo soy una amiga, ¿no?

—Sí.

—Entonces, ¿me darías una canción?

Él la miró con cautela.

—¿Qué quieres decir con que te dé una canción?

—Exactamente eso. Regálame una canción para mí sola. En pago por arreglarte el coche —se levantó de golpe y señaló hacia el piano—. Tienes docenas abandonadas ahí. Me gustaría tener una.

Shawn no se lo creía ni por un minuto, pero tampoco veía el inconveniente ni la trampa.

—No sé qué mosca te ha picado, O'Toole, pero de acuerdo, te daré una.

Él se levantó, pero cuando empezó a revolver entre las partituras ella le dio una palmada en la mano.

—No, yo la elegiré —tomó la que había estado leyendo, la que había estado intentando tocar cuando se le apareció Lady Gwen por primera vez, según había comprendido de repente—. Me gusta ésta.

—Todavía no está terminada —no podía demostrar el pánico que sólo él sabía que sentía—. Necesita algo más de trabajo.

—Es la que quiero. No irás a echarte atrás, ¿verdad?

—No, pero...

—Perfecto —dobló la partitura de tal forma que Shawn hizo un gesto de dolor y se la guardó en el bolsillo trasero—. Ya es mía, gracias —se puso de puntillas y le dio un beso—. Te llevaré al pub. Así podré llevarme el coche a casa y echarle un vistazo. Te lo dejaré como nuevo.

—Tengo tiempo todavía.

—Yo no. Tengo muchas cosas que hacer hoy. Si te llevo el coche antes de que cierres, ¿me traerás de vuelta?

Intentó olvidarse de la canción. Ella se había olvidado pronto.

—Traerte, ¿dónde?

Brenna sonrió lentamente.

—Aquí estaría bien.

• • • •

Tenía que hacer una parada antes de ir a casa a cambiarse y coger las herramientas. Una vez que Shawn estuvo a buen recaudo en el pub, Brenna se dirigió a casa de Jude y aparcó el coche.

Jude estaba en el jardín delantero preparándolo para la primavera. Tenía los guantes negros y a su lado había toda una serie de bocetos. Se sentó en los talones al ver a Brenna y se dio un golpecito en el sombrero de paja que llevaba para protegerse de la fina lluvia.

—¿Le pasa algo a tu furgoneta?

—No, voy a dar un repaso al coche de Shawn. Él prefiere que le arranquen las muelas antes de levantar el capó. Se te están mojando los dibujos.

—Lo sé, tengo que parar. Quería meter un poco de prisa a la primavera.

—¡Ah! Has hecho bocetos de tus ideas para el jardín —Brenna se puso de cuclillas e intentó tapar los dibujos con su cuerpo—. Como un proyecto. Es una buena idea.

—Me ayuda a verlo más claro. Vamos dentro —empezó a levantarse, pero se tambaleó y se llevó la mano al vientre—. Me ha cambiado el centro de gravedad.

—Dentro de un par de meses no podrás levantarte si no es con ayuda de cuerdas y poleas. Yo llevaré eso —Brenna recogió los bocetos y la cesta de Jude.

—El otro día me encontré con Colleen Ryan en el mercado. Va a dar a luz en cualquier momento. Anda como un pato —dijo Jude mientras entraban en la casa—. Es enternecedor, pero yo pienso moverme como si fuera Madonna hasta el final.

—Di que sí.

Brenna dejó la cesta en el trastero de la cocina y puso los dibujos sobre la encimera para que se secaran.

Pusieron la tetera al fuego y sacaron la lata de galletas.

—Le he dicho a Aidan que iría a comer al pub —mordió una galleta con gesto de inocencia—. Pero tengo hambre a todas horas. No pierdo el apetito por nada.

—El embarazo te sienta bien, Jude. Me acuerdo de la primera vez que te vi en la puerta de la casa de campo de Faerie Hill. Parecías perdida. Ahora te has encontrado.

—Qué manera tan bonita de decirlo. Sí, ahora me he encontrado. Han ocurrido las cosas que quería entonces y que apenas me admitía a mí misma.

—Tú has conseguido que ocurran.

—Algunas, sí —siguió mordisqueando la galleta mientras Brenna deambulaba por la cocina—. Y otras estaban escritas. Tienes que ser suficientemente voluntariosa y valiente, para dejar que ocurran.

—Cuando supiste que amabas a Aidan, ¿se lo dijiste directamente?

—No, me daba miedo. No tenía la suficiente confianza en mí misma.

Brenna la miró penetrantemente.

—O en él.

—O en él —reconoció Jude—. Antes de llegar aquí no había hecho nada por conseguir las cosas, y si dejaba que ocurrieran no era por valor. Era por miedo y por pasividad. Tuve que aprender la diferencia. Hacerme responsable de unas cosas y confiar en que otras cayeran por su propio peso.

—Pero tuviste que dar algún paso.

—Sí. ¿Estás enamorada de Shawn?

Brenna se sentó con el ceño fruncido.

—Me parece que sí. No me avergüenza decir que hace que se me tambaleen los esquemas.

—El amor te sienta muy bien, Brenna.

Brenna dejó escapar una risita.

—No me sienta nada bien, pero supongo que me acostumbraré. Voy por el té.

—No, siéntate. ¿Se lo has dicho?

—Más bien no —Brenna miró a Jude que estaba preparando el té—. Ya sé que los matrimonios suelen contárselo todo, pero...

—No quieres que se lo diga a Aidan.

—Eso es.

—No se lo diré.

—Gracias —Brenna resopló—. Ahora se trata de dar esos pasos y de saber el orden en el que hay que hacerlo. Conozco bien a Shawn, pero no es tan predecible como creía al principio. Las cosas han cambiado entre nosotros.

—El trato entre amantes es distinto que entre amigos, aunque sean amigos de siempre.

—Ya me he dado cuenta. Pero sé que necesita que le den una patada en el culo de vez en cuando para que haga las cosas. He dado el primer paso con algo que me preocupa profundamente y que creo que, en el fondo, es lo más importante para él —se levantó un poco y sacó la partitura.

—¿Una de sus canciones?

—Le he obligado a que me la regale. Tiene talento, ¿verdad, Jude?

—Creo que sí.

—¿Por qué no lo fomenta? Tú sabes cómo funciona la mente humana.

—Preguntas a una ex profesora mediocre de psicología —Jude dejó la tetera en la mesa y sacó unas tazas—. Pero mi diagnóstico sería que tiene miedo.

—¿De qué?

—De fracasar en lo que más le importa. ¿Qué pasaría si no fuera suficientemente bueno? Somos muchos los que evitamos ese abismo, Brenna —Jude sirvió el té—. Tú no. Tú te remangas y construyes un puente.

—Entonces voy a construir uno sobre su abismo. Me ha regalado esta canción y puedo hacer con ella lo que quiera. Voy a mandársela a alguien que entiende de estas cosas y que sabe si merece la pena comprarla.

—¿Sin decírselo a Shawn?

—No voy a sentirme culpable. Si no funciona no se enterara nunca, ¿no? Y si funciona estará contento. No sé bien cómo se hace ni a quién mandársela. Pensaba que a lo mejor tú tenías alguna idea.

—¿Perdería el tiempo si intentara convencerte de que no lo hicieras?

—Lo perderías.

Jude asintió con la cabeza.

—Entonces me lo ahorro. No sé nada del negocio de la música. Puedo preguntarle a mi agente, pero no creo que ella... —se le ocurrió una idea—. ¿Magee? Él ha construido salas de conciertos. Seguro que conoce a alguien en ese mundillo. Quizá tenga contactos.

—Es una buena idea.

—Puedo conseguir su dirección. Y tú puedes escribirle.

Brenna pasó los dedos por la partitura.

—Eso es demasiado tiempo. ¿Tienes su número de teléfono?

18

La llovizna se convirtió en aguacero y éste en un diluvio, impulsado por un vendaval, que lo arrasó todo. Durante casi toda la semana fue imposible que las barcas salieran a faenar. Entre la costa y el horizonte sólo había una furia desatada, un gris plomizo con ribetes blancos que amenazaba con acabar con cualquier cosa que cayera a su alcance.

Quienes vivían del mar esperaron a que se calmara con la paciencia adquirida durante generaciones.

El viento aullaba contra puertas y ventanas y se colaba por cualquier rendija hasta helar los huesos. Las chimeneas no podían expulsar el humo que volvía a las habitaciones llenándolas de un olor espantoso. Una ráfaga de viento se llevó unas tejas del mercado como si fueran pájaros borrachos. Al caer, una golpeó al joven Davey O'Leary que iba en bici con una docena de huevos. Hubo que darle siete puntos en la cabeza. Fue imposible recuperar los huevos.

Las flores que habían conseguido pasar el invierno y las que ya se asomaban a la primavera quedaron destrozadas por el último embate invernal. Los patios se anegaron de barro.

Los turistas desaparecieron y se cancelaron las reservas. La tormenta barrió Ardmore sin compasión y al tercer día se cortaron las líneas telefónicas y el suministro eléctrico. Todo el mundo se encerró en casa para pasar la tormenta. En algunas el ambiente era tenso. Los niños, aburridos e inquietos, volvían locas a sus madres. Las lágrimas y los azotes estaban a la orden del día.

Brenna y su padre, protegidos por impermeables y botas, estaban metidos en el barro hasta la rodilla y lo malo era que querían reparar la rotura de la fosa séptica de los Duffy.

—Es un trabajo repugnante —Mick se apoyó en la pala.

—Si no lo arreglamos, puede organizarse una riada de mierda.

—Si hubieran aparecido esos desgraciados de Waterford, por lo menos podríamos haber bombeado el depósito.

—Si aparecen van de cabeza al lodazal.

—Así se habla.

—¡Cómo huele! Creo que aquí está el problema.

Se pusieron en cuclillas y observaron la tubería agrietada con una expresión de interés idéntica en las dos caras.

—Es lo que te imaginabas, papá. La tubería es vieja y ha cedido por exceso de peso. Baja desde el depósito y al reventar ha convertido el jardín de la señora Duffy en un montón de mierda.

—Por lo menos, cuando se arregle, Kathy va a tener un jardín muy fertilizado —Mick respiraba por la boca para no oler el aire apestoso—. Has tenido una buena idea al traer la tubería de PVC. La repondremos y a ver qué pasa.

Brenna se levantó con un gruñido. Chapotearon hasta la furgoneta. El trabajo era un asco, pero volvían a trabajar en equipo. Ella miraba a su padre de vez en cuando mientras trabajaban.

Él no dijo nada de Shawn, ni una palabra. Podía entender que su padre tuviera algún reparo hacia la situación, pero no podía soportar que hubiera una grieta entre ellos. Era como una barrera tácita que los separaba y tenía que romperla.

—Papá.

—Ya la tengo casi. La muy zorra estará rota, pero no se deja aflojar fácilmente.

—Papá, sabes que sigo viendo a Shawn.

Mick se golpeó los nudillos contra la tubería y la llave inglesa se le escapó como si fuese jabón. No levantó la vista, recogió la herramienta y la limpió en los pantalones.

—Me lo imagino.

—¿Te avergüenzas de mí?

Trabajó un momento en silencio.

—No has hecho nada que pueda avergonzarme, Brenna. Pero la verdad es que te estás metiendo en un terreno más resbaladizo que el que estamos pisando ahora. Una cosa es trabajar juntos y admirar tu destreza, pero eres mi hija y a un hombre no le resulta fácil comentar ciertas cosas con su hija.

—¿El sexo?

—Maldita sea, Brenna —se puso rojo como un tomate a pesar de la capa de mugre que le cubría la cara.

—Es eso ¿no? —apartó la tubería rota cuando la consiguieron soltar.

—Es como la mierda esta. Está ahí, pero no voy a hablar de ella. Tu madre y yo hemos hecho lo posible por educarte de una forma y los pasos que des como mujer adulta sólo son de tu incumbencia. No puedes pedirme que te dé mi bendición, Brenna, pero tampoco te juzgo.

—Es un buen hombre, papá.

—¿Cuándo he dicho que no lo fuera? —Mick se sentía incómodo y quería terminar con esa conversación, así que empezó a colocar la tubería nueva a toda prisa.

—Es... por lo que dijo Mary Kate la semana pasada. Estaba furiosa, pero ya hemos aclarado las cosas. No quiero que pienses que lo que hay entre nosotros es una diversión.

Mick pensó que esa chica era obstinada como un terrier con un hueso en la boca. No lo dejaría hasta que lo hubiese masticado y se hubiera quedado satisfecha.

—Lo que dijo Mary Kate es inaceptable entre hermanas, pero me alegro de que os hayáis reconciliado. Por lo demás... ¿le quieres?

—Claro que sí.

—¿Le respetas? —dudó ligeramente y se encontró con los ojos de Brenna—. Bueno, ya sabes...

—Le respeto. Tiene un buen cerebro cuando se molesta en utilizarlo; también tiene un buen corazón y un humor excelente. Aunque sé perfectamente cuáles son sus defectos. Sé que le dan pereza algunas cosas y que no aprovecha su talento.

—Sobre esto tengo algo que decir, aunque tú harás lo que quieras —se levantó—. No se arregla a un hombre como se arregla una tubería o una gotera. Tienes que aceptarlo como es o no aceptarlo en absoluto.

Ella frunció el ceño.

—No digo eso. Se trata de un leve giro en la dirección correcta.

—Correcta, ¿para quién? —le dio una palmada en el brazo—. No se pueden hacer ajustes sólo en un lado. Puedes hacer que todo se desequilibre y se caiga.

Shawn se quedó completamente asombrado al ver aparecer a Brenna por la puerta de atrás a mitad del turno de la comida. Estaba cubierta de porquería desde la gorra hasta las botas e incluso a distancia soltaba un olor que hacía llorar.

—¿Dónde te has metido?

—En una fosa séptica —dijo alegremente—. Hemos limpiado y sacado lo más gordo.

—Me parece que te queda algo por limpiar.

—Bueno, hemos tenido que hacer todo lo posible para recuperar el patio de la señora Duffy, pero el caso es que nos estamos muriendo de hambre.

Shawn levantó una mano.

—Si crees que vas a entrar aquí, será mejor que lo pienses un poco.

—No voy a entrar. Le he dicho a papá que me acercaría para ver si podías hacernos unos emparedados y darnos unas botellas de cerveza.

—Sal y cierra la puerta.

—No pienso —se apoyó en el marco para incordiar un poco—. No molesto a nadie aquí. Nos conformamos con cualquier cosa que tengas a mano, no somos unos exquisitos.

—Eso salta a la vista —apartó los pedidos que estaba preparando y sacó un poco de carne y pan.

A Brenna le divertía verle trabajar a una velocidad muy superior a la normal.

—Tardaremos un par de horas todavía. Luego tengo que hacer algunas cosas.

—Espero que bañarte sea una de ellas.

—Sí, está en la lista. Por lo que parece el tiempo no afecta a vuestro negocio.

—Medio pueblo pasa por aquí de día o de noche. La gente busca compañía y salir de las cuatro paredes de sus casas —puso una generosa capa de carne y queso—. Todo el tiempo hay alguien cantando o tocando y también hay discusiones por el deporte que ponen en la televisión ahora que funciona el generador.

—Nosotros tampoco hemos parado. Creo que no hemos tenido una hora libre desde que empezó la tormenta.

—Estoy deseando que termine. No he visto el sol o una estrella desde hace una semana. Pero Tim Rilley dice que está remitiendo el temporal.

Era una conversación banal, sobre el tiempo y el trabajo, de las que podría mantener con cualquier conocido. ¿No era fantástico, pensó ella, que quisiera tenerla sobre todo con él? Era como un tesoro del que no había disfrutado plenamente en el pasado.

—Bueno, tenga razón Tim o no, pensaba pasar por tu casa más tarde. Digamos que después de medianoche.

—La puerta está abierta, pero te agradecería que te limpiaras las botas antes —puso los emparedados en una bolsa, metió también dos bolsas de patatas y dos botellas de cerveza. Cuando Brenna quiso pagarle hizo un gesto con la cabeza—. Es por cuenta de la casa. Creo que prefiero no tocar ninguna moneda que salga de un bolsillo tuyo.

—Gracias —agarró la bolsa y se la apoyó en la cadera—. ¿No vas a besarme?

—No, pero luego me reconciliaré contigo.

—Más te vale —cerró la puerta con una sonrisa que habría sido seductora en otras circunstancias.

· · · ·

Era una mujer de palabra y abrió la puerta al dar la medianoche. Ella sabía que era demasiado pronto como para que él estuviera en casa, pero le gustaba la quietud del lugar y el aire que tenía cuando no había nadie.

Se quitó las botas en la entrada, como solía hacer Shawn, y merodeó descalza, encendiendo velas y lámparas de aceite porque no había luz todavía. Mientras lo hacía, esperaba que Lady Gwen se apareciera.

¿Acaso no era la situación perfecta para un fantasma? Una noche de tormenta con lluvia y viento y una pequeña casa de campo con velas y el resplandor de la chimenea.

—Sé que estás aquí y estoy sola.

Esperó, pero el aire permaneció inmóvil. Sólo se oía el crujir de la casa y el incesante bramido del viento.

—Quería que supieras que creo que ya entiendo lo que me dijiste la primera vez. En la canción está su corazón y yo la he escuchado, espero haber hecho lo correcto.

Volvió a callarse y como respuesta sólo encontró el silencio.

—Eres de gran ayuda.

Molesta, subió las escaleras.

No necesitaba el consejo de ningún espectro para saber lo que tenía que hacer y cómo hacerlo. Sabía lo que tenía entre manos. Tenía a un hombre que se proponía conservar. Dado que estaba dispuesta, sólo tenía que preparar los detalles.

Encendió la chimenea también arriba y le puso leña para la noche. Encendió un par de velas, se tumbó en la cama, se puso unas almohadas debajo de la cabeza y se preparó para esperar. Pero el cansancio del trabajo se apoderó de ella.

No había viento ni lluvia. El cielo de medianoche era como una seda sembrada de estrellas que brillaban como rubíes y zafiros. La luna llena colgaba de lo más alto y arrojaba su luz sobre un mar liso como un plato.

Las alas del caballo blanco batían como un corazón, firmes y rítmicas. Sobre él cabalgaba el hombre con el jubón de plata, la espalda erguida y orgullosa y la melena negra que ondulaba como una capa.

—Ella no quería que le diera riquezas ni prestigio, ni siquiera inmortalidad.

A Brenna no le resultó extraño estar cabalgando sobre Irlanda con el príncipe de las hadas.

—¿Qué quería ella?

—Promesas, juramentos, palabras que surgen del corazón. ¿Por qué será que para algunos es tan difícil decir «te quiero»?

—Al decirlo bajamos la guardia.

Él giró la cabeza con una mirada amarga.

—Exactamente. Se necesita valor, ¿verdad Mary Brenna?

—O temeridad.

—Si el amor no nos hace temerarios, ¿qué lo hará? —el caballo descendió a una velocidad que hizo que el corazón de Brenna latiera lleno de emoción. Vio el resplandor en la ventana y las formas y sombras de la casa de campo de Faerie Hill.

Los cascos del caballo sacaron chispas cuando tocaron el suelo.

—Un lugar sencillo —murmuró Carrick—, para momentos tan intensos. Mira la verja del jardín. Podría ser el muro de un castillo, ya que no puedo traspasarla como hice una vez.

—Ella, tu amor, también pasea por los acantilados.

—Lo sé, pero no podríamos vernos, aunque estuviéramos pegados el uno al otro.

Ya no había amargura en su expresión sino pena. Y una añoranza dolorosa, pensó Brenna.

—En ocasiones capto el olor de su pelo o su piel, pero durante trescientos años no he podido verla o tocarla o abrirle mi corazón. Has atraído un maleficio sobre vosotros dos —comentó Brenna.

—Es verdad, y he pagado por ese momento de ira irreflexiva. Tú sabes lo que son esos momentos —dijo él.

—Lo sé. Pero, afortunadamente, no tengo la facultad de hacer conjuros.

—Mortales —su gesto se tornó burlón—. No sabéis los poderes que tenéis y por eso los usáis más descuidadamente sobre vosotros mismos y los demás.

—Mira quién habla.

Él asintió con la cabeza.

—Pero no hubo magia en lo que empezó entre Lady Gwen y yo. No la engañé ni la encanté, como dicen algunas leyendas. Vino voluntariamente, hasta que su padre se lo prohibió. Hasta que la prometió a otro hombre por temor hacia mí.

—Te creo —le puso una mano en el brazo—. Una doncella no tenía mucha elección en esos tiempos.

—Pues haz tu elección.

Carrick se bajó del caballo.

—La he hecho —ella lo imitó y observó el gesto de su boca—. Pero seguiré a mi manera.

—Escucha —fue todo lo que dijo.

La música la rodeó como una red de seda.

—Es Shawn que toca la canción que me regaló —Brenna cerró los ojos—. Te llena el corazón. No hay nada tan hermoso en tu país de las hadas —dijo ella mientras abría la verja.

Pero la verja no se movía.

—No puedo abrirla —aterrada se dio la vuelta, pero caballo y jinete habían desaparecido. Volvió a agarrar la verja con las dos manos.

—¡Shawn!

—Tranquila —estaba en sus brazos y él se reía—. Estabas soñando algo muy emocionante.

—Soñando —tenía la cabeza llena de niebla, estrellas y música—. No podía abrir la verja para entrar.

—Estás dentro.

—Dios mío, todavía estoy confusa. He debido dormirme como un tronco —se colocó el pelo—. Dame un minuto para despertarme.

—Tengo algunas noticias que a lo mejor te despejan.

—¿Cuáles?

—Aidan está encantado con tus planos del teatro.

Los ojos de Brenna se iluminaron inmediatamente.

—¿De verdad?

—Sí. En realidad, está tan encantado que ya ha hablado de ellos con Magee.

—¿Qué ha dicho?

—¿Quién?

—Los dos, cualquiera —le agarró del brazo—. No juegues conmigo o tendré que golpearte.

—Te lo diré. No me asustes. No puedo decirte exactamente lo que ha dicho Magee, porque el que habló con él fue Aidan, pero parece que está interesado en ver los planos —Shawn jugueteaba con el pelo de Brenna; era una costumbre nueva que le gustaba—. Los van a mandar a Nueva York y ya veremos lo que pasa.

—Es un buen proyecto.

—A mí me lo pareció.

—Funcionaría bien —se mordió el labio con un gesto de preocupación—. Cualquier estúpido se daría cuenta de que se adapta a lo que ya hay aquí, se funde, no lo abruma. No va a conseguir nada mejor de sus arquitectos.

—Tienes que aumentar tu confianza en ti misma, Brenna. No puedes ser tan modesta.

Ella se limitó a gruñir.

—¿Pero cómo puede conocer Magee lo que no se ve realmente? Dónde está el pub, el terreno y todo eso.

—Tiene fotografías. Finkle sacó docenas cuando estuvo aquí —le recordó Shawn.

—No es lo mismo. Tendría que hablar con Magee personalmente.

—A lo mejor tienes razón, ¿pero no crees que convendría darle un poco de tiempo antes de abalanzarte sobre él y agobiarlo?

—Algunos necesitan que les agobien —hizo un gesto sarcástico—. Como tú, por ejemplo. ¿Cuándo va a mandarlos Aidan? Quizá debiera echarles otro vistazo.

—Ya están en camino. Los envió en el correo de ayer, por servicio urgente, como pidió Magee.

—Bueno, pues nada.

Tendrían que valerse por sí mismos, como la canción de Shawn, pensó Brenna. Estuvo a punto de soltar que ella ya había hablado con Magee y que lo tenían muy ocupado con las actividades de los dos. No, sería mejor esperar y darle los resultados a Shawn en vez de preocuparle con la inquietud.

—¿En que piensas tan profundamente?

—En los próximos pasos y en lo que pasará cuando los demos. Parece que todo es distinto cuando hay un cambio.

—Yo había pensado lo mismo —míranos a nosotros, pensó él mientras le apartaba el pelo de la cara.

A ella se le alteró el pulso. Comprendió que otro cambio, como el que él estuviera simplemente tocándola, le despertaba un repentino e irresistible deseo.

—¿Te preocupa?

—No, pero te concierne por el momento. Prefiero que vuelvas a tus sueños —la besó en los labios—. Si te agarras a mí soñaremos juntos.

—Quiero estar contigo. Eres el único —Brenna no estaba dispuesta a bajar más la guardia.

Shawn la tomó entre sueños, como en un vuelo, sumergiéndose entre la luz de las velas y el olor a leña. Ella sentía una ternura que no había conocido hasta el momento. Una necesidad de dar todo lo que le pedían y hacerlo amablemente.

Se desnudaron sin prisas ni tirones. Los dedos se deslizaban sobre la piel seguidos por los labios. Se entretenían, se demoraban, de forma que cada caricia era un tesoro. Los suspiros precedían a los susurros y las respiraciones se entremezclaban.

El deseo, sin el rojo de las llamas ardientes, era dorado, resplandeciente. El resplandor se mantuvo estable incluso cuando él la llevó al delicado y tembloroso éxtasis.

Se miraron mientras él se introdujo en ella.

Era como volver a casa.

Él la besó y ella tomó su cara entre las manos y la mantuvo firme para poder admirar esa belleza que le llenó los ojos de lágrimas.

—Acompáñame —susurró ella—. Déjate ir y acompáñame.

A Brenna se le cortó la respiración y empezó a estremecerse, luego se liberó con un suspiro cuando él la tomó de la mano y cayeron juntos.

Tenían las bocas pegadas y las mentes nubladas.

—Quédate.

No debía. Él se giró para quedarse al lado de ella, pero ella pensó en todos los motivos por los que debía marcharse y volver a su cama.

—De acuerdo —apoyó la cabeza en el hombro de Shawn y se durmió.

Naturalmente, al amanecer él ya la había empujado hasta el borde de la cama. Había algunas cosas que tenían que mejorar, pensó Brenna al levantarse. Sería una desgraciada si iba a tener que pasar todas las noches peleándose por un poco de espacio en el colchón.

Empieza como pienses continuar, le había dicho su madre mil veces. Empezaría clavándole el codo en las costillas hasta que aprendiera a compartir.

Pero se le caía la baba al mirarlo mientras se vestía. Y el beso que le dio de despedida fue indudablemente amoroso.

—Compraremos una cama más grande —susurró ella antes de echar a correr para llegar a casa antes de que su madre se levantara para preparar el desayuno.

Una hora más tarde, él se despertó solo y levemente enojado. Podía haberse despedido por lo menos. Eso iba a cambiar. En realidad, todo el asunto iba a cambiar, y antes de lo que ella creía.

Quería compartir toda su vida con ella, no sólo algunos ratos en la cama. Se levantó, calculó el tiempo y decidió que le sobraba para ir a echar un vistazo al terreno que tenía apalabrado.

19

El precio era muy elevado y el lugar abrupto, pero a Shawn le gustaba. Bajo una leve llovizna, podía ver el mar, que reflejaba el gris plomizo del cielo y estaba más calmado.

La tormenta había cesado durante la noche, pero la playa estaba llena de conchas, algas y restos de todo tipo de cosas que había arrastrado la marea.

Se imaginaba la casa orientada en ese sentido con un gran ventanal en la sala para poder observar las variaciones de humor del mar.

A sus espaldas se levantaban las montañas lejanas como una sucesión de sombras que chocaban contra el nublado cielo. Y a ambos lados ascendían las colinas y los prados, el verde intenso y húmedo que asomaba entre jirones de niebla.

Él no tenía el talento para construir mentalmente una casa, dibujarla en un papel y conseguir los materiales y herramientas para hacerla realidad, pero sí podía, cuando le iba algo en ello, hacerse una idea.

Quería una habitación de música; aunque no fuese sólo para música, pensó, mientras se alejaba un poco de la zona donde tenía previsto situar la casa. Sería cómoda y acogedora; un lugar al que la gente iría para pasar el rato. Sería una habitación amplia, no pequeña y abigarrada, donde podría meter el piano y el violín. Quería una especie de estudio, quizá Brenna pudiera hacerlo, para componer y tocar su música y donde instalaría un buen equipo de grabación.

Siempre había querido grabar su música y ya era hora de hacerlo. Si pretendía seguir avanzando, lo cual haría a su tiempo y como él quisiera, era fundamental un equipo de grabación. Ya elegiría uno y se plantearía el asunto de vender sus canciones.

Pensar en eso le ponía nervioso. Todo en su debido momento. Tenía que hacer muchas cosas antes y también tenía bastante tiempo por delante.

Antes había que aclarar la situación con Brenna y construir la casa. Luego querrían instalarse y adaptarse el uno al otro durante un tiempo. Se ocuparía de lo demás poco a poco.

El camino que llevaba al solar era mucho peor que el que llevaba de Ardmore a su casa de campo y que seguía hasta la casa de los O'Toole. A él no le importaba mucho, y si le molestaba a Brenna, podría allanarse o ensancharse o lo que fuera. Ésas eran cuestiones que dejaba en manos de ella.

No era un solar muy grande, pero sí lo suficiente como para hacer una buena casa con jardín. Había espacio suficiente para hacer también una cabaña donde Brenna tuviera sus herramientas y quizá un taller. Ella lo necesitaría como él necesitaba su cuarto de música. Compaginarían muy bien las distintas aficiones y sería una ventaja que ninguno de los dos fueran de los que tienen que estar día y noche pegados a la otra persona.

Tendrían espacios comunes y otros propios, y eso era una mezcla ideal.

Por la parte trasera corría un pequeño riachuelo, a la sombra de tres árboles con aire pensativo que le recordaban las tres cruces que había junto al pozo de San Declan.

El hombre que quería vender el terreno le había dicho que al lado había una zona con turba que nadie había tocado durante años. Él no había cortado turba desde que era un niño y salía con su abuelo materno. Los Fitzgerald eran gente más apegada a la tierra y los Gallagher más urbanos.

Shawn pensó que podría divertirle, aunque no fuese fundamental para su vida y su comodidad.

Volvió hacia lo que grandilocuentemente llamaban la carretera y donde los setos alcanzaban una altura considerable y empezaban a mostrar los primeros colores de la primavera. Tres urracas salieron disparadas como balas de una misma escopeta. Tres urracas indicaban el matrimonio, un presagio más que suficiente para él.

Mientras conducía de vuelta al pueblo, se sentía propietario de una tierra, ya que el trato se había cerrado con un apretón de manos.

Brenna trabajó en casa durante las primeras horas de la mañana. El viento había arrancado algunos tablones del tejado y habían salido un par de

373

goteras. Era un trabajo sencillo, un par de martillazos por aquí y por allá, que le daba la oportunidad de sentarse un rato al sol mirando al mar.

Cuando construyera una casa, pensó, elegiría
un terreno elevado para poder ver el mar desde las
ventanas. Le gustaba ver que las barcas habían vuelto al mar y que la vida recuperaba su ritmo habitual. Quizá también haría algunas claraboyas para
poder ver el sol, la lluvia o el movimiento de las
estrellas. Había llegado el momento de tener su
propia casa, aunque añoraría los sonidos y olores
de la familia. Pero algo en su interior le decía que
debía empezar una página nueva en su vida. La noche pasada había notado un tono diferente entre
ella y Shawn que había cambiado todo de forma
definitiva. Ahora su corazón y su mente estaban
en paz.

Había llegado el momento de decírselo a él, de
pedírselo. De intimidarlo si no tenía otro remedio.
Fuera como fuese, pero los O'Toole iban a tener
que preparar otra boda.

Que Dios se apiadara de ellos.

Bajó del tejado, dejó la caja de herramientas junto a la puerta trasera y le dijo a su madre que ya había terminado y que seguiría con su trabajo.

Cuando sonó el teléfono, ella lo descolgó sin
pensarlo, luego lo sujetó entre la barbilla y el hombro y se limpió las manos en los pantalones.

—Dígame...

—¿La señorita O'Toole?

—Soy una de ellas.

—¿La señorita Brenna O'Toole?

—Acertó —Brenna abrió la nevera mecánicamente y examinó lo que había dentro—. ¿En qué puedo ayudarle?

—No cuelgue, por favor, le paso con el señor Magee.

—¡Oh! —cerró la puerta de la nevera con la cadera y se pilló la mano. Tuvo que reprimir un grito—. Claro, claro. ¡Maldita sea! —añadió cuando notó que no había nadie al otro lado de la línea.

—Señorita O'Toole, soy Trevor Magee.

—Buenos días, señor Magee —reconoció la voz profunda y suave que oyó después de sortear una especie de ejercito de ayudantes—. ¿Llama desde Nueva York?

—No, en realidad estoy de camino a Londres.

—Vaya —la decepción inicial por no atender una llamada desde Nueva York se transformó en verdadera emoción—. Entonces, ¿está llamando desde un avión?

—Exactamente.

Quiso llamar a su madre para que se acercara corriendo, pero le pareció que podría resultar un poco paleto.

—Es muy amable por dedicarme un rato de su tiempo.

—Siempre encuentro tiempo para lo que me interesa.

Sonaba como si lo dijese sinceramente y como si también fuese verdad lo contrario.

—Entonces a lo mejor ha tenido tiempo de echarle una ojeada al paquete que le ha mandado Aidan Gallagher.

—Algo más que una ojeada. Usted y su padre hacen un buen equipo.

Empezó a notar que le sudaban las manos y sacó un hielo de la nevera.

—Es verdad y tengo que añadir que además conozco Ardmore y sé lo que encaja mejor en el pueblo.

—No puedo discutir eso, señorita O'Toole.

Creyó percibir un ligero tono divertido y se animó.

—Entonces, quizá pueda darme su opinión.

—Me interesa, tengo que estudiarlo más detenidamente, pero me interesa. Gallagher no menciona dónde estudió.

Ella entrecerró los ojos. Decidió que si era una trampa era preferible caer en ella en ese momento.

—En el trabajo. Mi padre ha trabajado toda su vida en este sector y yo he aprendido a su lado. Me imagino que usted también habrá adquirido experiencia con su padre.

—Puede estar segura.

—Entonces sabrá que se puede aprender mucho haciendo las cosas. Entre mi padre y yo nos ocupamos de la construcción o reparación de la mayoría de los edificios de la zona. Por eso seríamos de gran ayuda para su proyecto. No encontrará a nadie mejor por los alrededores, ni en Waterford. Usted tiene pensado construir en Ardmore, y estará de acuerdo conmigo en que es un acierto emplear la mano de obra y la experiencia local cuando es posible. Nos encantaría mandarle nuestras referencias.

—Y a mí me encantaría verlas. Me ha dado un argumento sólido, señorita O'Toole.

—Puedo asegurarle que lo que construyo con piedra y madera es mucho más sólido.

—Eso lo veré con mis propios ojos. Pienso pasarme dentro de poco por ahí para ver el solar.

—Si nos avisa, mi padre y yo podemos vernos con usted cuando le venga mejor.

—Estaré en contacto.

—¡Ah...! No quiero agobiarle, señor Magee, pero me preguntaba si habría tenido un momento para ver la partitura que le mandé.

—Sí, pero no sé si entiendo bien, ¿usted representa a Shawn Gallagher?

—No, no... es un poco complicado.

—Entonces, él no tiene representante.

—No, no en este momento —¿cómo demonios funcionaban esas cosas?—. Puede decirse que yo actúo en su nombre, a título personal, en este caso concreto.

—Humm.

Ella hizo un gesto. Pensaba que ese sonido encerraba mucho más conocimiento de la situación de lo que parecía.

—¿Puede decirme qué le ha parecido?

—Que podría comprarla si Gallagher la vende y que querría tener la oportunidad de negociar el resto de su obra, porque supongo que tiene más obra, ¿no?

—Sí, montones —se olvidó del sudor de las manos y tiró el hielo al fregadero. Intentó mantener un tono profesional y tranquilo mientras los pies no podían dejar de bailar—. Usted dice que compraría la canción, ¿pero para qué lo haría?

—Para grabarla.

—Pero yo creía que usted se dedicaba a la construcción.

—Una de las cosas que he construido es un sello de discos, Celtic Records —se calló un momento y parecía divertido cuando volvió a hablar—. ¿Quiere referencias, señorita O'Toole?

—Bueno, ¿podríamos hablar de eso más tarde? Tengo que comentarlo con Shawn.

—Naturalmente, mi oficina de Nueva York sabe cómo localizarme.

—Gracias por su tiempo e interés, señor Magee. Espero conocerle pronto. Yo... —se quedó muda—. Gracias.

Dio un grito de alegría en cuanto colgó el teléfono y salió corriendo hacia la puerta delantera.

—¡Mamá! Tengo que irme, volveré en cuanto pueda.

—¿Irte? —Mollie salió del dormitorio y se asomó a las escaleras justo a tiempo para ver la furgoneta que salía disparada hacia la carretera—. Esta criatura... Si no es una cosa es otra. ¿Dónde irá? ¿Ha terminado el tejado? Me va a oír como tenga que pasar otra noche oyendo las gotas caer en un cubo.

Antes de poder volver a sus tareas, vio el coche de Shawn.

—Todo este trajín —murmuró mientras bajaba las escaleras— me está dando dolor de cabeza.

Abrió la puerta y esperó a que Shawn se acercara.

—Buenos días Shawn, me temo que Brenna se te ha escapado. Salió pitando hace un momento como si la llevara el diablo.

—Bueno —se aclaró la garganta—. En realidad no buscaba a Brenna.

—¿No...? —lo miró pensativamente, pero sabía por experiencia que si esperaba a que él se explicara pasaría medio día—. Pues yo soy la única que queda en casa. Entra y tomaremos una taza de té.

—Se lo agradezco —la siguió a la cocina—. No quiero entretenerla mucho tiempo.

—Muchacho, has entrado y salido de esta casa desde que eras un crío y nadie te ha echado, no voy a ser yo la que empiece a hacerlo —le señaló la mesa y se puso a preparar el té—. Brenna va a su aire, como seguro que sabes perfectamente.

—Lo sé. Pensé que me pasaría para ver si... para estar seguro de que usted...

Mollie empezaba a apiadarse de él.

—¿Temes que ya no te quiera, mi chico guapo?

La preocupación desapareció de los ojos de Shawn cuando ella se acercó y le pasó la mano por el pelo como había hecho toda la vida.

—No te preocupes, pero si te hubieras aprovechado de mi pequeña Katie, te habría arrancado las orejas.

—Nunca pretendí que Katie...

—Se emocionara, quieres decir. Te noto un poco torpe de palabra y es bastante extraño en ti. Me ha sobrado un bollo de canela del desayuno. Te lo calentaré y me contarás qué te pasa.

—Hace que me acuerde de mi madre, señora O'Toole.

—Ocuparé su lugar como ella habría ocupado el mío —fue de un lado a otro de la cocina para tranquilizarlo—. ¿Te está volviendo loco Brenna?

—Estoy acostumbrado, no le doy mucha importancia. Estoy seguro de que me tomaré la revancha. Yo... bueno... pensaba que el señor O'Toole le habría contado la conversación que tuvimos hace un par de semanas.

Le lanzó una mirada pensada para fulminar a un hombre.

—Si te refieres al día en que llegó borracho, no lo hizo. Me imaginé que el whisky se lo habrías dado tú, porque era el único sitio donde pudo ir, emborracharse y volver en tan poco tiempo.

—No le habló de nada...

—No dijo una palabra.

—Bueno, el caso es que estaba enfadado y tenía motivos, hasta que le expliqué cómo estaban las cosas.

—¿Y cómo están las cosas, Shawn? —Mollie dejó la tetera y esperó.

—Estoy enamorado de Brenna, señora O'Toole, y quiero casarme con ella.

Se quedó quieta un segundo y luego apoyó la mejilla en la cabeza de Shawn.

—Claro, claro. No te preocupes por mí, tengo que lloriquear un poco.

—Me portaré bien con ella.

—No tengo ninguna duda —fue a sacar el bollo del horno mientras se frotaba los ojos—. Ella también será buena contigo.

—La otra parte de la historia es que yo he estado trabajando el asunto, por decirlo de alguna forma, para que sea ella la que tenga la idea. Ya sabe cómo es cuando se empeña en algo.

—Se aferra a ello hasta que lo consigue o decide que ya no merece la pena. Siempre he dicho que eres un muchacho muy listo.

—Hay muchos que no piensan lo mismo —dijo él tranquilamente—. Pensé que podría esperar, ¿sabe? Normalmente no tengo prisa por conseguir las cosas, pero me parece que en este caso no puedo esperar. Esta mañana he comprado un terreno.

A ella no le sorprendió ni la mitad de lo que le pareció a él, aunque le alegró el doble.

—Vaya, muchacho, sabes moverte rápidamente cuando te interesa.

—Tendrá la casa que quiera, no soy maniático con esas cosas.

Mollie abrió la boca y volvió a cerrarla. Sabía perfectamente que los hombres decían esas cosas y que se las creían. Luego volvían locas a las mujeres con todo tipo de detalles. Pero eso era un asunto de él y Brenna.

—Ella ha tenido siempre la ilusión de construir su casa.

—Lo sé, ¿y por qué no iba a hacerlo? Tiene talento y le gusta trabajar en eso. Yo no tengo ningún interés en agarrar un martillo o una sierra, pero me gano bien la vida y me la ganaré mejor cuando se haga el teatro. No habrá problemas para tener un techo.

—Shawn, ¿me estás pidiendo permiso para pedirle a Brenna que se case contigo?

—Le pido su bendición, me importa tanto como le importa a ella.

—Te doy mi bendición —le tomó las manos—. Y aunque la adoro, también te doy mis condolencias. Va a acabar contigo.

—Necesito que me hagas un favor.

Brenna irrumpió por la puerta trasera del pub en el momento en que Aidan estaba bajando unas sillas. Era fundamental sincronizarlo todo, pensó Brenna mientras intentaba recuperar el aliento. Shawn podría llegar de un momento a otro.

—Vaya, pareces llena de sorpresas y secretos —puso una silla debajo de la mesa—. ¿Qué favor quieres?

—No puedo decirte el secreto —ella bajó otra silla y la puso debajo de la mesa—. Tengo que pedirte que lo hagas sin preguntar nada.

Aidan la miró atentamente: sus mejillas estaban congestionadas, los ojos le brillaban con intensidad y tenía una sonrisa estúpida. Le recordó a la expresión de su mujer en cierta ocasión.

—Por Dios bendito, Brenna, no estarás embarazada.

—¿Embarazada? —casi se le escapa la silla que tenía entre las manos—. ¡No, no! —se rió, pero también se sorprendió al darse cuenta de que no le importaría estarlo—. No tiene nada que ver con eso, Aidan. ¿Hay alguna posibilidad de que le des la noche libre a Shawn?

—¿Toda?

382

Notó el horror en el tono y se compadeció.

—Ya sé que es pedir mucho y muy de repente, pero es importante. Trabajaré gratis el fin de semana para compensarte. Iré yo misma a hablar con la señora Duffy para ver si le viene bien.

—¿Por qué no me lo pide Shawn en vez de mandarte para que me mires con esos ojazos?

—Él no lo sabe —se acercó y le pasó la mano por el brazo—. Otra parte del favor es que no le digas que te lo he pedido. ¿Podrías mandarle a casa con alguna excusa a principio del turno?

—Le extrañará mucho, ¿no?

—No he tenido tiempo de pensar en ello —se dio la vuelta y dio unos pasos, pero no se aclaró las ideas—. Piensa algo, Aidan, por favor.

—Son asuntos del corazón, supongo. Y quieres que use el mío contra mi negocio —dejó escapar un prologando suspiro—. Pensaré algo.

—Eres el mejor —le abrazó y le plantó un sonoro beso en los labios.

—Muy bonito, si no es un hermano es el otro —Darcy entró dando un bostezo—. Es un hombre casado, te lo advierto, mala pécora.

—También tengo para ti —antes de que Darcy pudiera evitarlo, se acercó a ella y le hizo lo mismo.

—Dios mío, también persigue a las chicas —dijo con una risa somnolienta. Tomó a Brenna de los brazos—. Brenna, ¿estás embarazada?

—¡Por amor de Dios! No. ¿No puede una estar contenta sin estar embarazada? Tengo que irme, debe estar a punto de llegar. No le digáis que he estado aquí. Por favor. Me llevo una de esas botellas francesas llenas de burbujas, apuntádmela en la cuenta.

Brenna salió como había entrado y Darcy se quedó frotándose la boca.

—¿De qué va todo esto?

—No tengo ni idea, pero esconde algo en la manga y Shawn no debe saberlo.

—Secretos, podría sacárselos en cinco minutos.

—Estoy seguro —confirmó Aidan—, pero vamos a darle el gusto de respetar esa sorpresa.

—Yo ya me he llevado una —Darcy pasó detrás de la barra para ponerse el delantal—. Está enamorada de él.

—¿Te molesta?

—No, pero parece que los Gallagher empiezan a caer como fruta madura.

Aidan pasó detrás de la barra para hacer caja.

—¿Temes que sea contagioso, querida?

—Lo temería si no fuera inmune a esa debilidad —oyó que volvía a abrirse la puerta de atrás—. Hablando de despistados, ahí está.

Darcy, llena de afecto y cariño, se dirigió a la cocina para torturar a su hermano.

—¿Qué quieres decir con que puedo irme? —Shawn miraba a su hermano rodeado de un montón de patatas—. ¿Irme, adónde?

—Donde quieras. Kathy Duffy está viniendo.

—Pero... ¿por qué?

—Para suplirte —Aidan había pensado que ya que iba a hacerlo, por lo menos disfrutaría un poco a costa de su hermano—. Tienes la noche libre como pediste. Aunque nos viene fatal.

Shawn tiró las pieles a la basura.

—No he pedido la noche libre.

—Pues habrá sido tu gemelo perverso o he tenido alucinaciones —Aidan hizo un gesto y abrió la nevera para sacar la botella de agua—. Hace dos días, cuando lo pediste, te dije que lo arreglaría.

—Pero yo... tú lo has soñado. Tengo cuatro kilos y medio de patatas delante de mis narices, ¿crees que iba a venir a pelarlas si tuviera la tarde libre?

—No puedo responder a esa pregunta, pero Kathy Duffy está viniendo y no puedo teneros a los dos en la cocina.

—Yo no tengo nada que hacer. Te has hecho un lío.

Aidan empezaba a disfrutar y se volvió hacia Darcy cuando ésta entró en la cocina.

—Darcy, ¿ha pedido Shawn la tarde libre o no?

—Claro que sí, hace dos días, el maldito egoísta —no pensaba dejar escapar la oportunidad y miró a Aidan con ojos retadores—. Y ya que eres tan complaciente con tu hermano, quiero la tarde del sábado.

—La tarde del sábado —Aidan casi se atraganta con el agua que estaba bebiendo—. No puedo darte la tarde del sábado cuando se acerca la primavera.

—Vaya, para él no hay problema —señaló a un Shawn apabullado—, pero para mí todo es distinto.

—Yo no necesito que me dé la tarde libre.

—Pues la tienes —Aidan dio una palmada y apretó los dientes mientras Darcy se cruzaba de brazos—. Es distinto la tarde de un día laborable que la de un sábado.

—Perfecto, me tomaré la tarde del lunes. Salvo que no tenga el mismo tratamiento que ése por ser mujer —salió satisfecha de haber liado a Aidan.

—No recuerdo haberte pedido esta noche libre —dijo Shawn vagamente.

—¡Ya! Y la mitad de las veces tampoco te acuerdas de atarte los cordones de las botas —Aidan, realmente molesto, le señaló la puerta de la calle—. Largo de aquí, liante.

Aidan se remangó y salió a hablar con su traicionera hermana.

Ya lo tenía todo preparado, y no había sido nada fácil. Tenía que ser algo especial y lo más cercano a la perfección posible. Shawn Gallagher tenía que comprobar que no era el único capaz de tener detalles y preparar un escenario hermoso.

Había ido al mercado para comprar todos los ingredientes y había estado cocinando en la casa de Shawn mientras él estaba en el pub. Quizá no fuera una virtuosa, pero tampoco era una inútil.

Había dejado enfriar el vino e incluso había fregado un cubo de hojalata que pensaba utilizar como cubitera. Jude le había prestado las copas de champán. A Brenna le pareció que las había llamado «de flauta» y eran muy elegantes.

Le parecía que había puesto una mesa muy bonita. Un par de platos preciosos, servilletas de hilo y un jarrón con flores que había cortado del jardín de su madre y del de la casa de Shawn.

Y velas. Todo estaba preparado para dar ambiente romántico y de celebración.

No podía esperar a ver su cara cuando le dijera lo de su canción. Había tenido que hacer un ejercicio de voluntad y continencia para no gritar la noticia a los cuatro vientos. Shawn tenía que ser el primero en saberlo.

Una vez que lo hubieran celebrado y hubieran brindado, le diría el resto. No podía, ni debía, tartamudear. ¿Acaso no se había repetido las palabras cien veces en la cabeza?

—Te quiero —dijo ella en voz alta a la habitación vacía—. Creo que siempre te he querido y ahora sé que siempre lo haré. ¿Te casarías conmigo?

Se llevó la mano a la altura del corazón, como si quisiera evitar que se le saliera del pecho. En realidad, no era tan difícil. Quizá tuviera la lengua un poco torpe, pero había conseguido decirlo de corrido.

Si él ponía obstáculos o la rechazaba, tendría que matarlo.

Tenía los oídos alerta y oyó el coche que entraba en la calle. Muy bien, Brenna, adelante, cerró los ojos y se preparó.

Él no había pedido la tarde libre, estaba seguro. Shawn seguía dándole vueltas en la cabeza cuando abrió la verja del jardín. Lo sabría, ¿no? Si lo hubiera hecho, ¿no habría preparado algún plan? Sabía perfectamente lo que hacía.

Había algo que no encajaba. Llamaría a Brenna y le preguntaría si le apetecía pasar la noche con él. Prepararía algo de comer o, a lo mejor, podían ir al restaurante del hotel. Aidan y Darcy debían estar tomándole el pelo, pero no conseguía entender por qué.

En cuanto entró en su casa notó el olor a comida y vio un ligero resplandor en la cocina. Sólo pudo pensar que no entendía nada. ¿Habría decidido cocinar Lady Gwen mientras él estaba fuera?

Cuando entró en la cocina, le sorprendió tanto ver a Brenna como le habría sorprendido ver a un fantasma.

Llevaba puesto un vestido, lo cual era muy extraño. Además, estaba de pie, sonriente y rodeada de velas encendidas. Olía a guiso y en la encimera había una cubitera con una botella de champaña.

—¿Qué es todo esto?

—Una cena. Estofado de carne con Guinness. Lo único que sé hacer y que a nadie le importa comerse.

—¿Lo has hecho tú? —Shawn se frotó la frente como si le doliera la cabeza.

—De vez en cuando también soy capaz.

—Ya, pero... ¿Habíamos...? Bueno, hemos debido de hacerlo —echó un vistazo a todos los preparativos—. Esto es algo más que una distracción. Algo debe ir muy mal en mi cabeza.

—A mí me parece que no estás mal —ya que él no parecía dispuesto a moverse, se acercó ella para darle un beso—. Estás bastante bien, diría yo —le tomó el rostro entre las manos y le dio otro beso, esta vez de ensueño—. Me alegro de verte, Shawn.

Él seguía haciéndose preguntas, pero decidió que era una tontería preocuparse cuando el beso fue adquiriendo intensidad.

—Es un placer llegar a casa y encontrarte.

Brenna pensó que sería mejor que fuese acostumbrándose y se apartó un poco.

—He estado esperándote con el corazón en un puño —reconoció ella—. Tengo que contarte algunas cosas.

—¿Qué?

Las palabras luchaban por salir de la boca, pero las contuvo.

—Primero descorcharemos la botella.

—Yo lo haré —tomó la botella y enarcó las cejas al ver la etiqueta—. Es del caro. ¿Celebramos algo?

—Sí —ella captó la mirada de Shawn y cómo se le crisparon los dedos alrededor del cuello de la botella—. Si me preguntas si estoy embarazada te parto la cabeza. No lo estoy.

Hablaba con una sonrisa en los ojos. Él no dejó de mirarlos mientras desencorchaba la botella.

—Estás rara.

—Lo estoy. Hay cosas que no ocurren todos los días y cuando ocurren te sientes rara —se sentía burbujeante como el vino que estaba sirviendo Shawn. Levantó la copa—. Por ti, Shawn.

—¿Qué he hecho?

—Deberíamos sentarnos. No, no puedo. Nos quedaremos de pie. Shawn has vendido tu primera canción.

20

La perplejidad hizo que a Shawn se le borrara la sonrisa.

—¿He hecho qué?

—Has vendido tu canción y venderás más. Pero la primera es la más emocionante, ¿no?

Él volvió a bajar la copa lentamente.

—No he sacado a la venta ninguna canción, Brenna.

—Lo hice yo. La canción que me regalaste. Se la mandé a Magee a Nueva York. Me ha llamado hoy, esta mañana, y me ha dicho que quiere comprarla. Y que quiere ver el resto de tu obra —giró sobre sí misma demasiado emocionada como para notar la frialdad con que él la miraba—. Me ha resultado dificilísimo pasar el día sin poder decírtelo.

—¿Qué derecho tenías a hacer eso?

Ella seguía radiante y dio un sorbo de champán.

—¿Hacer qué?

—Mandar mi canción, permitirte enseñarle a un desconocido algo que es mío.

—Shawn —le tomó del brazo y le dio una pequeña sacudida—. Va a comprarla.

—Te la di porque me la pediste, porque pensaba que la querías para ti y que la valorabas por eso. ¿Era eso lo que tenías pensado? ¿Mandársela a alguien? ¿Le has puesto precio?

Algo iba mal, peligrosa y rematadamente mal.

Brenna sólo sabía combatirlo de una forma: con genio.

—¿Qué tiene de malo? Ha dado resultado, ¿no? ¿Qué objeto tiene componer canciones si no haces nada con ellas? Ahora tienes la oportunidad.

Él permanecía inalterable.

—Y lo decides tú, ¿no? Tú decides lo que tengo que hacer, cuándo y cómo.

—No hacías nada.

—¿Qué sabes tú de lo que hago o lo que tengo pensado hacer?

—Te he oído decir mil veces que no estabas preparado para enseñarlas.

Supo que se había equivocado en cuanto empezó a hablar.

—Exactamente, pero eso no te satisfacía, no encajaba con la forma de hacer las cosas que quieres imponer. Piensas que no tiene ningún sentido si no le sacas rendimiento, si no puedes enseñar unos billetes al terminar el día.

—No se trata de unos billetes...

—Mi música es lo más personal que hay en mi vida —se calló un instante—. Nada lo cambiará aunque nunca me dé ni una libra. No lo entiendes ni lo respetas, Brenna. Ni a mí tampoco.

—Eso no es verdad —empezaba a sentir algo más que irritación. Algo que no tenía nada que ver con la ira que le atenazaba el estómago y la garganta—. Sólo quería sacar algo de ella.

—Yo ya he sacado algo de ella.

Nunca había visto una furia tan fría y tan controlada. Los ojos gélidos y la expresión rígida no dejaban lugar a la duda. Brenna se sentía como un bicho al que no merece la pena ni pisar.

—Por el amor de Dios, Shawn, deberías estar bailando en vez de reprochándomelo. Quiere comprar tu canción, cree que hay que grabarla.

—¿Te importa más lo que piense él que lo que piense yo?

—Estás malinterpretándolo. Tienes una oportunidad, pero eres demasiado terco como para aceptarla.

—¿Ésa es nuestra relación? Tú piensas, tú decides y yo me limito a seguirte y a agradecerte que te ocupes de un pobre idiota que no sabe cuidar de sí mismo.

—¿Por qué dramatizas? —le temblaba la mano mientras se la pasaba por el pelo—. ¿No te encargaste tú de que él viera mi proyecto?

De repente se acordó de eso. Se había olvidado de todo lo que le había dicho Magee de su trabajo. Se había olvidado por la emoción de la oferta de Magee por la canción de Shawn.

—Lo hice —replicó Shawn—. Pero yo te lo comenté, no lo hice a tus espaldas, como si fuese un engaño.

—No pretendía ser un engaño —pero empezaba a comprobar que no le había hecho un favor y sentía una punzada en el estómago que no le permitía comprenderlo claramente—. Nunca dijiste que no quisieras hacer nada con tus canciones. Sólo decías que no estabas preparado.

—Porque no estaba preparado.

—Perfecto, nos quedamos atascados en ese punto —el miedo la hizo más agresiva—. Y tú eres un especialista en eso. Maldita sea, me diste la canción y yo hice con ella lo que quise. Pensé que te alegrarías, pero es un error que no volveré a cometer.

Al verla temblar, la miró perversamente complacido.

—Yo tampoco.

Sin decir nada más se dio la vuelta y salió de la casa.

—Hijo de perra —cerró la puerta de una patada—. Cabrón desagradecido que no ve más allá de sus narices. De esta forma me agradeces que quiera hacer algo por ti. Si crees que voy a salir corriendo detrás de ti, puedes esperar sentado.

Agarró la copa y se la bebió de un trago. Las burbujas le explotaron en la garganta y le hicieron llorar.

Pensar que se había molestado tanto por él... y todo para que la tratara como si fuera una entrometida. En realidad no lloraba por eso, ni por él.

Se apoyó en la encimera y respiró hondo para intentar aliviar la presión que sentía en el pecho.

¿Qué había hecho? No podía comprender por qué se había equivocado tanto. Seguramente no lo habría hecho de la mejor forma posible, pero el resultado... ¿Cómo era posible que algo que ella pensaba que le alegraría se le hubiese escapado de las manos y se hubiera convertido en motivo de disgusto para los dos?

Se dio la vuelta para sentarse hasta que se calmara y vio a Lady Gwen.

—Me has servido de mucha ayuda. Me dijiste que su corazón estaba en la canción y que yo debía escucharla. ¿Acaso no es lo que he hecho?

—No con la suficiente atención —respondió ella.

Luego se quedó sola.

• • • •

Sabía cómo tranquilizarse con una caminata. Ya lo había hecho otras veces. Vagó por los campos a la luz de la luna. Lo importante no era pensar sino moverse.

Subió hasta los acantilados donde el viento y el agua le aclararían las ideas. Pero la furia no se disipaba. Le había dado su corazón a una mujer que no le consideraba un hombre.

Había mandado su canción a un desconocido, a un hombre que ni él ni ella habían visto en su vida ni sabían cómo era. Y sin decirle una palabra; se había limitado a seguir sus impulsos con la esperanza de que él los aceptara sin rechistar.

Pues no estaba dispuesto.

¿No se daba cuenta de que podía intuir lo que ella pensaba? ¿Que ella lo tomaba por un necio? «Shawn... sí, es un muy simpático y listo a su manera, pero no mueve el culo si no le das una patada.»

Y era ella la encargada de darle la patada. Si pensaba quedarse sentado para componer música, lo mejor sería sacar algo de todo ello.

Era su música no la de ella y ella ni siquiera se había tomado la molestia de fingir que la comprendía o le gustaba.

Además, ¿qué entendía ese Magee de esas cosas? Celtic Records, le dijo una vocecilla en su cabeza. Había conocido ese mundillo lo suficiente como para saber lo que entendían Magee y otros como él. No tenía por qué fingir otra cosa.

—No tiene nada que ver —farfulló Shawn mientras tiraba una piedra al mar.

¿Acaso no había pensado él que cuando hubiera conocido a Magee y se hubiera hecho una opinión acerca suyo podría pensar en la posibilidad de enseñarle alguna canción?

Una canción que hubiera elegido él. Una canción que él hubiera decidido que era la adecuada. Porque era su música y no la de nadie más.

¿Cuándo fue la última vez que dio por terminada una canción? Tuvo que reconocer que aproximadamente nunca y tiró otra piedra.

Magee quería comprarla.

—¡Joder! —Shawn se sentó mirando al mar intentando separar la furia de todo lo demás.

¿Cómo podía explicar a los demás lo que sentía cuando se expresaba con notas y palabras? Que todo eso era un gozo íntimo y sereno y que lo demás, hacer algo, como decía Brenna era como ponerse al borde del acantilado. No estaba preparado para dar el paso adelante.

Le habían empujado y se sentía resentido por ello. Daba igual que el resultado fuera el que él deseaba, él no había pedido que le dieran el empujón. Y eso era algo que ella no entendería nunca.

Entonces, ¿a dónde habían llegado si no se conocían lo suficiente como para comprenderlo?

—El orgullo es importante para un hombre —dijo Carrick, que se hallaba encaramado en una roca.

Shawn apenas lo miró.

—Tengo problemas personales, si no te importa.

—Se ha metido en tu terreno y no puedo culparte por habértelo tomado de esa manera. Una mujer tiene que conocer su sitio, y si no lo conoce hay que dejárselo muy claro.

—No es una cuestión de sitios, majadero arrogante.

—No la tomes conmigo, chaval —dijo Carrick jocosamente—. En este caso estoy de tu lado. Ella se ha excedido, no hay duda. ¿En qué estaba pensando para utilizar algo tuyo de esa manera? Que se lo dieras o no es lo de menos, eso es un detalle técnico.

—Lo es.

—Es lo que digo. Además, no contenta con eso, ¿qué hace? Lo organiza todo para que tengas la noche libre.

—¿Lo organizó ella? —Shawn tiró otra piedra al no poder hacer nada más gratificante—. Sabía que no me había vuelto loco. Maldita sea.

—Intenta manipularte —Carrick agitó una mano y tiró al mar la pequeña estrella que le colgaba de la punta de los dedos, donde dejó una estela pla-

teada—. Te ha preparado una cena y lo ha puesto
todo precioso, incluida ella misma. Es la mujer más
astuta que conozco. Estás mejor lejos de ella. Quizá debieras volver a fijarte en su hermana. Es joven,
pero será maleable, ¿no crees?

—Cierra el pico —Shawn se levantó y dio
unos pasos con el ceño fruncido ante el regocijo
de Carrick.

—Estás perdido, joven Gallagher —Carrick tiró otra estrella al mar—. No acabas de resignarte
a sentirte humillado, pero lo estás. Mortales, ¿por
qué será que preferís pasar la mitad de vuestra vida sufriendo?

Volvió a agitar la mano, pero esa vez hizo aparecer un cristal liso y transparente como una gota de
agua. Pasó la mano por encima y observó la figura
que flotaba en su interior. Tenía un rostro hermoso
con los ojos verdes y delicados como la hierba recién cortada y el pelo pálido como la luz invernal.

—Te añoro, Gwen.

Se llevó el cristal al corazón y llamó a su caballo alado para cabalgar por el cielo como hacía todas las noches: solo.

• • • •

Cuando volvió, la casa estaba vacía. Como él esperaba. Pensó que, además, era lo que quería. Estar solo. Ella había retirado la comida y eso le sorprendió. Sabía el genio que tenía y se podía haber
esperado que hubiese destrozado las cazuelas y los
platos.

Sin embargo, la cocina estaba ordenada como una iglesia, incluso olía ligeramente a cera. Se sintió un grosero al darse cuenta, abrió una botella de cerveza y se fue a la sala.

No tenía intención de tocar, sino de sentarse sin hacer nada frente al fuego apagado. Pero tampoco iba a pasarse una noche libre rumiando sus penas, haría algo que le agradara.

Se sentó al piano y tocó por el placer de hacerlo.

Cuando Brenna volvió a la verja del jardín oyó la canción que Shawn le había regalado. Su primera reacción fue de alegría por haberlo encontrado. Le segunda fue de dolor, porque la canción era como echar sal en una herida abierta.

Pero tenía que afrontar el dolor. Agarró el picaporte de la verja, empujó, tiró, insistió, pero tuvo que retroceder aterrada al comprobar que no se abría.

—Shawn —dejó escapar un sollozo—, no me dejas entrar...

La música cesó. Contuvo las lágrimas; no se presentaría ante él llorando. Cuando se abrió la puerta, tuvo que clavarse las uñas para evitar el llanto.

A él le había parecido oír en su cabeza un lastimero susurro de ella. Había sabido que Brenna estaba fuera, daba igual si había sido cosa de magia o de intuición. Ahí estaba ella bañada por la luz de la luna; los ojos húmedos y la cabeza alta.

—¿No vas a entrar?

—No puedo... —tuvo que reprimir un sollozo—. No puedo abrir la puerta.

Él, asombrado, empezó a caminar por el sendero, pero ella se adelantó un poco y se agarró de la verja.

—No, me quedaré a este lado. Seguramente sea lo mejor. He estado buscándote y me he imaginado que, bueno, que antes o después volverías a casa. Yo quería pensar un rato, quizá no lo haga muy a menudo, yo...

¿Él no iba decir nada?, pensó ella con cierta desesperación. ¿Iba a quedarse parado con una mirada inexpresiva para que no pudiera leer en su interior?

—Lo siento, Shawn, siento muchísimo haber hecho algo que te molestara. Debes saber que no lo hice intencionadamente. Pero algo de lo que dijiste antes es verdad. Y también te pido disculpas por eso. ¡No sé cómo hacer esto!

Se dio la vuelta con un tono de impotencia en la voz.

—¿Qué haces, Brenna?

Ella tenía la vista perdida en la oscuridad.

—Estoy pidiéndote que no me rechaces por haber cometido un error, aunque sea muy grande. Que me des otra oportunidad. Y que sigas siendo mi amigo si entre nosotros no puede haber otra cosa.

Shawn pudo haber abierto la verja en ese momento, pero volvió a pensárselo.

—Te di mi palabra de que seguiría siendo tu amigo, como tú me diste la tuya, y pienso mantenerla.

Ella se llevó la mano a la boca y la mantuvo allí hasta que decidió que podía hablar.

—Significas mucho para mí y tengo que aclarar esto que ha pasado entre nosotros —se recompuso y volvió a darse la vuelta—. Algunas cosas que dijiste eran verdad, pero otras no. Estás equivocado en algunas de las cosas más importantes.

—Y tú me dirás cuál es cada una...

Le dolió el sarcasmo gélido, pero no tenía fuerzas para sacar su genio y devolver la contestación.

—Sabes apuntar y dar en la diana como nadie —dijo ella tranquilamente—. Y es más efectivo porque lo haces muy pocas veces.

—De acuerdo. Lo siento —lo sentía realmente, porque nunca la había visto tan herida—. Sigo enfadado.

—Soy agobiante —tomó aire y lo soltó, pero seguía notando el dolor—. Y machacona y puedo ser irreflexiva incluso con las personas que quiero. Quizá lo sea más con los que más quiero. Pensé que si tú no hacías nada con tu música, tendría que hacerlo yo por ti. Fue un error. Fue un error hacer con tus cosas lo que haría con las mías y como lo haría con las mías. Debería habértelo dicho, como tú me lo dijiste a mí.

—Estoy de acuerdo.

—Pero no fue algo egoísta. Quería ofrecerte algo, algo importante, algo que te hiciera feliz. No era por el dinero, te lo juro, era por el reconocimiento.

—No busco el reconocimiento.

—Yo lo quería para ti.

—¿Qué te importa a ti, Brenna? Ni siquiera te interesas por mi música.

—Eso no es verdad —sintió una punzada de rabia por lo injusto de sus palabras—. ¿Además de entrometida soy sorda y estúpida? Adoro tu música. Es maravillosa. A ti no te ha importado jamás lo que me pareciera. Te he pinchado durante años y nunca te ha irritado lo suficiente como para llevarme la contraria. Has desperdiciado un don, una especie de milagro y eso me pone furiosa.

Se secó unas lágrimas mientras lo miraba.

—No puedo evitar sentir eso y no quiere decir que te quiera menos, aunque seas un zoquete. Es precisamente porque te quiero. Entonces escribes una canción que me llega tan hondo como no me había llegado nada antes. Me entusiasmó incluso antes de que estuviera terminada, hace semanas, cuando la vi encima del piano, abandonada como si no pudieras distinguir un diamante que tenías delante de tus narices. Tuve que hacer algo con ella y no me importa haberme equivocado. Estaba tan orgullosa de lo que eras capaz que no podía permitir que se quedara en nada. Vete al infierno una y mil veces.

Lo zarandeó y él soltó un silbido.

—Vaya, eso sí que es pedir disculpas.

—¡Que te den! Retiro todas mis disculpas. He sido una tonta pidiéndotelas.

Ésa era su mujer, pensó Shawn. Puso las manos sobre la verja y la miró burlonamente.

—Demasiado tarde, ya las he recibido y pienso conservarlas. Ahora te corresponderé un poco. Siempre me ha importado lo que piensas de mi música y de mí. Me ha importado más lo que pensaras tú que lo que pueda pensar nadie en el mundo. ¿Qué te parece?

—Intentas confundirme porque estoy enfadada otra vez.

—Siempre he podido confundirte, querida, estuvieras enfadada o no —dio un pequeño empujón y la verja se abrió suave y silenciosamente—. Pasa.

Ella se sorbió las lágrimas y echó de menos no tener un pañuelo.

—No quiero.

—Entrarás aunque no quieras —la agarró de la mano y tiró de ella—. Yo también tengo algo que decir.

—No me interesa —volvió a empujar la verja y lanzó un juramento al ver que no se movía.

—Vas a escucharme —la agarró y sujetó sus manos antes de que cerrara los puños—. No me gusta lo que hiciste ni cómo lo hiciste, pero tus motivos lo suavizan considerablemente.

—Me da igual.

—Deja de portarte como una majadera —ella se quedó boquiabierta y él la levantó unos centímetros del suelo—. Me pondré bruto si hace falta. Sabes que te gusta cuando lo hago.

—Pero... cómo... yo...

No le salían las palabras y él asintió con la cabeza.

—¡Ajá! No puedes decir nada, ¿eh? Es una novedad muy de agradecer. No necesito que nadie me organice la vida, pero no me importa que alguien forme parte de esa organización. Nadie va a agobiarme ni engañarme ni manipularme, y si lo intentas, lo lamentarás.

—¿Vas a hacer tú que lo lamente? —balbuceó ella—. Ya lo lamento, lo hice para...

—Brenna —la sacudió un poco y ella volvió a quedarse boquiabierta—. Hay veces que estás mucho más guapa con la boca cerrada. Y ésta es una de ellas. Como iba diciendo —ella lo miraba con los ojos abiertos como platos—, una cosa es que te engañen y otra que te sorprendan. Y empiezo a pensar que en el fondo tú querías sorprenderme con algo, como un regalo, y yo lo rechacé. Lo siento, Brenna.

El dolor y el temor empezaban a disiparse, pero era difícil resignarse a no aferrarse a ellos.

—Yo tampoco me creo mucho tu arrepentimiento.

—Tómalo o déjalo.

—De repente, tú también te has puesto apremiante.

—Tengo mis límites y a estas alturas deberías conocerlos. Así que... ¿cuánto está dispuesto a pagar Magee por la canción?

—No se lo pregunté —dijo ella secamente.

—Ah, de modo que puedes mantenerte al margen de algunas cosas. Conviene saberlo.

—Eres odioso. Ya te he dicho que no era cuestión de dinero —lo empujó y entró en el camino sin volver a pasar la humillación de la verja—. No sé cómo he podido pasar por alto esa parte de tu naturaleza durante todos estos años. Cómo he podido pensar que estaba enamorada de ti. Nunca lo entenderé. Las personas como tú me hielan la sangre.

Él no pudo evitar una sonrisa. Era delicioso que todo volviera a su cauce.

—Hablaremos de eso dentro de un rato. Importa que no fuera una cuestión de dinero, Brenna, que no pensaras que ibas a compartir tu vida con un hombre incapaz de ganarse la vida con su talento y que, por lo tanto, tendrías que hacerlo tú por él.

—Me importa un rábano cómo te ganes la vida.

—Es lo que compruebo ahora. Que realmente pensabas que querías estar con ese hombre y que al sentir lo que sentías por él querías ayudarle en lo que le importa. Es un pensamiento que agradezco mucho, pero no cambia el hecho de que deberías habérmelo dejado a mí.

—Puedes estar seguro de que en el futuro te dejaré esas cuestiones y todas las demás.

—Si ese juramento dura más de una semana, yo me meto a cura. Además, en estos momentos, ese cerebro calculador que tienes estará pensando que me pondré en contacto con Magee y que le mandaré más canciones si me convence lo que me dice; que es lo que pensaba hacer cuando viniera y le conociera.

Ella lo miró con recelo.

—¿Pensabas enseñarle tus canciones?

—Seguramente, sí. Tengo que reconocer que he estado tentado de mandarle algo docenas de veces y no lo he hecho. Cuando produces algo, es maravilloso. Temía que alguien lo encontrara apetecible. Era más seguro no ponerlo en peligro. Temía perder algo que me importaba tanto, ¿me consideras menos por eso, Brenna?

—No, claro que no. Pero si no preguntas —dijo ella recordando a su padre—, la respuesta siempre es no.

—No discuto tus motivos, sólo tu método. Di-me una cosa: si Magee llega a contestarte que por qué le mandabas esa música de aficionado y que quien la había escrito no tenía el más mínimo talento, ¿me habrías considerado menos?

—Claro que no, idiota. Habría comprendido que Magee no tenía ningún gusto.

—Bueno, eso ha evitado un jaleo considerable. ¿Podemos volver a cuando estabas enamorada de mí?

—No, porque ya no lo estoy. He recuperado el sentido común.

—Es una verdadera pena. Tendrás que esperar aquí un minuto, tengo que ir a por una cosa.

—No pienso quedarme aquí. Me voy a casa.

—Iré detrás de ti —dijo por encima del hombro mientras entraba en su casa— y lo que tengo pensado es mejor hacerlo aquí, en privado.

Ella pensó escalar la verja, para fastidiarlo, pero tanto lío emocional la había dejado sin fuerza y daba igual terminar en ese momento que un poco más tarde.

Esperó de brazos cruzados. Cuando salió no llevaba nada y ella frunció el ceño.

—Hay luna llena —dijo él mientras avanzaba—. Quizá haya cosas que nos afectan más de lo que pensamos. Pero tenía que ser a la luz de la luna y tenía que ser aquí —metió la mano en el bolsillo—. En una ocasión planeé cómo permitiría que me cazaras, que doblegaras mi resistencia y que me convencieras de que no podía hacer otra cosa que ceder y casarme contigo.

A ella se le nubló la vista de la impresión.

—¿Cómo dices?

—¿Realmente pensabas que me llevabas como a un perrito de la cadena? ¿Ese es el tipo de hombre que quieres para vivir contigo, O'Toole? ¿El que quieres para que pase la vida junto a ti y sea el padre de tus hijos?

—¿Has estado representando eso?

—En parte, tanto como lo has hecho tú. Ahora se ha terminado la función y he comprendido que lo prefiero de una forma más tradicional. Brenna —le tomó la mano y comprobó con cierto placer que le temblaba—, te quiero, no sé si desde hace años o semanas, pero sé que mi corazón es para ti y que no puede ser para nadie más. Eres lo que deseo. Vive conmigo. Cásate conmigo.

Ella no podía apartar la mirada de la cara de Shawn. Esa cara lo abarcaba todo.

—Me duele la cabeza —consiguió decir.

—Que Dios te bendiga —le tomó la mano con una breve carcajada—. ¿Cómo no iba a amar a una mujer así?

Sujetó la mano de Brenna con fuerza mientras sacaba algo del bolsillo.

La perla resplandecía como la luna, blanca y pura, sobre un anillo de oro.

—Una lágrima de la luna —dijo él— que me han entregado para que te la entregue a ti. Ya sé que no tienes la costumbre de llevar anillos.

—Yo... es que... con el trabajo... se pueden enganchar.

—También traigo la cadena. Puedes llevarlo alrededor del cuello.

¿Cómo se le habría ocurrido eso?, se preguntó Brenna. Ese detalle mínimo y maravilloso.

—En este momento no estoy trabajando.

Shawn le metió el dedo en el anillo y mantuvo la mano de Brenna bajo la suya.

—Supongo que me sienta tan bien como me sientas todo tú. Pero no vas a hacerme llorar.

—Creo que sí lo haré —le dio un beso en la frente—. Hoy te he comprado un terreno.

—¿Qué? —las lágrimas le nublaron la visión, pero pudo contenerlas un poco—. ¿Un terreno? ¿Has comprado un terreno? ¿Sin decírmelo? ¿Sin que yo lo haya visto?

—Si no te gusta puedes enterrarme en él.

—Es muy posible. Un terreno —lo dijo con tono soñador.

—Para que construyas una casa y la convirtamos en hogar entre los dos.

—Maldita sea. Te has salido con la tuya, me has hecho llorar —le rodeó el cuello con los brazos—. Espera un segundo. Estoy hecha un lío —apoyó la cara en el hombro de Shawn y suspiró—. Creía que era un anhelo mío y que bastaría para los dos. Te deseo, pero no es suficiente ni termina ahí. Esto es lo que quiero. Además, te he cazado, nadie va a convencerme de lo contrario.

Inclinó la cabeza hacia atrás para que él pudiera besarla.

—Tenía preparado lo que iba a decirte esta noche y ya no me acuerdo de nada. Sólo que te quiero, Shawn, te quiero tal como eres. No cambiaría nada.

—Es más que suficiente. ¿Quieres entrar? Te calentaré la cena.

—Es lo menos que puedes hacer después de que se haya quedado helada por tu culpa —le tomó de la mano—. No te empeñarás en hacer una boda por todo lo alto, ¿verdad?

—No sé cómo íbamos a hacerla si tengo pensado casarnos en cuanto podamos.

—Ah —Brenna se apoyó en él—. Te quiero, Shawn Gallagher. Por cierto, hay otra cosa —dijo ella mientras caminaban hacia la casa—. ¿No tendrías que ponerle un nombre a la canción que quiere Magee?

—Es la canción de Brenna. Siempre lo ha sido.

A continuación el lector encontrará un avance de

CORAZÓN DEL MAR

El impresionante final de la nueva
trilogía irlandesa de Nora Roberts,
que tiene como protagonistas
a los hermanos Gallagher

El pueblecito de Ardmore descansaba apaciblemente en la costa sur de Irlanda, en el condado de Waterford, bañado por el mar. Lo rodeaba un rompeolas de piedra que seguía la curva de una playa de arena dorada.

En sus alrededores había unos magníficos acantilados tapizados de hierba y un hotel que se aferraba a ellos. Si uno se sentía con ánimo, el paseo alrededor del promontorio era muy agradable, aunque también un poco cansado. En la cima de la primera colina estaban las ruinas del oratorio y el pozo de San Declan.

La vista merecía el esfuerzo; desde allí podían divisarse el cielo, el mar y el pueblo. Era tierra bendita, y aunque había personas enterradas, sólo una tumba tenía la lápida tallada.

Las calles del pueblo estaban bien cuidadas, con sus casas de colores, algunas con el típico tejado de paja, y una serie de cuestas bastante empinadas. Se veían flores por todos lados: las había en macetas, cestas y jardineras y también adornaban los patios. Era una imagen encantadora para verla por dentro o desde las alturas, y sus habitantes estaban orgullosos de haber ganado dos años consecutivos el premio al pueblo más pintoresco.

En la cima de Tower Hill podía apreciarse una muestra preciosa de una torre cilíndrica, que conservaba la cubierta cónica, y las ruinas de la catedral del siglo XII construida en honor de San Declan. Si acaso se les preguntara, los lugareños contarían que Declan había llegado treinta años antes que el bueno de San Patricio.

No lo harían por presumir, sólo querrían que se supiera cómo habían sucedido las cosas.

Aquellos que estuviesen interesados también podrían encontrar ejemplos de piedras talladas con caracteres *ogham* que se guardaban en la catedral, y arcadas romanas erosionadas por el tiempo y el viento, pero que seguían siendo muy interesantes.

Sin embargo, el pueblecito no tenía esas pretensiones. Se conformaba con ser un lugar agradable con una tienda o dos y con unas cuantas casas diseminadas por el campo que daban la espalda a unas preciosas playas de arena.

En la señal de la entrada al pueblo se podía leer FAILTE, es decir: Bienvenido.

Lo que atrajo a Trevor Magee fue esa mezcla de historia antigua, carácter sencillo y hospitalidad.

Su familia provenía de Ardmore y Old Parish. Su abuelo había nacido allí, en una pequeña casa muy cerca de la bahía. Durante los primeros años de su vida habría respirado ese aire húmedo y habría ido de la mano de su madre mientras compraba en las tiendas o caminaba por el rompeolas.

Su abuelo dejó el pueblo y se llevó a su mujer y a su hijo a Estados Unidos. Que Trevor supiera, nunca había regresado ni había vuelto la vista atrás. Entre el anciano y su país de nacimiento siempre había habido distancia, una distancia llena de amargura. Era rara la ocasión en que Denis Magee hablaba de Irlanda, de Ardmore o de la familia que se había quedado.

Por todo ello, la imagen que tenía Trevor de Ardmore estaba teñida de sentimientos y curiosidad, y los motivos para elegirlo tenían mucho de personal.

Sin embargo, podía permitirse los motivos personales.

Trabajaba en la construcción y lo hacía bien y con inteligencia, como habían hecho antes su padre y su abuelo.

Su abuelo se ganó la vida poniendo ladrillos e hizo su fortuna especulando con terrenos durante y después de la Segunda Guerra Mundial, hasta que la compraventa se convirtió en un negocio próspero y la construcción la dejó para sus empleados.

Al viejo Magee sus orígenes obreros le inspiraban la misma emoción que su tierra natal. Trevor no podía recordar que hubiese demostrado sentimientos hacia nada.

Trevor había heredado el corazón y las manos del albañil y la frialdad y rigor del hombre de negocios, y había aprendido a utilizar esas cualidades.

Las utilizaría allí, junto con un ligero toque de sentimentalismo, para construir el teatro, una estructura tradicional para música tradicional con la entrada por un pub llamado Gallagher's. Antes de programar el tiempo que pasaría en el pueblo, ya había alcanzado un acuerdo con los Gallagher y se había empezado con el movimiento de tierras. Sin embargo, ya estaba allí y se proponía hacer algo más que firmar cheques y mirar.

Quería participar plenamente.

Un hombre que pasara la mañana mezclando cemento se pegaría una buena sudada incluso con la temperatura que hacía en mayo. Esa mañana, Trevor había salido de la casa de campo que había alquilado, llevando consigo una chaqueta vaquera y un tazón humeante de café. Unas horas después se había quitado la chaqueta y una leve sombra de humedad le recorría el pecho y la espalda.

Habría pagado cien libras por una cerveza fría.

El pub estaba a la vuelta de la esquina, al otro lado de la obra. Lo sabía porque el día anterior, a mediodía, había entrado, pero un hombre no podía saciar su sed con una Harp helada cuando tenía prohibido que sus empleados bebieran durante el trabajo.

Balanceó el cuerpo y giró el cuello mientras echaba un vistazo. El estruendo de la hormigonera, los gritos de los hombres, unos daban órdenes y otros se daban por enterados: era la música del trabajo y él no se cansaba de escucharla.

Era un legado de su padre. El lema de Dennis Magee Junior había sido conocer el proceso de principio a fin, y eso era precisamente lo que hacía la tercera generación de Magees. Durante más de diez años, quince si se incluían los veranos que había pasado en las obras, había aprendido todo lo relativo al negocio de la construcción.

Los músculos y la espalda doloridos, incluso la sangre.

A los treinta y dos años se dedicaba más a los consejos de administración y a las reuniones que a los andamios, pero nunca había perdido el gusto y la satisfacción por trabajar con las manos.

Se proponía darse ese gusto en Ardmore, en su teatro.

Observó a la pequeña mujer con gorra desteñida y botas gastadas que daba vueltas por todos lados, moviéndose como el hormigón que caía por el canalón. Mezclaba la arena con las piedras y utilizaba la pala para avisar al operario con un golpe, luego se metía en el barro con los demás trabajadores para alisarlo.

Brenna O'Toole, pensó Trevor, contento por haber hecho caso de su instinto. Contratarla junto con su padre como capataces había sido un acierto. No sólo por sus conocimientos de construcción, que eran muchos, sino porque también conocían el pueblo y a sus habitantes; el trabajo se hacía con fluidez y los hombres estaban contentos y daban lo mejor de sí mismos.

En estos proyectos, las relaciones públicas eran tan importantes como unos cimientos sólidos.

No se podía negar que estaban haciéndolo bien. Durante los tres días que llevaba en Ardmore había comprendido que O'Toole y O'Toole habían sido una elección muy acertada.

Cuando Brenna se disponía a salir, Trevor se acercó, alargó una mano y la ayudó.

—Gracias —Brenna se apoyó en la pala. Parecía un duendecillo, a pesar de la gorra desteñida y de las botas llenas de mugre. Su piel era blanca como la pura leche irlandesa y unos rizos rojizos se escapaban de la gorra—. Tim Riley dice que no lloverá en dos o tres días, y suele acertar. Creo que las zapatas estarán listas antes de que tengamos que preocuparnos por el tiempo.

—Habíais avanzado mucho antes de que yo llegara.

—Ya lo creo, una vez que nos dio la salida ya no había porque pararse. Le haremos unos cimientos sólidos, señor Magee, y dentro del plazo.

—Trev.

—Claro, Trev —Brenna se echó la gorra hacia atrás y levantó la cabeza para poder mirarlo a los ojos. Calculó que mediría por lo menos treinta centímetros más que su metro cincuenta y cinco, incluidas las botas—. Los hombres que mandaste de Estados Unidos forman un buen equipo.

—Estoy de acuerdo, por algo los elegí.

A ella el tono le pareció algo distante, pero no antipático.

—¿Y nunca eliges mujeres?

Trevor sonrió despacio, de tal forma que parecía como si el humor se fuera apoderando del rostro hasta alcanzar los ojos color humo.

—Claro que lo hago, siempre que puedo. Tanto dentro como fuera del trabajo. He metido a una de mis mejores carpinteras en este proyecto, llegará la semana que viene.

—Me alegra saber que mi primo Brian tenía razón en este sentido. Decía que contratabas a las personas por su destreza, no por su sexo. Es una buena mañana de trabajo —añadió asintiendo con la cabeza—. El ruido de ese maldito camión nos va a hacer compañía durante un rato. Darcy volverá mañana de vacaciones, y te aseguro que nos va a poner a parir por el jaleo.

—Es un ruido precioso, suena a construcción.

—Siempre he pensado lo mismo.

Se quedaron un rato observando cómo el camión arrojaba el resto de hormigón.

—Te invito a comer —dijo Trevor.

—Acepto —Brenna dio un silbido para llamar a su padre e hizo un gesto de ir a comer. Mick respondió con una sonrisa y volvió al trabajo.

—Está en el paraíso —comentó Brenna mientras se limpiaban las botas—, nada hace tan feliz a Mick O'Toole como estar en medio de una obra, y cuanto más se pringue mejor —Brenna estaba contenta, golpeó los pies contra el suelo y se dirigió a la puerta de la cocina—. Espero que tengas tiempo de conocer la zona mientras estás aquí, no te irás a encerrar en el trabajo...

—Mi intención es visitar los alrededores.

Tenía todo tipo de información: atracciones turísticas, estado de las carreteras, caminos para ir a las ciudades más importantes, pero quería conocerlo por sí mismo.

Necesitaba conocerlo, reconoció Trevor para sí. Desde hacía más de un año, algo le atraía en sueños hacia Irlanda, hacia Ardmore.

—Ahí tenemos a un hombre bien plantado haciendo lo que mejor sabe hacer —dijo Brenna mientras abría la puerta de la cocina—. ¿Qué nos has preparado, Shawn?

El hombre que estaba a los fuegos de una cocina enorme se volvió. Era grande, con pelo negro despeinado y ojos de un color azul brumoso.

—Para los íntimos tenemos sopa de algas y emparedados de carne. Buenos días Trevor. ¿Te hace trabajar más de lo que debería?

—Nos tiene ocupados a todos.

—Y es lo que tengo que hacer, ya que el hombre de mi vida es un lento. Me pregunto, Shawn, si has elegido algunas melodías para que las oiga Trevor.

—He estado muy ocupado dando de comer a mi mujer. Es muy exigente —tomó el rostro de Brenna y la besó—, y ahora, fuera de mi cocina, desde que no esta Darcy esto es un lío.

—Volverá mañana, y a estas alturas del día ya la habrás maldecido una docena de veces.

—¿Por qué crees que la echo de menos? Decidle a Sinead lo que queréis —dijo a Trevor—. Es una buena chica y Jude le echa una mano. Sólo necesita un poco de experiencia.

—Sinead es una amiga de mi hermana Mary Kate —le comentó Brenna a Trevor mientras empujaba la puerta que separaba la cocina del pub—. Una chica con buenas intenciones aunque con una cabeza de chorlito. Su única ambición en este momento es casarse con Billy O'Hara.

—¿Y qué opina Billy O'Hara?

—Como no es tan ambicioso como ella, no dice nada. Buenos días, Aidan.

—Buenos días —el mayor de los Gallagher se ocupaba de la barra y los miró mientras tiraba unas cervezas—. ¿Coméis con nosotros?

—Nos gustaría, pero estás liado.

—Dios bendiga a los autobuses turísticos —Aidan, con un guiño, acercó dos pintas a unas manos anhelantes.

—¿Quieres que comamos en la cocina?

—No hace falta, si no tenéis mucha prisa —sus ojos, de un azul más profundo que los de su hermano, echaron un vistazo al pub.

—El servicio es un poco más lento de lo habitual, pero hay una o dos mesas libres.

—Que decida el jefe —Brenna se dirigió a Trevor—. ¿Cómo lo ves?

—Nos sentaremos en una mesa —era la mejor forma de ver cómo marchaba el negocio.

Siguió a Brenna y se sentaron en una de las mesas con forma de seta. Había un murmullo de voces, una neblina de humo y un olor a levadura de cerveza.

—¿Tomarás una pinta? —le preguntó Brenna.

—No hasta que termine la jornada.

Brenna frunció los labios y se balanceó en la silla.

—Es lo que me han contado algunos hombres. La expresión exacta es que eres un tirano en esa cuestión concreta.

No le importaba la palabra «tirano». Significaba que dominaba la situación.

—Es una expresión acertada.

—Te diré una cosa, puedes tener algún problema si quieres imponer esa norma. Muchos de los hombres que trabajan aquí se amamantaron con Guinness, y para ellos es tan normal como la leche materna.

—A mí también me gusta, pero si un hombre o mujer trabaja para mí, se tendrá que conformar con la leche materna.

—¡Ah!, eres un tipo duro, Trevor Magee —lo dijo entre risa—. Cuéntame, ¿qué te parece tu casa?

—Me encanta, es cómoda, funcional, tranquila y tiene unas vistas sobrecogedoras. Es lo que buscaba, así que te agradezco que me la proporcionaras.

—No hay de qué. Es de la familia. Creo que Shawn envidia la cocina que tiene. Todavía falta mucho para que la casa que nos estamos haciendo esté terminada. Siquiera habitable —añadió como si fuese uno de los temas de discusión—, pero me concentraré en la cocina durante mis días libres, así estará más contento.

—Me gustaría verla.

—¿En serio? —Brenna inclinó la cabeza con un gesto de sorpresa— Puedes venir cuando quieras. Te daré la dirección. ¿Te importa que te diga que no esperaba que fueses un hombre tan simpático como pareces?

—¿Qué esperabas?

—Un tipo más... tiburón. Espero que no te ofenda.

—No me ofende, y depende de las aguas en las que nos movamos —levantó la mirada y su rostro se animó al ver a la mujer de Aidan acercarse. Se dispuso a levantarse, pero Jude lo detuvo.

—No, no me quedo, pero gracias —apoyó una mano en la tripa de embarazada—. Hola, soy Jude Frances y hoy seré vuestra camarera.

—No deberías estar llevando bandejas en ese estado.

Jude suspiró mientras sacaba la libreta.

—Me recuerda a Aidan. Me siento cuando me canso y no llevo nada pesado. Sinead no puede hacerlo todo sola.

—No te preocupes, Trevor. Mi queridísima madre estaba recolectando patatas el día que nací, y volvió para asarlas después del parto —Brenna se rió al ver la cara de Trevor—. Bueno, a lo mejor no fue así, pero me jugaría lo que fuese a que podría haberlo sido. Si no te importa, Jude, tomaré la sopa del día y un vaso de leche —añadió con una sonrisa burlona dirigida a Trevor.

—Yo tomaré lo mismo —dijo él—, y el emparedado.

—Una magnífica elección. Volveré en un instante.

—Es más fuerte de lo que parece —dijo Brenna cuando Jude se dirigió a otra mesa—. Y más cabezota. Ahora que ha conocido a su director, por decirlo así, trabajará más para demostrar que puede hacer lo que le has dicho que no haga. Aidan no dejará que se pase, te lo prometo. La adora.

—Ya me he dado cuenta. Parece que los hombres Gallagher quieren mucho a sus mujeres.

—Será mejor que lo hagan, o sus mujeres les pillarían —Brenna se sentía tranquila, se reclinó en la silla y se quitó la gorra. Los rizos rojos cayeron como una cascada.— Entonces, no te parece todo demasiado... rústico. Después de vivir en Nueva York...

Trevor se acordó de las obras en las que había trabajado: derrumbamientos de tierra, inundaciones, calor sofocante, gamberrismo y sabotajes.

—En absoluto. El pueblo es exactamente como me lo esperaba después del informe de Finkle.

—¡Ah!, Finkle —Brenna recordaba muy bien al enviado de Trevor—. Ése sí era un hombre que prefería las comodidades de la ciudad. Pero tú no eres tan... especial.

—Puedo ser muy especial. Por eso he aprovechado la mayoría de tus diseños para el proyecto del teatro.

—Vaya, eso es un piropo encubierto y muy bonito —nada le habría podido complacer más—. Supongo que me incliné más por lo personal. Me gusta especialmente la casa de campo de Faerie Hill, donde vives, y no estaba muy segura de que te fuese a gustar. Me imaginaba, supongo, que un hombre con tu formación y recursos preferiría el hotel del acantilado, con servicio y restaurante.

—Las habitaciones de los hoteles se hacen opresivas y me pareció interesante quedarme en la casa donde nació, vivió y murió la mujer que estuvo prometida con uno de mis antepasados.

—La vieja Maude, era una mujer excepcional, una mujer sabia —Brenna no separaba los ojos de Trevor mientras hablaba—. Su tumba está cerca del pozo de San Declan, ahí la puedes sentir. No es la que está en la casa ahora.

—Entonces, ¿quién es?

Brenna arqueó las cejas.

—¿No conoces la leyenda? Tu abuelo y tu padre nacieron aquí, aunque tu padre era un niño cuando se fueron a Estados Unidos. Sin embargo, volvió después de muchos años. ¿Ninguno de los dos te contó la historia de Lady Gwen y el príncipe Carrick?

—No. ¿Así que es Lady Gwen quien se aparece en la casa?

—¿La has visto?

—No —a Trevor no le habían contado leyendas y mitos cuando era un niño, pero tenía suficiente sangre irlandesa como para interesarse por ellos—, pero hay un aire femenino, casi una fragancia, así que apostaría por ella.

—Y acertarías.

—¿Quién era?, creo que estoy compartiendo residencia con un fantasma y que debería de saber algo sobre ella.

Brenna se dio cuenta de que no despreciaba el asunto ni mostraba una indulgencia burlona hacia lo irlandés y sus leyendas.

—Me vuelves a sorprender. Primero déjame que mire una cosa. Vuelvo enseguida.

«Fascinante», reflexionó Trevor, «tengo mi propio fantasma.»

Ya había sentido cosas otras veces, en viejos edificios, en solares vacíos, en campos desiertos. No era el tipo de cosas que se comentan en un consejo de administración o cuando te tomas una cerveza con tus empleados después de una jornada agotadora. Sin embargo, este sitio era distinto, tenía un aire diferente. Quería saber más.

En ese momento le interesaba todo lo relacionado con Ardmore y sus alrededores. Una buena historia de fantasmas podía atraer a tanta gente como un pub bien gestionado. Era una cuestión de ambiente.

Gallagher's era el ambiente exacto que estaba buscando como antesala de su teatro. La vieja madera oscurecida por el tiempo, el humo y la grasa combinaban perfectamente con las paredes crema, el hogar de piedra y las mesas y bancos.

La barra era preciosa. Era de castaño envejecido y los Gallagher la mantenían limpia y encerada.

La edad de los clientes oscilaba entre un niño de meses hasta el hombre más anciano que Trevor creía haber visto en su vida. Se sentaba en un taburete en el extremo de la barra.

Había algunos más que tomó por lugareños por la forma de fumar y beber a sorbos, y otros, el triple aproximadamente, que sólo podían ser turistas, con la bolsa de la cámara debajo de la mesa y los mapas y guías encima.

Las conversaciones eran una mezcla de acentos, pero predominaba el delicioso tono que había oído a sus abuelos hasta que murieron.

Se preguntaba si ellos mismos no habrían añorado el oírlo y por qué no habían sentido el deseo irrefrenable de volver a Irlanda. ¿Qué recuerdos amargos los mantuvieron alejados? Sin embargo, la curiosidad se había saltado una generación y le había llevado a él a comprobarlo por sí mismo.

Más aún, se preguntaba por qué habría *reconocido* Ardmore y la vista que tenía desde la casa de campo, incluso sabía lo que vería cuando subiese al acantilado. Era como si tuviese guardada en su mente una imagen del lugar, una imagen que le hubiesen arrebatado y más tarde ocultado.

No tenían fotos que enseñarle. Su padre había estado de visita cuando era más joven que Trevor en ese momento, pero sus descripciones se podrían calificar, en el mejor de los casos, como esbozos.

También estaban los informes. Los informes que Finkle había llevado a Nueva York estaban llenos de fotografías y descripciones minuciosas, pero le habían resultado conocidas, ya las conocía antes de abrir el primer informe.

¿Sería memoria heredada?, pensó, aunque él no hacía mucho caso de ese tipo de cosas. Podía haber heredado los ojos de su padre, el color gris claro y los párpados un poco rasgados, también decían que tenía las manos como las de su abuelo y su misma cabeza para los negocios, pero ¿cómo se podía transmitir un recuerdo?

Siguió dándole vueltas a la idea mientras echaba un vistazo a la habitación. No se le ocurrió pensar que, vestido con la ropa de trabajo y con el pelo rubio oscuro despeinado, parecía más un lugareño que un turista. Tenía un rostro estrecho y huesudo, más propio de un guerrero o un erudito que de un hombre de negocios. La mujer con la que estuvo a punto de casarse decía que debía haberlo esculpido o tallado un genio extravagante. La sombra de una cicatriz le desfiguraba la barbilla, se la hizo al clavársele un cristal durante un huracán en Houston, y le daba cierto aire de hombre duro.

Era un rostro que apenas expresaba algo. Salvo que fuese en beneficio de Trevor Magee.

En ese momento el gesto era frío y perdido, pero se tornó en amistoso cuando Brenna volvió a la mesa con Jude. Se dio cuenta de que Brenna llevaba la bandeja.

—Le he pedido a Jude que se tome un momento para contarte la historia de Lady Gwen. Es una *seanachais*.

Jude agitó la cabeza al ver la cara de sorpresa de Trevor.

—Es la palabra gaélica para el contador de historias. En realidad no lo soy, sólo soy...

—¿Y a quién van a publicar un libro y está escribiendo otro? El libro de Jude saldrá a finales de verano —continuó Brenna—. Sería un regalo muy bueno, así que tenlo en cuenta cuando vayas de compras.

—Brenna... —Jude puso los ojos en blanco.

—Lo buscaré. Algunas de las letras de las canciones de Shawn son historias. Es una tradición antigua y muy respetable.

—¡Oh!, ésta te gustará —Brenna estaba radiante y recogió la bandeja—. Yo me ocupo de esto, Jude, y le daré a Sinead algo de trabajo de tu parte. Vete empezando, yo ya la he oído un montón de veces.

—Tiene más energía que veinte personas juntas —Jude, un poco cansada, levantó la taza de té.

—Me alegro de haberla encontrado para el proyecto, o de que ella me encontrase a mí.

—Creo que debió de ser un poco de todo, ya que los dos sois negociantes —hizo una mueca—. No lo digo en el mal sentido de la palabra.

—No me lo he tomado en ninguno. ¿Te da patadas el bebé? Se te pone una mirada especial —explicó Trevor—. Mi hermana ha tenido su tercer hijo.

—¿El tercero? —Jude lanzó un silbido—. A veces me pregunto cómo podré con el primero. Es activo, pero va a tener que esperar un par de meses más —se pasó la mano por toda la tripa mientras daba un sorbo—. No lo sabrás, pero viví en Chicago hasta hace poco más de un año —él emitió un sonido que no significaba nada. Claro que lo sabía, sus informes eran muy minuciosos—. Mi idea era venir a pasar seis meses en la casa donde vivió mi abuela después de que perdiera a su familia. La había heredado de su prima Maude, quien murió poco antes de que yo llegara.

—La mujer con la que estuvo comprometido mi tío abuelo.

—Sí. El día que llegué estaba lloviendo. Pensé que me había perdido, no sólo en el sentido geográfico. Todo me desanimaba.

—¿Viniste sola a otro país? —Trevor ladeó la cabeza—. No pareces una mujer fácil de desanimar.

—Es lo mismo que diría Aidan —eso hizo que se sintiera más cómoda—. Supongo que más bien era que no sabía hasta dónde llegaba mi ánimo. En cualquier caso, entré en la calle, en el camino de entrada a esa pequeña casa de campo con tejado de paja y vi una mujer en la ventana del piso de arriba. Tenía un rostro triste y hermoso y un pelo rubio blanquecino que le caía sobre los hombros. Me miró y nuestros ojos se encontraron. Entonces llegó Brenna con su coche. Era como si me hubiese en-

427

contrado por casualidad con mi propia casa de campo; la mujer que vi en la ventana era Lady Gwen.

—¿El fantasma?

—Exactamente. Parece imposible, ¿verdad? O por lo menos irracional. Sin embargo, puedo decirte exactamente cómo era, la tengo grabada, y no sabía de la leyenda más de lo tú pareces saber de ella.

—Me gustaría oírla.

—Entonces, te la contaré —Jude se calló mientras Brenna se sentaba y daba cuenta de su comida.

Sabía contar una historia. El ritmo era sereno y fluido y el relato absorbía al oyente. Le habló de una joven doncella que vivía en la colina de las hadas, que es el significado de Faerie Hill; de una mujer que cuidaba de su padre, ya que la madre había muerto al dar a luz, que se ocupaba de la casa y el jardín y que se conducía con orgullo.

Al pie de la verde ladera de la colina estaba el paraíso para todas las hadas: el palacio en el que Carrick gobernaba como un príncipe. Él también era orgulloso y guapo, y tenía una melena negra como el ala de un cuervo y los ojos de un azul abrasador. Esos ojos se fijaron en la doncella Gwen y los de ella también se fijaron en él.

El amor los atrapó, un amor de fantasía y mortal, y por la noche, mientras los demás dormían, él la transportaba a lomos de su caballo alado. Jamás hablaron de su amor; el orgullo no se lo permitía. Una noche, el padre de Gwen se despertó y la vio bajarse del caballo. Temeroso por ella, la prometió en matrimonio con otro y la obligó a casarse inmediatamente.

Carrick cabalgó en dirección al sol y guardó los ardientes destellos en una bolsa de plata. Cuando Gwen salió de su casa para verlo por última vez antes de la boda, él abrió la bolsa y derramó diamantes a sus pies, eran joyas regaladas por el sol.

«Tómalas, ya que son la pasión que siento por ti.»

Le prometió la inmortalidad y una vida plena de riquezas y gloria, pero nunca, ni siquiera en ese momento, le habló de amor.

Ella lo rechazó y le dio la espalda. Los diamantes se convirtieron en flores.

Él volvió a verla otras dos veces. La primera cuando llevaba a su primer hijo en su seno. Derramó perlas que había recogido de las lágrimas de la luna. Representaban, le dijo, la añoranza que sentía por ella. Sin embargo, la añoranza no significaba amor, y ella se debía a otro.

Al retirarse ella, las perlas se convirtieron en flores.

Pasaron muchos años antes de que él volviera a verla por última vez, años durante los que Gwen vio crecer a sus hijos, cuidó de su marido enfermo y lo enterró cuando era una anciana. Años durante los que Carrick deambuló por su palacio y vagó por el cielo montado en su caballo. Se zambulló en el mar para arrancarle del corazón el último regalo para ella. Lo volvió a derramar a sus pies, eran zafiros que resplandecían entre la hierba. Eran la prueba de su constancia. Entonces, cuando por fin le habló de amor, ella sólo pudo enjuagarse unas amargas lágrimas, ya que su vida tocaba a su fin. Le dijo que era demasiado tarde, que nunca había necesitado ni la riqueza ni la gloria, que tan sólo había querido saber que él la amaba, que la amaba lo suficiente como para hacerla olvidar el temor a cambiar su mundo por el de él. Esta vez, cuando ella se volvió y los zafiros se convirtieron en flores, el dolor y la cólera de Carrick estallaron en un sortilegio. Gwen no tendría descanso sin él, ni volverían a verse hasta que tres parejas de enamorados eligieran el amor por encima de todo lo demás, aceptándose el uno al otro y poniendo en peligro sus corazones.

Trescientos años, pensó más tarde Trevor mientras entraba en la casa donde Gwen había vivido y muerto. Una larga espera. Había escuchado cómo contaba Jude el relato con su voz tranquila de contadora de historias. No la había interrumpido, ni siquiera para decirle que ya conocía algunas partes, no sabía cómo, pero las conocía.

Las había soñado.

Tampoco le dijo que él también podría haber descrito a Gwen, desde el verde mar de sus ojos a la curva de sus mejillas. Él también la había soñado.

Se dio cuenta de que estuvo a punto de casarse con Sylvia porque le recordaba a la imagen del sueño. Una mujer delicada, de costumbres sencillas. Todo debería de haber funcionado bien entre ellos, pensó mientras subía al piso de arriba para darse un baño. Todavía le irritaba pensar que no había sido así. En definitiva, no había funcionado bien.

Ella lo supo antes y, con suavidad, lo dejó marchar antes de que él mismo reconociera que ya estaba buscando la salida. Quizá fuera eso lo que más le molestaba. No había tenido la cortesía de poner un punto final. Si bien ella lo había perdonado, él no se lo había perdonado a sí mismo.

Captó la fragancia en cuanto entró en el cuarto. Delicada y femenina, como pétalos de rosa sobre la hierba húmeda por el rocío.

«Un fantasma que usa perfume», murmuró extrañado y divertido. «Si no eres una descarada, date la vuelta.» Se desnudó y se metió en el baño.

Pasó el resto de la tarde solo: puso al día algunos papeles, echó un vistazo a los faxes y los contestó. Se premió con una cerveza y se la tomó fuera mientras el día se desvanecía, escuchando el doloroso silencio y observando cómo las estrellas cobraban su parpadeante vida.

Fuera quien fuese el tal Tim Riley, parecía tener razón. No iba a llover. Los cimientos se asentarían sin problemas.

Al darse la vuelta para entrar, un resplandor en movimiento le llamó la atención. Una mancha blanca y plateada cruzó el cielo. Sin embargo, cuando la buscó sólo vio estrellas y una luna creciente que empezaba a hacerse visible.

Una estrella fugaz, pensó. Una cosa era un fantasma, pero un caballo volador montado por el príncipe de las hadas era otra completamente distinta.

Sin embargo, mientras cerraba la puerta, le pareció que en el silencio se podía escuchar el alegre ritmo de las gaitas y de las flautas.